AF130683

MICHAEL
RITTER

DIE BIBLIOTHEKARIN UND DER TOTE IM PARK

UNERKANNTE GEFAHR Wien in der ersten Hälfte der 1920er-Jahre. Rita Girardi arbeitet als Bibliothekarin in der »Geologischen Bundesanstalt« und nebenbei als Journalistin und Autorin für diverse Zeitungen. Als sie handschriftliche Notizen in einem Buch findet, ärgert sie sich darüber, schenkt ihnen aber keine weitere Beachtung. Als ein Mord im Arenbergpark geschieht, ist Rita bestürzt, denn bei dem Opfer handelt es sich um ihren direkten Nachbarn, mit dem sie gelegentlich Spaziergänge durch den Park unternommen hat. Wenig später wird eine weitere Leiche entdeckt, diesmal in der Nähe von Ritas Arbeitsort. Wieder stößt sie auf eine Notiz in einem Buch. Ihr kommt der Verdacht, dass ein Zusammenhang zwischen den Notizen und den Morden besteht, doch niemand glaubt daran. Unverzagt erklärt sich Rita bereit, Kommissar Julius Hechter bei seinen Ermittlungen zur Seite zu stehen, und bemerkt dabei gar nicht, dass sie sich in höchste Gefahr begibt.

© privat

Michael Ritter wurde 1967 in Wien geboren, wo er als Verleger und Literaturwissenschaftler lebt. Zahlreiche literaturwissenschaftliche Veröffentlichungen sind von ihm erschienen. Er schreibt historische Kriminalromane und Thriller. Zuletzt erschienen im Gmeiner-Verlag die Krimis rund um den Kriminaloberinspektor Dr. Otto W. Fried »Wiener Hochzeitsmord« und »Wiener Machenschaften«. Mehr Informationen zum Autor unter: www.michael-ritter.eu

MICHAEL RITTER

DIE BIBLIOTHEKARIN UND DER TOTE IM PARK

WIEN IN DEN 20ER-JAHREN

Immer informiert

Spannung pur – mit unserem Newsletter informieren wir Sie
regelmäßig über Wissenswertes aus unserer Bücherwelt.

Gefällt mir!

Facebook: @Gmeiner.Verlag
Instagram: @gmeinerverlag
Twitter: @GmeinerVerlag

MIX
Papier | Fördert
gute Waldnutzung
FSC
www.fsc.org   FSC® C014496

Besuchen Sie uns im Internet:
www.gmeiner-verlag.de

© 2023 – Gmeiner-Verlag GmbH
Im Ehnried 5, 88605 Meßkirch
Telefon 0 75 75 / 20 95 - 0
info@gmeiner-verlag.de
Alle Rechte vorbehalten
1. Auflage 2023

Herstellung: Mirjam Hecht
Umschlaggestaltung: U.O.R.G. Lutz Eberle, Stuttgart
unter Verwendung der Bilder von: © Gazette du Bon Ton, 1923 - No. 1,
Pl. 2: Alcyone / Robe et manteau du soir, de Worth
https://commons.wikimedia.org/wiki/File:Gazette_du_Bon_
Ton,_1923_-_No._1,_Pl._2_Alcyone_Robe_et_manteau_du_soir,_de_
Worth_(titel_op_object),_RP-P-2009-1965-2.jpg
Druck: GGP Media GmbH, Pößneck
Printed in Germany
ISBN 978-3-8392-0468-9

Teil 1
Randnotizen

»Eine gewissenhafte Bibliotheksverwaltung hat ihr Augenmerk stets darauf zu richten, dass in der Bibliothek Ordnung herrsche und der Bibliotheksbestand vor jedem Schaden möglichst bewahrt werde.«

Ferdinand Grassauer

1.

WAS WAR DAS für ein lästiger Regen! Den ganzen Tag ging das schon so, und nun stand sie unter dem viel zu knapp bemessenen Vordach des Haupteingangs und blickte auf das glänzende Kopfsteinpflaster der Rasumofskygasse, auf der keine Menschen zu sehen waren. Die hatten sich alle längst an trockene Orte zurückgezogen, und nur wer zwingend musste, setzte einen Fuß ins Freie. Einen sehr bald triefend nassen Fuß.

»Da nützt einem auch ein Schirm nichts«, sprach sie von hinten Adam Wallner an, der stellvertretende Direktor der Geologischen Bundesanstalt.

Rita Girardi hatte die Umwälzungen der zurückliegenden Jahre vor allem hinter diesen Mauern mit der abblätternden schmutzig gelben Fassade erlebt, und die größten Änderungen waren für sie die Umbenennungen ihrer Institution gewesen: von »Reichsanstalt« zu »Staatsanstalt« und seit knapp einem Jahr zu »Bundesanstalt«.

»Da haben Sie leider recht, Herr Hofrat«, seufzte Rita und warf einen traurigen Blick auf ihren dünnen Schirm, der den Eindruck machte, eher Sonnenstrahlen als Regengüsse abwehren zu können.

Der mit seinen inzwischen dreiundsechzig Jahren immer noch sportliche Mann war stolz auf seinen Hofratstitel, den ihm Bundespräsident Hainisch vor zwei Jahren verliehen hatte. Als einer der wenigen Nichtakademiker unter dem wissenschaftlichen Personal der Geologischen

Anstalt konnte er ein gewisses Gefühl der Minderwertigkeit nie vollkommen überwinden. Da halfen solche Ehrungen und Auszeichnungen in besonderem Maß, das Selbstwertgefühl auf ein nicht zu niedriges Niveau fallen zu lassen.

»Das erinnert mich an meine letzte Expedition im Erzgebirge«, begann er in lange zurückliegenden Erinnerungen zu schwelgen. Vor etwa vierzig Jahren hatte er zu dem Gebirgszug eine Monografie veröffentlicht, die einen Ehrenplatz in der Bibliothek der Anstalt hatte. »Es regnete damals jeden Tag. Schien gar nicht mehr aufhören zu wollen. Können Sie sich vorstellen, dass man unter solchen widrigen Bedingungen seine Arbeit voranbringen kann, Fräulein Girardi?«

Rita schüttelte den Kopf und blickte den Mann sanft, ja fast liebevoll an. Er hatte etwas Väterliches an sich.

Adam Wallner war ein Urgestein an der Geologischen Bundesanstalt, ein Wortspiel, das schon viele ihm gegenüber angewendet hatten. Er selbst lachte darüber mehr aus Höflichkeit als aus Amüsement. Irgendwann hatte sich jeder Scherz totgelaufen, auch wenn jeder aufs Neue dem irrigen Glauben anhing, ihn gerade zum allerersten Mal zu machen.

Als Stellvertreter von Georg Geyer, dem Leiter der Anstalt, der sich auf einer mehrere Monate in Anspruch nehmenden Expedition befand, war Wallner einer der gebildetsten Geologen, die Rita je begegnet waren. Sogar auf den bestbesetzten internationalen Kongressen gab es kaum jemanden, der ihm das Wasser reichen konnte. Diejenigen, die das wussten und akzeptierten, unterstützten ihn und arbeiteten oft freundschaftlich mit ihm zusammen. Die anderen – und sie waren weiß Gott in der Überzahl –

versuchten alles Denkmögliche, gegen ihn zu intrigieren. Zum Glück hatte das nie richtig gefruchtet, und Wallner war von Geyer zu seinem Stellvertreter erhoben worden.

Seit mehr als dreizehn Jahren arbeitete Rita nun schon in der Geologischen Bundesanstalt und hatte sich so sehr eingelebt, dass die Institution zu ihrem zweiten Zuhause und die Menschen in ihr zu ihrer zweiten Familie geworden waren. Von einzelnen Ausnahmen natürlich abgesehen, wie das immer so ist mit den Mitmenschen.

»Also, so kommen Sie nicht weit, Fräulein Girardi.«

Ihr Regenschirm schien auch auf den Herrn stellvertretenden Direktor erbärmlich zu wirken.

»Ich habe mir ein Taxi gerufen. Wenn Sie wollen, nehme ich Sie mit. Sie wohnen ja nicht weit von hier, das ist fast kein Umweg für den Wagen.«

Ritas Wohnung lag in der Barichgasse im dritten Bezirk. Ihr täglicher Weg führte sie durch den Arenbergpark, wenn es noch taghell war, oder um ihn herum, wenn es schon dämmerte. Für sie normalerweise ein willkommener Spaziergang in der Früh zur und am Abend von der Arbeit. In ihrer Kindheit hatte sie oft und gerne im Park gespielt, inzwischen war er durch Umbauarbeiten und neu errichtete Häuser deutlich verkleinert.

»Eigentlich wollte ich noch zur Probe«, überlegte Rita laut.

Wallner zuckte mit den Schultern. »Auch das ist möglich!«

Da war er wieder, dieser väterliche Gesichtsausdruck. Wallner war ein Mann, in dessen Gegenwart man sich behütet und sicher fühlte. Ein Vertrauter, manchmal sogar in privaten Lebensfragen. Jemand, der immer einen Rat wusste, den er bescheiden verpackte und nicht als die große Lösung präsentierte, sondern als kleines Offert, das man annehmen mochte oder eben nicht. Rita hatte seine Ratschläge schon des Öfteren beherzigt.

»Wir haben heute die abschließende Probe vor dem Auftritt«, erklärte Rita und ließ den Blick wieder über die Straße schweifen.

Es war ein unglaublich düsterer, ja fast dunkler Spätnachmittag. Eigentlich hätte man die Straßenbeleuchtung einschalten sollen, aber dafür schien es der Stadt noch zu früh zu sein.

»Geistliche Lieder von Schubert. Unser Chorleiter hat jedes Lied selbst ausgewählt und das Programm zusammengestellt. Damit es zum Ort unseres Auftritts passt.«

»Wieder der Singverein?«, fragte Wallner, und Rita schüttelte den Kopf.

»Nein, nur unsere Gruppe, die immer wieder in der Michaelerkirche auftritt. Dort müsste ich leider jetzt hin.«

Rita war schon als Schülerin Mitglied im Singverein der Gesellschaft der Musikfreunde geworden, gefördert durch ihre Mutter, die auf eine grundsolide künstlerische Bildung ihrer Tochter stets höchsten Wert gelegt hatte. Und das immer noch täte, fragen würde, ob sie ihre Stimme auch über die Chorproben hinaus trainiere, wenn sie noch am Leben gewesen wäre. Schließlich sollte die Ausbildung am Wiener Konservatorium bei Professor Hans Kirchner keine verlorene Zeit gewesen sein.

»Also mitten hinein ins Herz der Stadt!«, lachte Wallner und streckte den Arm aus. Sein Zeigefinger deutete auf einen Kraftwagen, der sich ihnen laut knatternd näherte. Der Wagen schwamm eher, als dass er fuhr.

Als der Fahrer vor ihnen anhielt, fasste Wallner Rita am

Ellenbogen und sagte: »Kommen Sie, ich liefere Sie heil und trocken bei Ihren Gesangskollegen ab.«

2.

WAS ALLES IN SO einer Maschine quietschen und knarren konnte, war für Rita ein unerklärliches Mysterium. Jedenfalls schienen sich die Klänge zu potenzieren, als der Kraftwagen ruckelnd vor dem Portal der Michaelerkirche gegenüber der Michaelerkuppel und der Hofburg anhielt.

»Sie sind am Ziel«, verkündete Wallner nach einer Fahrt, auf der er erneut seine letzte Expedition im Erzgebirge hatte Revue passieren lassen. Eine sanfte Alterserscheinung, die Rita ihm nachsah. Immerhin verstand Wallner es, auf spannende Weise zu erzählen.

»Vielleicht kommen Sie ja am Samstag zu unserer Aufführung?«, fragte Rita und streckte ihrem stellvertretenden Direktor breit lächelnd die Hand entgegen. »Um 19 Uhr, nach der Abendandacht. Eintritt gegen eine kleine Spende, der Pfarrer braucht auch etwas für seine Kirche.«

Wallner brummte und nickte. Seine Kirche war die Natur, waren die Berge, die Gesteinsarten. Sie zeigten am deutlichsten die Kraft eines gestaltenden Gottes, die Vielfalt der Schöpfung. Aber auch die Kunst, natürlich.

»Sie sind morgen Vormittag in der Bibliothek?«, fragte er, als wollte er von Ritas Frage ablenken.

»Ja.«

»Dann sage ich Ihnen morgen, ob ich mit meiner Frau komme. Vielleicht könnten Sie zwei Plätze für uns reservieren?«

Rita nutzte die Samstagvormittage regelmäßig dazu, die Bestände der Bibliothek zu kontrollieren und die Neuzugänge der zurückliegenden Woche einzuordnen und zu katalogisieren. Zum Glück waren es nicht so viele wie in großen Bibliotheken, aber doch genug, um ihr und ihren Kolleginnen und Kollegen ausreichend Arbeit zu bereiten.

Die Samstagnachmittage widmete sie für gewöhnlich ihren literarischen Bemühungen und Aufgaben als Kritikerin und verbrachte sie manchmal in der Redaktion der *Reichspost*, wo immer wieder Gedichte oder kurze Geschichten sowie Buchrezensionen von ihr erschienen. Morgen würde es anders sein, da war die Schlussprobe angesetzt, zu der alle zu erscheinen hatten. Rita wusste: Sollte jemand die letzte Probe schwänzen, musste er damit rechnen, bei den nachfolgenden Auftritten des Chors vorerst nicht dabei zu sein. Da war der Chorvorstand streng.

Mit Recht, mit Recht, erinnerte sich Rita eines Vorfalles vor wenigen Wochen, als Albrecht Huber, ein junger Arzt mit besten Karriereaussichten, eine halbe Stunde verspätet bei der Probe eintraf. Er hatte etwas von einem medizinischen Notfall gestammelt, dann von Müdigkeit, Zeitkollision – den Chorleiter hatte seine Erklärung nicht interessiert. Er erwartete dieselbe Professionalität beim

Chorgesang wie im Brotberuf. Und das galt ausnahmslos – ob Arzt, ob Bibliothekarin.

Sie nahm nicht den Haupteingang, sondern betrat den kleinen Durchgang, der den Michaelerplatz mit der hinter dem Gebäudekomplex aus Kirche und den angrenzenden Häusern liegenden Habsburgergasse verband. Gleich links gab es eine grüne Tür, die sich nur mit viel Kraft aufdrücken ließ. Rita schlüpfte durch den Spalt, den sie sich mit viel Mühe erkämpft hatte, und stand schließlich in dem kleinen seitlichen Vorraum, von dem aus man direkt ins Hauptschiff der Kirche gelangte.

Die meisten Kolleginnen und Kollegen waren bereits anwesend, alle klagten sie über das schreckliche Wetter. Rita konnte sich vorstellen, dass an diesem Abend wieder jemand zu spät kommen würde, diesmal mit der guten Begründung der widrigen Wetterlage. Albrecht Huber wäre dafür jedoch sicherlich nicht der richtige Kandidat, der hatte seine Lektion gelernt.

»… und dann ist ihm das Skalpell doch tatsächlich auf den Boden gefallen und mit der Spitze nur einen Zentimeter vor seiner Fußspitze im Boden stecken geblieben!«, vernahm sie seine hohe Stimme, die aus dem Gemurmel der Anwesenden hervorstach.

Albrecht Huber liebte es, lustige und oft übertriebene Geschichten zu erzählen. Sein schluckaufartiges Lachen holperte durch den Kirchenraum, als hätte es nicht einmal vor den entlegensten Nischen mit ihren Heiligen Respekt. Natürlich war der gut aussehende junge Mann wie zumeist von einigen jüngeren Frauen umringt. Und nicht nur von den jüngeren. »Wenn ich wollte, könnte ich an jeder Hand …«, war die Ausstrahlung, mit der er sich gerne umgab, aber Rita wusste, dass das nur Show war.

Dr. Albrecht Huber, Facharzt der Gynäkologie, war alles andere als ein Draufgänger und Fraueneroberer.

Rita ging auf die Gruppe zu und nahm Albrechts Winken mit einem milden Lächeln zur Kenntnis. In der letzten Reihe der Kirchenbänke saß Hochwürden Karl Straniak, um der Probe zu lauschen. Allerdings schien er geistig nicht ganz anwesend zu sein, denn er hielt ein Brevier aufgeschlagen auf seinem Schoß und sein Kinn ruhte fast auf der Brust. Er schien zu schlafen.

Ein kräftiges Händeklatschen riss ihn aus seinem geträumten Paradies. Der Chorleiter ließ den Blick über die Gruppe, die sich vor dem Altartisch versammelt hatte, wandern. Er zählte wohl, ob sie vollständig waren. Auch er erwartete anscheinend nicht, dass es bei diesem Wetter alle pünktlich hierher schaffen würden. Doch der Chor war vollständig.

»Ich gratuliere Ihnen, meine Damen und …«, er fixierte Albrecht Huber, »… Herren. Sie haben die Unbill der äußeren Umstände erfolgreich bewältigt, da wird es Ihnen ein Leichtes sein, unsere heutige Probe mit Fehlerlosigkeit zu krönen.«

Sie nahmen vor dem Altartisch Aufstellung, geordnet nach Stimmlagen, und als die ersten Töne erklangen, hätten die Sänger einen verzückten Priester in der letzten Reihe sitzen sehen können. Hätte da nicht zwischen ihm und dem Chor eine dicke Säule gestanden, die seine selige Zufriedenheit vor den Sängerinnen und Sängern verbarg.

3.

ER WAR ZUFRIEDEN. Nicht dass er diesen Umstand mit explizitem Lob zum Ausdruck gebracht hätte. Alles über sein gemurmeltes »sehr in Ordnung« hinaus wäre ein Wortschwall gewesen. Professor Walter war kein Mann der großen Worte und der kleinen auch nur selten.

Rita suchte unter den Schirmen, die auf dem Boden vor der ersten Sitzreihe lagen, ihren schmächtigen Begleiter. Alle waren durch und durch nass, und sie musste den ihren unter zwei breiten Herrenschirmen hervorziehen, die sich über ihm ein wenig aufgefaltet hatten. Er hatte also keine Chance gehabt, auch nur annähernd trocken zu bleiben.

Einer dieser Schirme gehörte Albrecht Huber.

»Dominant, so wie wir Männer eben sind«, kommentierte er frech, aber ironisch. Er nahm seinen Schirm an sich und schüttelte ihn ein wenig, damit die Stofffalten nicht mehr so stark aneinanderklebten. Es war ein elegantes Exemplar, dessen erstklassige Verarbeitung man schon an den Nahtstellen erkennen konnte. Die Spitzel an den Enden der Speichen waren aus glänzendem Messing, ebenso die Stockspitze, die eine kleine Delle aufwies.

»Ein Erbstück meines Vaters«, erklärte Albrecht, als er Ritas inspizierenden Blick bemerkte. »Aber keine Sorge, mein Vater lebt noch!«

Er lachte über den vermeintlich gelungenen Scherz und zog eine zusammengefaltete Zeitung aus der Innentasche seines Sakkos. Die ersten Sängerinnen und Sänger verabschiedeten sich, die eine oder andere mit einer kurzen Umarmung bei Rita, mancher Kollege mit kumpelhaftem Schulterklopfen bei Albrecht.

»Wenn das so weitergeht, werden Sie noch eine Berühmtheit«, deutete er an und schlug mit der gefalteten Zeitung auf die offene Handfläche.

Rita erkannte an einem Teil des Titelschriftzuges, den sie lesen konnte, dass es sich um die *Reichspost* handelte. Vermutlich um die gerade herausgekommene Ausgabe.

»Bestechend und exakt«, urteilte Albrecht und faltete die Zeitung auf. »Eine Rezension, wie sie im Buche steht.« Und wieder lachte er über sein Wortspiel.

Meistens zwischen den Seiten sechs und acht befand sich die Rubrik »Unsere Bücherschau«. Hier erschienen mit einer gewissen Regelmäßigkeit Ritas Buchbesprechungen.

»Chateaubriand«, schmunzelte Albrecht. »Romantische Erzählungen. Soso.«

Manchmal benahm er sich auf eine Weise, dass Rita ihn am liebsten am Revers seines Sakkos gepackt und durch das nächstbeste Fenster auf die Straße hinausbefördert hätte. Nur gab es in der Kirche kein dafür geeignetes Fenster.

»Herausgegeben von Stefan Zweig«, setzte Rita hinzu, als wollte sie damit die literarische Bedeutung des Buches und somit ihre Befassung damit in bedeutendere Sphären erheben.

»O ja, ich weiß, ich weiß«, gab sich Albrecht sanft. »Und ich fand den Schlusssatz geradezu herrlich treffend!« Er legte die Zeitung vor sich auf dem Sitz ab, um sie besser lesen zu können, und kniete nieder. »Da«, rief er aus. »Einmalig!«

Und dann las er laut den Abschlusssatz der Rezension vor, sodass alle Umstehenden nicht anders konnten, als ihn zu hören: Rita formulierte einen geschliffenen Seitenhieb gegen marxistisch tendenziöse Literatur genauso wie gegen Sensationshascherei und lobte die vorliegende Ausgabe als Ruhepol für Geist und Seele. Er blickte zu Rita auf. »'Touché, Fräulein Girardi!« Er deutete einen Applaus an, schlug aber die Handflächen nicht zu fest zusammen, um die Stille des Kirchenraums nicht zu stören.

Hochwürden Straniak kam auf die Verbliebenen zu, und auf sein Gesicht war immer noch die Glückseligkeit gemalt, die ihn während der Probe eingenommen und seitdem nicht mehr verlassen hatte. »Das wird ein wundervolles Konzert morgen«, sagte er zu einer Frau mittleren Alters. »Die Menschen werden danach beglückt nach Hause gehen. Und wir werden gewiss eine schöne Spendensumme für unsere schöne Kirche zusammenbekommen.«

Die Frau mittleren Alters ließ sich in ein Gespräch mit dem Priester verwickeln, während Albrecht Rita in ihren dünnen Mantel half und sich danach seinen eigenen überzog.

»Ich darf Sie doch nach Hause begleiten?«, fragte er. »Es ist spät geworden. Und das Wetter …« Er klopfte auf seinen Schirm, als wolle er andeuten, dass der besser sei als jener Ritas.

Rita blickte ihm lange und tief in die Augen. »Aber Sie wohnen nicht in meiner Nähe.«

»Wir haben jedoch denselben Weg, wenigstens von hier dieselbe Richtung.«

»Dann bin ich einverstanden, dass wir jenen Teil des Weges gemeinsam zurücklegen, den wir auch gemeinsam haben. Und unsere Wege trennen sich, wo jeder in seine Richtung weitermuss. Einverstanden?«

Sie hielt ihm zum Einschlagen die Hand entgegen, als hätten sie einen mündlichen Vertrag abgeschlossen. Albrecht lächelte und nickte, ergriff die zarte Rechte und führte sie in Andeutung eines Kusses an seine leicht gespitzten Lippen. Anschließend nahm er die Zeitung, faltete sie zusammen und wollte sie eben einstecken, als Rita ihn fragte: »Darf ich die haben? Ich habe nämlich kein Exemplar der Ausgabe und sammle meine Rezensionen.«

Albrecht strahlte und händigte ihr die *Reichspost* aus. Rita verstaute sie in ihrer kleinen Handtasche. Sie würde die Buchbesprechung zu Hause lesen, um zu überprüfen, ob man ihren vollständigen Text abgedruckt oder ihn gekürzt hatte.

»Ich würde mich allerdings wohler fühlen, wenn ich Sie bis nach Hause bringen dürfte«, fing Albrecht wieder an, als sie durch den Haupteingang auf den Michaelerplatz hinaustraten.

Es hatte zu regnen aufgehört. Die Straßen und Häuserdächer waren glänzend nass, der Himmel bedeckt und ohne Sterne. Nicht einmal der Mond konnte sich durch die dicke Wolkenschicht kämpfen. Die funzelige Straßenbeleuchtung spendete allerhöchstens unzureichendes Licht. Der frühe Abend war düster und so ungemütlich, wie er nur sein konnte.

»Wieso das?«, fragte Rita.

»Weil ich nicht allein Ihre Rezension gelesen habe, Fräulein Girardi.«

Sie schritten zügig die Reitschulgasse entlang und passierten den kleinen Josefsplatz. Menschen fanden sich keine in der Gasse.

»Ihre Zeitung macht auf Seite eins mit einem großen Fall auf«, erläuterte Albrecht. »Und da dachte ich mir, ich lasse Sie besser nicht alleine nach Hause gehen.«

Rita sagte nichts und ließ ihn erzählen.

»Erschrecken Sie bitte nicht. Es wurde im Arenbergpark ein Toter gefunden. Also nicht einfach ein Toter, sondern ein Mordopfer. Sie wohnen doch in der Nähe des Arenbergparks, nicht wahr?«

Rita nickte. Sie nahm die Mitteilung Albrechts mit derselben Unberührtheit entgegen wie andere Nachrichten, die in den Zeitungen standen. In Zeiten wie diesen gab es viel Übles und viel Elend. Die Menschen waren nicht geläutert und gebessert aus dem Krieg zurückgekehrt.

»Mein lieber Herr Huber«, sagte sie und ließ seinen Doktortitel bewusst weg. »Wenn Sie mich für ein kleines, hilfloses, beschützenswertes Ding halten, haben Sie sich in mir getäuscht.«

Albrecht schüttelte abwehrend den Kopf. »So habe ich das doch nicht gemeint!«

Rita lachte auf, als sie in seinem Gesicht echtes Erschrecken erkannte. »Ich auch nicht«, beschwichtigte sie sogleich. »Aber glauben Sie mir, ich kenne meine Wohngegend seit meiner Kindheit. Ich fühle mich dort sicher. Es wird mir nichts geschehen.«

Nun wiegte Albrecht den Kopf hin und her. »Davon würde ich mich gerne persönlich überzeugen. Vielleicht wollen wir uns morgen Nachmittag auf einen Kaffee treffen? Wir können ja danach gemeinsam zur Aufführung in die Michaelerkirche weitergehen.«

Rita blickte ihn seitlich von unten her an. »Warum nicht?«, antwortete sie und lächelte.

4.

DIE RESOLUTE KLEINE Person mit dem modischen Kurzhaarschnitt betrat den Vorraum der Bibliothek, wo breite, schulterhohe Holzkästen aufgestellt waren, die den modernen Zettelkatalog enthielten, der schon vor vielen Jahren die alten Katalogbücher abgelöst hatte. Der dunkelgraue Rock war glatt gespannt und reichte selbstverständlich deutlich über die Knie, die helle Bluse, deren Farbton nicht wirklich zu bestimmen war, war bis zum Hals hinauf zugeknöpft. Alles nett und adrett, wie es sich für eine anständige junge Frau in ihrer Position gehörte. Und eigentlich für jede Frau.

Wie zu erwarten, war an diesem Samstagvormittag außer ihr kein Mensch in der Anstalt. Der kleine Lesesaal war geschlossen, außerdem durfte man am Samstag keine Bücher entleihen oder zurückbringen, weshalb es die ideale Zeit war, um in Ruhe und Beschaulichkeit jene Arbeit zu verrichten, die sie immer als Bücherpflege bezeichnete.

Rita nahm an ihrem kleinen Schreibtisch Platz und streifte die Schuhe mit höheren Absätzen als gewöhnlich von den Füßen. Letzten Abend war sie nass geworden, als sie nach der Probe den Nachhauseweg angetreten hatte. Zunächst hatte alles ruhig ausgesehen, als sie mehr als den halben Weg in Begleitung von Albrecht Huber zu Fuß zurückgelegt hatte. Es hatte aufgehört zu regnen, wenngleich die Wolken sich dunkel am Himmel bauschten. Aber dunkel war alles in der Nacht, da mussten diese Wolken nicht zwingend weitere Regenmengen enthalten, nachdem sie sich schon zuvor stundenlang geleert hatten. Doch weit gefehlt! Nachdem sie sich von Albrecht verabschiedet hatte, der immer noch darauf bestanden hatte, sie bis vor die Haustür zu geleiten, was sie als überzogene Ritterlichkeit aus dem vergangenen Jahrhundert abgelehnt hatte, hatte ein sanfter Dauerregen eingesetzt, der eher nach Salzburg als nach Wien gepasst hätte.

Der kleine Schirm hatte sein Bestes getan, doch das war nicht viel gewesen. Gerade mal den Kopf und lediglich einen Teil der Schultern konnte sie damit trocken halten, der Rest ihres Körpers war durchnässt. So fühlte sie sich in ihre kleine Wohnung hineingespült, wo sie sich zuallererst der gesamten Kleidung entledigte, die sie bereits im Vorzimmer abstreifte.

Natürlich war sie sicher und wohlbehütet angekommen. Hatte Albrecht tatsächlich gedacht, der Mörder würde bei ihr um die Ecke auf sie lauern? Schließlich und endlich konnte so etwas überall passieren, das bedeutete nicht, dass es sich an einem Ort gleich wiederholte.

Splitterfasernackt war sie mit dem Haufen abgestreifter Kleidung ins Badezimmer gegangen, hatte die Wäsche in die Badewanne geworfen und ihren Körper mit einem großen Handtuch trocken gerieben. Das hatte den Blutfluss angeregt und ihr war wärmer geworden. Richtiggehend babyrosa zeigte sich ihre Haut nun und fühlte sich angenehm an.

Die Frisur saß zum Glück perfekt wie immer. Die Haare waren auf Kinnhöhe geschnitten und fielen gerade herab. Ein Pony fand seine Grenze etwa einen Zentimeter über den Augenbrauen, die dicht und auffällig über ihren Augen ruhten. Würde sie sich nicht so züchtig kleiden, hätten Frisur und ihre leicht frechen Gesichtszüge sie lasziv wirken lassen können.

Eine Liste der Neuzugänge der zurückliegenden Woche lag auf ihrem Tisch. Es waren noch nicht alle im Zettelkatalog verzeichnet, das würden Hilfsbibliothekare übernehmen. Rita hatte sich vorgenommen, zu jedem neuen Buch selbst die Verschlagwortung vorzunehmen, damit sie bei einer professionellen Suche gut gefunden werden konnten.

Dr. Maluschka verließ sich da voll und ganz auf sie. Der Oberbibliothekar hatte er sie zu einem seiner Liebkinder auserkoren und meinte, dass es höchste Zeit war, dass eine Frau die Position eines Oberbibliothekars erlangen konnte. Zum Beispiel als seine Nachfolgerin. Wie beim Leiter der Geologischen Bundesanstalt Georg Geyer stand seine Pensionierung in nicht mehr ganz zwei Jahren an.

Rita nahm sich die Liste heran und begann, in der rechten Spalte neben jedem Buchtitel Schlagwörter einzutragen. Sie hatte eine sehr schöne, geschwungene Handschrift, mit deren Lesbarkeit die Mitarbeiter keinerlei Probleme hatten. Man musste an jeder Stelle Fehlerquellen ausschließen.

Die Füße entspannten sich. Die Schuhe, die sie abgestreift hatte, waren neu und entsprechend noch etwas eng. Aber sie waren elegant, und sie hatte seit Langem ein neues Paar für die Auftritte im Chor gebraucht. Nicht gerade billig, doch dafür würden sie lange halten. Wenn man den Kaufpreis auf jedes Jahr umrechnete, das sie diese Schuhe vermutlich tragen könnte, waren sie geradezu preiswert gewesen.

Rita arbeitete sich die Liste hinunter und stockte, als sie auf einen Buchtitel stieß, der verriet, dass der Verfasser sich mit dem Erzgebirge beschäftigt hatte. Hofrat Wallners Spezialgebiet. Oder vielleicht besser Lieblingsgebiet, denn Spezialgebiete hatte er wahrlich mehr als nur eines.

Rita lehnte sich zurück und verschränkte die Arme hinter dem Kopf. Die langen Ärmel rutschten etwas nach unten und entblößten schlanke, zarte Handgelenke. Am linken hing ein dünnes goldenes Kettchen mit einem kleinen Kreuz als Anhänger. Es war ein Schmuckstück, das ihrer Mutter gehört hatte, seit sie ein Kind gewesen war. Sie hatte es noch vor ihrem Tod ihrer Tochter geschenkt und gemeint, dass diese es eines Tages ihrer Tochter weitergeben würde. Doch eine solche Tochter war nicht in Sicht, nicht einmal ein Ehemann, der für das Projekt Familiengründung geeignet gewesen wäre. Rita bedauerte das nicht. Es gab so viele Dinge im Leben, für die sie sich engagierte, dass für die Rolle als Ehefrau und Mutter derzeit kein Raum blieb.

Sie stand auf und ging schuhlos auf den niedrigen Schrank in der Nähe des Bibliothekseingangs zu, in dem die speziellen Bücher aufbewahrt wurden. Er hatte Glastüren, um die darin stehenden Bestände besser zu schützen. Natürlich durften diese Bücher genauso wie alle anderen von den Bibliotheksbenutzern entnommen und gelesen werden, allerdings in diesem Fall ausschließlich im Lesesaal.

Rita setzte ihre Schritte vorsichtig. Sie wollte vermeiden, dass raue Stellen des Parketts ihre Stümpfe aufrissen. Es knarrte da und dort unter ihr, aber nur leise, sehr dezent, als wäre sich der Boden bewusst, dass er sich in einer Bibliothek befand. Behutsam öffnete Rita die Glastüren und griff zielgerichtet nach einem rund 300 Seiten starken Buch, das eine sehr niedrige Signaturzahl trug. Der Einband war abgegriffen und es ließ sich leicht aufschlagen, leistete keinen Widerstand, wie es bei neuen Bücher mit ihrer frischen Bindung der Fall war.

Das gibt wieder staubige Finger, dachte sich Rita, doch das war geradezu Teil des Berufsbildes Bibliothekar. Daran durfte man sich nicht stören.

Rita traute ihren Augen nicht. Sie hatte Hofrat Wallners Buch, das am Beginn der 1880er-Jahre erschienen war, auf Seite eins aufgeschlagen, wo die Einleitung begann, und da war doch tatsächlich ein Satz mit einer welligen Bleistiftlinie unterstrichen: »Das Erzgebirge zu begehen, mag beschwerlich sein und anstrengend, doch was entschädigt uns die Natur für unsere Mühen! Welch ein Ort der Schönheit!«

Und daneben, als Randnotiz, stand in geschwungenen Buchstaben geschrieben: »Ach, wär' er doch nie dort gewesen, auch andere Orte sind sehr schön!«

Wer hatte sich das erlaubt! Es war explizit in der Bibliotheksordnung vermerkt, dass Notizen in Büchern nicht gestattet waren. Eine solche Rücksichtslosigkeit, eine solche Missachtung! Wer hatte hier so wenig Respekt vor Büchern? Wenn sie nur wüsste, wer das gewesen sein konnte …

Natürlich war das nicht herauszufinden. Das Buch gehörte zur Freihandaufstellung, jeder konnte es entnehmen und an seinen Platz zurückstellen, wenn er sich in der Bibliothek aufhielt. Es würde wohl auch nicht viel bringen, sich die Listen derer durchzusehen, die in der vergangenen Woche die Bibliothek aufgesucht hatten. Oder vielleicht vor zwei Wochen ... Sie wusste ja nicht einmal, wann dieses Gekritzel entstanden war.

Rita nahm das Buch mit zu ihrem Schreibtisch und suchte nach einem weichen Radiergummi. Sie wollte dieses Sakrileg beseitigen und hoffte, dass der Schreiber nicht zu fest aufgedrückt und somit Druckspuren auf der Seite hinterlassen hatte.

Unfassbar! Wer machte so etwas nur? Und wozu? Die Randnotiz ergab ja nicht einmal Sinn. Rita war verärgert, zornig. Wenn sie diese Person in ihre Finger bekam, dann ...

5.

»Sie sind heute aber elegant gekleidet«, überraschte die Stimme Hofrat Wallners sie, und sie schlug das Buch zu.

Ihr Gesichtsausdruck musste vergrämt wirken, denn Wallner blieb abrupt stehen und hielt eine größere Distanz zu Rita.

»Wir haben ja am Abend unseren Auftritt«, erklärte Rita, »und vorher habe ich keine Gelegenheit mehr, mich zu Hause umzukleiden.« Auch ihre Stimme war härter, als sie eigentlich beabsichtigte. Immer noch war sie verärgert wegen der Randnotiz in Wallners Buch. »Werden Sie kommen? Mit Ihrer Frau?«

Wallner bejahte und näherte sich Rita. Sie entspannte sich langsam, und ihre missliche Laune war ja sichtlich nicht gegen ihn gerichtet gewesen.

»Dann werde ich Ihnen zwei Plätze in der ersten Reihe reservieren.«

Wallner lächelte dankbar. »Haben Sie das gelesen?«, fragte er und legte eine Zeitung auf ihren Schreibtisch. Es war wieder die *Reichspost*, diesmal die Morgenausgabe.

»Sie meinen meine Buchbesprechung?«

Wallner schüttelte den Kopf, dann nickte er umso eifriger. »Die natürlich auch! Aber ich meine den Bericht auf Seite eins.«

Rita erinnerte sich. Der Tote im Arenbergpark. Jetzt kam also Wallner als Nächster mit dieser Geschichte. Fehlte nur noch, dass er sie ebenfalls auf einen Kaffee einladen wollte.

»Das ist unmittelbar in Ihrer Nähe!« Wallner faltete die Zeitung vor Rita auf und tippte mit dem Zeigefinger auf die Schlagzeile. »Toter Mann vor dem Gartenpavillon im Arenbergpark gefunden. Mord!«

Rita kannte den Kollegen, der den Artikel geschrieben hatte. Er neigte zur Dramatisierung und ließ kein Mittel aus, um Spannung zu erzeugen – oder was er eben für Spannung hielt. Für Rita war er eher ein Übertreibungsjournalist.

Wallner versuchte, die Seite glatt zu streichen, die sich über das darunterliegende Buch wölbte.

»Ein etwa dreißigjähriger Mann wurde brutal zusammengeschlagen und erstochen vor dem Eingang des

Pavillons aufgefunden‹«, las er laut. »›Seine Identität ist zur Stunde noch unbekannt. Es wird ein Gewaltverbrechen aus Habgier vermutet.‹ Wird das Leben in Wien gefährlicher?«

»Das Leben ist immer gefährlich«, winkte Rita ab und zog das Buch unter der Zeitung hervor. »Und überhaupt in Zeiten wie diesen, wo die wenigsten wissen, wie sie das Geld für die nächste Woche zusammenkratzen sollen.«

»Wenn ich mir vorstelle, dass dieser Verbrecher Sie erwischt hätte, Fräulein Girardi …«

»Ich gehe zu gewissen Zeiten nie durch den Park, Herr Hofrat.«

»Schon, ja, das ist auch sehr vernünftig von Ihnen. Aber ist Ihnen bewusst, dass die größten Gefahren in unmittelbarer Nachbarschaft lauern können?« Er machte ein sehr ernstes Gesicht. »Ich will Ihnen natürlich keine Angst einjagen, Fräulein Girardi!«

Rita lachte. »So schnell macht mir nichts Angst!«

Sie hielt Wallner das Buch entgegen, das dieser sofort erkannte. Ein Lächeln umspielte seine Lippen, als träfe er eine frühere Geliebte aus alten Tagen wieder und stellte nun fest, dass es ihr immer noch gut ging.

»Sehen Sie sich mal Seite eins an!«, forderte Rita ihn auf, und ihre schlechte Laune kehrte zurück.

Wallner schlug die Seite mit der Überschrift »Einleitung« auf, ließ den Blick kurz auf den Zeilen ruhen und blickte dann zu Rita, als verstehe er nicht, was sie von ihm wollte.

»Das Gekritzel!«, stieß Rita spitz hervor.

Erneut spürte sie die Empörung in sich hochsteigen, wie bittere Galle, die sich ihren Weg über die Speiseröhre nach oben bahnte und brannte. Sie sah einen fiktiven Bibliotheksbesucher vor sich, wie er mit einem übergroßen Bleistift dicke Striche über ganze Buchseiten zog. Eine Horrorvorstellung.

»Ach«, war der schwache Kommentar Wallners. »Ja, unschön, ich kann Ihre Reaktion natürlich nachvollziehen. Als Bibliothekarin. Als Frau, die Bücher liebt. Ich als Naturmensch hingegen … Verstehen Sie mich nicht falsch, liebes Fräulein Girardi!« Er klappte das Buch zu und reichte es ihr zurück.

»Jedenfalls werde ich dieser Schande mit einem Radiergummi zu Leibe rücken«, zeigte sich Rita kämpferisch.

Sie knallte das Buch zornig auf den Tisch, sodass die Zeitung darunter flatterte. Wallner räusperte sich, ihm schien im Augenblick etwas zu viel dicke Luft im Büro der Bibliothek zu herrschen. Er ging zu einem Fenster und öffnete es.

»Wenigstens ist heute ein schöner Tag«, wechselte er das Thema. »Geradezu einladend für eine Klettertour.«

Trotz seines Alters und seiner Position ließ Wallner es sich nicht nehmen, immer wieder in die Berge zu fahren, um dort zum Teil sehr schwierige Touren zu gehen oder zu klettern. Eine Leidenschaft, die ihn mit seinem Vorgesetzten Geyer verband. Sein Körper war kräftig, auch wenn er das unter einem weit geschnittenen Anzug verbarg, der locker an ihm herunterhing. Doch weder Wissenschaftler noch Bergsteiger waren je zu exquisiter Garderobe gezwungen gewesen. Die inneren Werte machten es aus.

»Meine Frau bestand jedoch darauf, dass ich sie heute zu Mittag ausführe. Nun ja, das gibt uns wenigstens die Gelegenheit, Sie heute Abend zu bewundern, Fräulein Girardi.«

Rita beugte sich über die aufgezogene Schreibtischlade und tastete mit der flachen Hand nach hinten. Als hätte sie eine widerborstige Beute erlegt, hielt sie wenig später einen weißen Radiergummi vor sich.

»Dann werde ich mal«, verabschiedete sich Wallner, als er bemerkte, dass Rita mit ihren Gedanken längst bei der Bewältigung eines anderen Problems war.

Seine Schritte entfernten sich mit festen Schlägen der Absätze, umso behutsamer und leiser zog er die Tür des Büros zu.

In dem sanften Luftzug, der durch das Fenster hereinwehte, bewegten sich die Ecken der Zeitungsseiten. Rita schlug das Buch auf und betrachtete noch einmal mit Widerwillen die Verunstaltung. Wie hatte Hofrat Wallner gesagt? Verbrecher! Ja, genau so einer war der Kerl. Denn davon auszugehen, dass es sich um eine Täterin handelte, war für Rita denkunmöglich.

Sie vollbrachte ihr Werk mit Behutsamkeit und der notwendigen Zeit, um keinen Schaden am Papier anzurichten. Und es gelang ihr in einem Maße, das sie mit Zufriedenheit erfüllte und mit der Welt versöhnte. Den Abrieb des Radiergummis schob sie mit dem Handballen auf der Zeitung zu einem kleinen Haufen zusammen und entsorgte ihn im Papierkorb, der neben dem Schreibtisch stand. Dann stellte sie das Buch, fast schon liebevoll, an seinen angestammten Platz zurück.

Der Kollege von der *Reichspost* hatte wirklich kein Klischee ausgelassen. Er beschrieb den Tatort und den vermuteten Tathergang mit einer Detailverliebtheit, die nur seiner Fantasie entsprungen sein konnte. Von einer bedrückend dunklen Nacht war da die Rede, dem alle Sichtbarkeit wegwaschenden Regen. Das Opfer habe keine Chance gehabt, seinen Täter zu erkennen, mutmaßte der Kollege. Und er kündigte für die nächste Ausgabe ein Interview mit dem ermittelnden Kommissar Julius Hechter an, der dem aus Geldgier begangenen Verbrechen auf den Grund gehen würde. Ausführlich beschrieb er die Leiche, wie sie dalag in ihrem eigenen Blut, das vom Regen über die ganze Fläche vor dem Pavillon verteilt worden war, die klaffende Wunde in der Brust. Dabei hatte er einige Zeilen zuvor geschrieben, dass der Tote auf dem Bauch liegend aufgefunden worden war. Woher also die klaffende Brustwunde? Ja, so war er, der fantasievolle Kollege von der *Reichspost*.

6.

DIE SCHUHE DRÜCKTEN mehr und mehr, je länger sie sie trug. Nun bereute sie es, die mattschwarzen Pumps mit den etwas höheren Absätzen nicht immer wieder für eine kurze Zeit zu Hause eingelaufen zu haben, wie die Schuhverkäuferin ihr empfohlen hatte. Hoffentlich würde Albrecht ihr gequältes Gesicht nicht falsch deuten.

Er stand bereits am vereinbarten Treffpunkt, dem Zugang zum Volksgarten auf der Seite des Heldenplatzes, und ließ sich die Sonne ins Gesicht scheinen. Die Kastanienbäume hatten ihre Blüte gerade hinter sich und begannen, die ersten, bescheiden kleinen Früchte auszubilden. Nur wenige Menschen waren unterwegs, einige mit ihren Hunden, die sie ohne Leine über die Rasenflächen tollen ließen. Albrecht hatte den Blick in Richtung Präsidentschaftskanzlei gerichtet und die Augen zu schmalen Schlitzen zusammengepresst. Bundespräsident Hainisch würde an diesem frühen Samstagnachmittag sicher nicht hinter seinem Schreibtisch sitzen und Gesetze auf ihre Verfassungskonformität prüfen. Dazu war dieser Tag einfach zu schön. Die wachhabenden Polizisten in ihren Uniformen jedoch mussten den ersten schweißtreibenden Tag ertragen.

Albrecht sah sie nicht auf ihn zukommen. Erst als sie ihn ansprach, drehte er sich zur Seite und rückte sich die Krawatte zurecht.

»Einen schönen Samstagnachmittag, Fräulein Girardi«, begrüßte er sie und deutete einen Handkuss an, wie er sich gehörte.

»Rita«, entgegnete sie statt eines Grußes. »Nennen Sie mich doch einfach Rita. Und ich darf Albrecht sagen?«

Dr. Albrecht Huber strahlte über das ganze Gesicht, wodurch er seine Augen erneut zusammenkniff.

»Sehr zu meiner Freude!« Er bot ihr seinen Arm an, damit sie sich einhängen konnte. »Ich dachte, wir gehen in die Meierei«, schlug er vor.

Das achteckige Gebäude in der Mitte des Volksgartens war vor Kurzem zu einer Milchtrinkhalle umgestaltet worden. Früher hatte es als Wasserreservoirhäuschen gedient. Nun konnte man verschiedene Kaffee- und Milchgetränke genießen, die einem in ihrer Auswahl ein wenig das Flair Italiens näherbringen sollten. Die Mehlspeisenvielfalt war allerdings typisch wienerisch.

Der Schanigarten war von einer kreisförmigen Hecke umgeben, die die Besucher vor neugierigen Blicken Vorüberspazierender schützte. Das Lokal galt als beliebter Treffpunkt frisch verliebter Paare, die sich an einen Tisch nah an der Hecke setzten und ihre Köpfe fast schon in das dichte Grün steckten, um nicht erkannt zu werden.

Eine solche Geheimnistuerei war bei Rita und Albrecht nicht vonnöten. Gesittet und als Chorkommilitonen fern jeden geringsten Verdachts nahmen sie an einem Tisch unweit des Eingangs Platz, von dem aus man sogar ein wenig Sicht auf die Parkanlage hatte. Vielleicht war es einer der wenigen Vorteile des zurückliegenden Krieges, dass der Kaiser die Vollendung seiner Pläne eines Kaiserforums nicht mehr hatte umsetzen können. Das Architekturprojekt hätte die gesamte Grünfläche gekostet und die Wiener eines beliebten Parks beraubt.

»Ich hoffe, ich habe Sie gestern mit dem Artikel und meiner Sorge nicht zu sehr verunsichert«, kam Albrecht auf den Vorabend zu sprechen, nachdem sie zwei große Milchkaffees bestellt hatten.

Rita sah ihn provokant fragend an. »Ich dachte, ich hätte Ihnen bereits klargemacht, dass ich durchaus meinen eigenen Mann stehen kann. Beziehungsweise meine eigene Frau, um exakt zu sein.«

Albrecht errötete leicht. Ja, er war definitiv kein draufgängerischer Frauenheld. Sonst wäre ihm jetzt eine flotte Wendung eingefallen, womöglich leicht anzüglich, die er ihr entgegnet hätte.

»Tut mir leid, so hart wollte ich es nicht ausdrücken«, nahm Rita ihm schnell die Last der Betroffenheit von den Schultern.

Der Kellner brachte die beiden Milchkaffees.

»Darf ich gleich bezahlen?«, fragte Albrecht und zog ein dickes Päckchen Kronenscheine aus der Sakkotasche. »Bevor sich die Inflation noch verdoppelt im Laufe der nächsten Stunde.«

Er grinste. Wieder einer seiner typischen Scherze, dachte sich Rita und bemerkte an der Reaktion des Kellners, dass es sogar diesem die Sprache verschlug. Immerhin lag die Inflation bei fast dreitausend Prozent! So gesehen war Albrechts Scherz einer, der einem eher im Halse stecken bleiben musste, als zum Lachen anregte.

Eigentlich war Albrecht ein attraktiver Mann. Wie er gerade die Tasse ansetzte und dabei die Lippen spitzte … Rita war bisher gar nicht aufgefallen, dass er so volle, geschwungene Lippen hatte. Der sogenannte Amorbogen der Oberlippe war besonders ausgeprägt, fand sie.

»Eigentlich sollte man längst daran denken, eine Währungsreform anzugehen«, wurde er mit einem Mal politisch. Womöglich wollte er damit von dem Zeitungsartikel und dem Mord ablenken? Er steckte den Kronenschein, den ihm der Kellner als Wechselgeld gegeben hatte, in sein Geldpäckchen zurück und ließ es in der Tasche verschwinden. »Ich meine, 4.000 Kronen für zwei Milchkaffees! Das klingt doch absurd, oder?«

Rita nickte. Sogar wenn er sprach, waren seine Lippen faszinierend.

»Ich möchte Sie keinesfalls mit Politik langweilen«, machte er einen Rückzieher, als er bemerkte, dass Rita nichts sagte.

»Das tun Sie nicht. Ich gebe Ihnen voll und ganz recht.«

Wieder entstand ein kurzes Schweigen zwischen ihnen und sie blickten sich einfach nur in die Augen.

»Aber wenigstens ein ausgezeichneter Kaffee«, löste Albrecht schließlich die Spannung, die zu entstehen schien.

»Aus Italien«, rief ihm der Kellner zu, der gerade vorbeihuschte und auf einem silbernen Tablett Mehlspeisen für einen anderen Tisch balancierte.

»Na ja«, meinte Albrecht, »wenn wir schon keine Ländereien in Italien mehr besitzen, dann können wir uns wenigstens an der italienischen Kulinarik erfreuen.« Er nahm einen weiteren Schluck, wodurch seine Lippen von dem Getränk glänzten.

»Erzählen Sie mir von sich«, forderte Rita ihn schließlich auf. »Wir wissen voneinander eigentlich nur, was wir beruflich machen, in welcher Gegend wir wohnen – und dass wir gerne singen!«

Er lachte.

»Ja, das Singen ... Wenn ich es recht bedenke, ist daran meine Mutter schuld. Sie hat mich von klein auf zu allen möglichen Chören geschickt.«

Rita lächelte ihn an, während er erzählte.

»Verstehen Sie mich nicht falsch! Im Grunde bin ich ihr heute dankbar dafür. Und ich habe es auch als Kind gemocht. Meine Mutter selbst war übrigens Sängerin.«

»War?«

»Ja, sie ist vor vielen Jahren gestorben. Eine langwierige Krankheit ...«

Er nahm einen Schluck und blieb in Gedanken einen Moment lang in einem zurückliegenden Jahr hängen.

»Bei mir auch.«

Albrecht zog fragend die Augenbrauen hoch. »Mutter? Oder Chor?«

»Beides!«, lachte Rita auf. Ernster fuhr sie fort: »Meine Mutter starb, als ich mich auf den Schulabschluss vorbereitete. Für meinen Vater war das hart. Aber gemeinsam haben wir das irgendwie überwunden – glaube ich zumindest.«

»Und Ihr Vater?«

»Dem geht es gut! Er hat mir die Wohnung überlassen, in der wir als Familie gelebt haben, und wohnt nun in unserem kleinen Haus in Gerasdorf. Er hat vor einigen Jahren wieder jemanden gefunden.«

Den letzten Satz sprach sie mit einer gewissen Traurigkeit, hatte Albrecht den Eindruck, wagte allerdings nicht nachzufragen.

»Mein Vater hat sich aufs Altenteil zurückgezogen«, erzählte Albrecht. »Nun ja, er kann es sich problemlos leisten. Sogar in diesen Zeiten.«

»Und wie wurden Sie Arzt?«

Er trank den Rest seines Kaffees aus. »Das wollte ich von klein auf werden. Und die Gynäkologie … Ich weiß nicht, das hat sich so ergeben. Mein Vater war begeistert, als ich ihm eröffnete, Medizin studieren zu wollen. Ein Arzt in der Familie! Ich glaube, alleine das macht ihn stolz bis in alle Ewigkeit!«

Er lachte wieder. »Und wieso haben Sie sich für die Bibliotheksarbeit entschieden?«

Rita drehte die Schale Kaffee zwischen den Fingern.

»Wohl die Liebe zu Sprachen?«

Sie wirkte, als wäre sie sich selbst nicht sicher.

»Spanisch, Französisch, Italienisch, Esperanto … und Bücher. Die waren immer um mich herum.«

Jetzt war Albrecht beeindruckt. »Sie beherrschen all diese Sprachen? Und sogar Esperanto?«

»Und Stenografie und Maschinenschreiben ...« Nun war es an Rita, laut aufzulachen.

»Kommen Sie«, forderte sie Albrecht schließlich auf, »lassen Sie uns noch ein wenig spazieren gehen, bevor wir zur Kirche müssen.«

7.

Der Weihrauch zog noch in vereinzelten Schwaden durch die Kirche und suchte nach Nischen und Ritzen, wohin er sich zurückziehen konnte. Vielleicht wollte auch er in Ruhe dem Konzert lauschen, für das gerade alles vorbereitet wurde. Die Sängerinnen und Sänger würden sich rund um den frei stehenden Altartisch anordnen, die ersten Bankreihen waren speziellen Gästen vorbehalten. Rita machte mit zwei handgeschriebenen Zetteln Hofrat Wallner und Gemahlin zu solchen.

Hochwürden Straniak huschte hin und her, nach vorne und nach hinten, rückte aufgelegte Reservierungszettel zurecht, eilte schließlich zum Eingang, um ein Schild auf einem kleinen Tischchen aufzustellen, auf dem ein Korb stand. Das Schild wies in Blockbuchstaben auf die freiwillige – doppelt unterstrichen – Spende hin. Eigentlich hätte er stattdessen eher das Wort »Spende« unterstreichen müssen.

Der Spaziergang und die Gespräche mit Albrecht hatten Rita gutgetan. Sehr gut. Sie fühlte sich so leicht und beschwingt wie schon lange nicht mehr. Ob das etwas zu bedeuten hatte? Nicht dass sie auch nur die geringste Tendenz in irgendeine Richtung hätte. Oder gar in eine ganz bestimmte. Aber sie konnte nicht leugnen, dass ihr dieser Gemütszustand gefiel.

Albrecht war bei Weitem nicht der oberflächliche Mann in den besten Jahren, als der er erschien, wenn man ihn in Gesellschaft beobachtete. Rita war froh, ihn nun besser kennengelernt zu haben. Wie gewohnt wurde er gerade umringt von einigen Kolleginnen, auch Frau Mayerling, ein abgerundeter Mezzo, war dabei, die mit beiden Händen immer wieder den Sitz ihrer Frisur prüfte, als hätte sie Angst, das hochgesteckte Gebilde aus grauem Haar könnte jeden Augenblick in sich zusammenstürzen. Dabei schob sie sich hin und her, um die Traube rund um Albrecht zu umschiffen und vielleicht näher an ihn heranzukommen. Wie ein Opernstar, den man für seinen Auftritt feierte, stand der junge Arzt in der Mitte und gab seine amüsanten Geschichten zum Besten.

Rita setzte sich auf den Platz, den sie für Hofrat Wallners Ehefrau reserviert hatte. Eine kurze Pause. Sie hatten vor einer halben Stunde noch einmal ein paar Stellen geprobt, aber es gab keine Beanstandungen. Alle Sängerinnen und Sänger beherrschten ihren Part, die Aufführung konnte beginnen.

Die ersten Besucher fanden sich langsam ein. Hochwürden Straniak begrüßte jeden einzelnen Gast mit einem persönlichen Handschlag und beäugte hoch aufmerksam, wie Geldscheine ins bereitgestellte Körbchen flatterten. Natürlich gab es niemanden, der der Kirche eine kleine Gabe verwehrte, und die großformatigen Scheine bildeten sehr bald einen auffälligen Haufen.

Rita freute sich, als Hofrat Wallner auf sie zukam. Sie saß nach wie vor auf dem Platz, den sie für seine Frau reserviert hatte, doch er stand alleine vor ihr.

»Meine Frau fühlt sich nicht wohl«, sagte er mit entschuldigendem Bedauern. »Dieses wechselhafte Wetter setzt ihr zu, sodass sie manchmal das Gefühl hat, der Kopf würde ihr zerspringen.«

Rita stand auf und gab ihm die Hand. »Das ist schade«, sagte sie und nahm sogleich den Reservierungszettel von der Sitzfläche weg.

Sie kannte Frau Hofrat Wallner lediglich von wenigen offiziellen Gelegenheiten, bei denen sie ihren Mann begleitet hatte. Sie hatte dabei immer den Eindruck einer vor Kraft und Gesundheit nur so strotzenden Dame gemacht, die so schnell nichts von ihren im wahrsten Sinne des Wortes festen Beinen stoßen konnte. Wallner hatte sogar einmal erzählt, dass sie ihn das eine oder andere Mal auf kleinere Expeditionen begleitet hatte.

»Es wird sich sicher einmal eine weitere Gelegenheit ergeben«, sagte Wallner und sah sich plötzlich Albrecht gegenüber, der sich zu ihnen gesellt hatte.

»Dr. Albrecht Huber«, stellte er sich vor und deutete ein Nicken an. »Gynäkologe.«

»Hofrat Adam Wallner.« Der Geologe streckte dem jungen Mann die Hand entgegen, es folgte ein kraftvoller Händedruck.

»Der Stellvertreter meines Chefs«, ergänzte Rita und strahlte Albrecht an. »Und ein ganz besonders gütiger Mensch.«

Wallner winkte ab.

»Das ist gut«, meinte Albrecht, »wenn ein gütiger Mensch auf einen so empfindsamen Menschen wie Sie trifft, Rita.«

Rita und Albrecht blieben in einem langen Blick verhaftet, den Wallner schließlich mit einem Räuspern unterbrach. Albrecht griff nach Ritas Hand und küsste diese.

»Sie ist ein sensationeller Sopran«, stellte er an Wallner gewandt fest.

»Und Sie?«, fragte der Hofrat.

»Heldentenor! Was dachten Sie denn? Sehen Sie mich an: ein Held vom Scheitel bis zur Sohle!«

Wieder so ein Scherz Albrechts, der bei Wallner allerdings gar nicht gut anzukommen schien, denn der ältere Mann zog die Augenbrauen zusammen und reagierte nicht weiter.

»Es wird wohl Zeit«, zog Albrecht sich aus der Affäre und berührte Rita kurz an der Schulter. »Ich mache mich dann langsam bereit.« Er ging davon.

»Ich hoffe, ich habe Ihren Freund nicht vertrieben?«, sagte Wallner und wirkte ungewohnt ernsthaft. »Nicht dass ich einen Keil zwischen Sie beide getrieben habe.«

Rita lachte. »Ach was! Wieso einen Keil? Wir sind wirklich gute Chorkommilitonen. Musik verbindet eben!«

Wallner nickte bedächtig. »Wenn es nur das ist …«, meinte er andeutungsvoll, was Rita unangenehm war, denn ihr Vorgesetzter überschritt damit ihrem Empfinden nach eine Grenze.

Wallner nahm Platz. Eine der Sängerinnen teilte ein Blatt aus, auf dem das Programm des Abends zusammengestellt war. Die Geistlichen Lieder Franz Schuberts. Wallner fingerte eine Lesebrille aus der Brusttasche seines Sakkos und überflog das Blatt Papier. Als erstes Lied stand die Klopstock-Vertonung »Dem Unendlichen« auf dem Programm. Auch Jacobis »Litanei«, dem Feiertag Allerseelen gewidmet, fand sich unter den vorgesehenen Liedern.

Der Rahmen, den die Michaelerkirche bot, war ein feierlicher. Die zu jeder Tageszeit recht dunkle Kirche, in der Mozarts Requiem zum ersten Mal erklungen war, sorgte mit ihrer Ausstrahlung stets für eine Ruhe, die schnell zu einer innerlichen wurde. Wallner faltete das Blatt einmal und steckte die Brille wieder weg. Sein Blick verfolgte den jungen Gynäkologen, der erneut mit Rita in ein Gespräch vertieft war. Wenn er die beiden jungen Menschen so beobachtete, konnte er sich des Eindrucks nicht erwehren, dass sie mehr als nur eine Chorkollegenschaft verband. Aber man konnte Eindrücke natürlich auch überinterpretieren.

Der Kirchenraum füllte sich, die erste Reihe war sehr bald vollständig besetzt. Neben Wallner nahm ein Geistlicher Platz, der sich als Generaloberer Pater Pancratius des an die Kirche angeschlossenen Salvatorianerordens vorstellte. Die zwei Männer von ungefähr gleichem Alter tauschten Belanglosigkeiten aus und lobten vorab die Programmzusammenstellung, bis schließlich der Chorleiter zur Begrüßung der Gäste anhob. Das Gemurmel im Kirchenraum erstarb, die Aufmerksamkeit richtete sich auf den Chor, der in zwei Reihen halbrund um den Altartisch herum Aufstellung bezogen hatte. Als die ersten

Töne erklangen, senkte sich neben dem gewohnten Heiligen Geist auch der Geist der Muse über die Häupter der Menschen.

8.

RITA FÜHLTE SICH müde, aber es war eine angenehme Müdigkeit. Sie liebte diesen Zustand nach einem gelungenen Konzert, wenn der Körper seine ganze Energie gegeben hatte, um ihre Stimme zu stützen und mit Kraft zu nähren. Und sie liebte die Anerkennung des Publikums, wenn es von dieser Energie des Gesangs einen Teil aufgesogen hatte und in Form von Begeisterungsbekundungen wieder abgab.

Hochwürden Straniak lief aufgeregt von einem zum anderen, beglückwünschte jeden Sänger, jede Sängerin einzeln und holte sich einige Male die Bestätigung seines Generaloberen, dass es ein exzellentes Konzert gewesen sei. Schließlich begann er, das Publikum aufzufordern, die Kirche langsam zu verlassen, denn er müsse sie demnächst abschließen. Die Zeiten seien gefährlich für die wertvollen Kunstschätze, die das Haus Gottes in sich berge.

Der Chorleiter hatte in der ersten Reihe Platz genommen und ordnete seine Noten. Auf seinem Gesicht hatte sich ein hochzufriedener Ausdruck festgesetzt, der so bald nicht mehr weichen würde. Rita kannte das schon von ihm, dass seine Entspannung nach vollbrachter Tat stundenlang anhielt. Doch auch dann war er kaum gesprächiger als normal.

»Ein exzellentes Solo, Fräulein Girardi!« Wallner klatschte begeistert und stellte sich zu ihr. »Ich danke Ihnen sehr, dass Sie mich zu diesem Erlebnis eingeladen haben.«

Gerade wollte er nach ihrer Hand greifen, um diese zu küssen, als ihm Albrecht zuvorkam.

»Wie wahr, wie wahr!«, rief jener bewundernd aus und vollendete die Tat, die Wallner beabsichtigt hatte.

Rita bemerkte den Blick Wallners nicht. Er war kein Mensch, der auf solche Situationen nachtragend reagierte, doch anstelle seinerseits Rita mit der höflichen Geste zu bedenken, nickte er und murmelte etwas, das sie nicht verstand.

Hochwürden Straniak gebärdete sich inzwischen wie der Hahn auf dem Hof, der seine Hühner zusammentrieb, damit sie nicht verloren gingen. Einen nach dem anderen komplimentierte er die Besucher aus der Kirche und begann nun auch, die Choristen auf ihre Pflicht aufmerksam zu machen. Punkt 21 Uhr spätestens wollte er sein Gotteshaus geräumt haben, so war es besprochen und ausgemacht.

Eine junge Choristin sammelte die Reservierungszettel ein, rollte sie zusammen und stopfte sie in ihre kleine Handtasche. Sie rief Rita ein »Grüß dich!« zu, winkte Albrecht und ließ sich von Hochwürden Straniak in Empfang nehmen, der sie aus dem Mittelschiff hinausbegleitete.

»Wir sind ja fast die Letzten«, stellte Albrecht mit einem Rundumblick fest.

Wallner neigte sich Rita entgegen, als wollte er ihr etwas zuflüstern, doch erneut kam ihm Albrecht zuvor.

»Ich würde Sie gerne nach Hause begleiten«, bot er Rita an. »Oder wie weit Sie es eben zulassen.« Er lachte sie an.

»Oh!«, entfuhr es Wallner. »Ich wollte Ihnen gerade dasselbe anbieten.«

Rita sah zwischen den beiden Männern hin und her. Wallner versuchte, einen lockeren Gesichtsausdruck zu präsentieren, doch Rita kannte ihn lange genug, um zu erkennen, dass seine Züge erstarrt waren.

»Keine Sorge«, löste Wallner sich schließlich aus der Befangenheit, »bei Herrn Dr. Huber sehe ich Sie ja in besten Händen. Damit bin ich schon beruhigt.«

Er deutete eine Verneigung an, küsste Rita nun doch zur Verabschiedung die Hand und warf Albrecht ein »Passen Sie gut auf sie auf!« zu, als er sich in die unvermeidbaren Arme Hochwürden Straniaks begab.

Albrecht zog die Augenbrauen in die Höhe und blickte Rita an, als hätte er etwas Falsches getan oder gesagt. Diese sammelte ihre Sachen zusammen und sagte heiter: »Dann gehen wir!«

Hochwürden Straniak eilte ihnen bereits entgegen, bedankte sich mit vielen umständlichen Worten für das Konzert, das sein Herz gerührt habe, und schob die beiden als die tatsächlich Letzten aus der Kirche hinaus. Hinter ihnen wurde das Haupttor zugezogen und fiel schwer in ein altes Schloss, das sich nur unter lautem Klacken und

Klicken abschließen ließ. Danach würde Straniak noch den Seiteneingang verschließen und sich schließlich mit dem Generaloberen in die Klosterräumlichkeiten zurückziehen, die man vom Kircheninneren her durch kurze Gänge erreichen konnte.

»Ein lauer Abend«, kommentierte Albrecht das Treiben auf dem Michaelerplatz. »Und im Gegensatz zu gestern wenigstens trocken.«

»Ich bin müde.« Rita atmete erschöpft aus.

»Kein kleiner Spaziergang mehr?« Albrecht sah sie an wie ein kleines Kind in der Hoffnung auf eine Kugel Eis.

»Nicht heute, Albrecht.«

Er nickte. »Wenn Sie möchten, besorge ich uns eine Kutsche, und ich bringe Sie bis vor Ihr Haustor.« Sie wollte etwas antworten, doch er winkte ab. »Nein, diesmal versichere ich mich, dass Sie wohlbehalten zu Hause ankommen. Sonst erwartet mich wieder eine schlaflose Nacht!«

9.

WIEDER. ER HATTE »wieder« gesagt. Dieses kleine Wört-
chen war Rita sofort aufgefallen, und es klang in ihren
Ohren nach, als sie bereits die Wohnungstür hinter sich
geschlossen, abgesperrt und die Kette vorgelegt hatte. Den
Hufschlag der Pferde von der Straßenseite her hörte sie
gerade noch, bevor er sich in der Nacht verlor.

Die Schuhe landeten mit zwei schwungvollen Bewegungen der Beine in einer Ecke des Vorraums. Ein Fuß-
bad hätte ihr jetzt gutgetan, doch im Grunde war sie dazu
zu müde. Andererseits … Eine Katzenwäsche, eventuell
eine kleine Tasse Tee und danach ab ins Bett. Am morgi-
gen Sonntag wollte sie wie fast immer die heilige Messe in
der nahen Rochuskirche besuchen. Die nicht einmal zehn
Minuten Fußweg legte sie für gewöhnlich flott zurück.
Und sie würde bequeme Schuhe tragen, nicht diese rein
auf den optischen Eindruck ausgelegten Pumps.

Unter der Küchenspüle hatte sie eine Waschschüssel aus
Email verstaut. Es war ein altes Stück ihrer Großmutter,
am Rand mächtig abgeschlagen, die beiden Griffe machten ebenfalls einen erbärmlichen Eindruck, dafür war die
Innenfläche glatt, glänzend und weiß, als wäre sie neu und
ungebraucht. Rita kochte sich Wasser, verwendete einen
kleinen Teil davon für eine Tasse Kamillentee, den größeren Rest goss sie in die Waschschüssel, die ihre Großmutter immer »Lavour« genannt hatte statt »Lavoir«, wie es
aus dem Französischen kommend richtig gewesen wäre.

Sie mischte kaltes Wasser dazu, streute auch hier ein paar getrocknete Kamillenblüten hinein und brachte die Schüssel ins Zimmer, wo sie sie vor einem Stuhl auf dem Boden abstellte. Anschließend holte sie sich den Tee und setzte sich endlich nieder.

Schlagartig ergriff das Gefühl von Erschöpfung ihren Körper. Müde streifte sie sich die Strümpfe ab, dann lehnte sie sich schnaufend zurück und tauchte die geplagten Füße ins warme Wasser. Ja, das Leben konnte schön sein!

Neben ihr auf dem Tisch dampfte der Tee, von ihren Füßen ausgehend kroch eine heimelige Wärme ihre Beine hinauf. Der Atem ging langsamer, die Augenlider wurden schwer. Langsam sackte sie in einen schlafartigen Zustand ab, obwohl sie das gar nicht wollte, in eine Phase zwischen Wachsein und Schlaf, die ihr die seltsamsten Träume bescherte, aus denen sie jedes Mal hochschreckte. Diesmal streunte Albrecht durch ihre Gedankenwelt – oder war es gar nicht er? Die Gestalt, die Bewegung … Doch, es war Albrecht, der bei ihr in der Bibliothek herumschlich, im Halbdunkel, misstrauisch um sich blickte und zu dem Regal mit den Glastüren ging.

Rita wusste, dass das nicht Realität war, sie wusste, dass sie nicht in ihrem Büro war, und doch konnte sie nicht die Augen aufreißen, um das Geschehen, das sich vor ihr entspann, zu unterbrechen. Albrecht zog die Tür auf und holte ein Buch heraus. Es war Wallners Arbeit über das Erzgebirge. Jetzt drehte er sich um und sein Gesicht war zu erkennen. Es war gar nicht Albrecht! Es war Vadim, Ritas jüngster Praktikant! Und mit einem Mal zückte er einen Bleistift, einen unglaublich großen Bleistift, länger als sein Unterarm. Er schlug das Buch auf, setzte die Spitze des Bleistifts an …

Rita schreckte auf. Dabei riss sie die Füße hoch und hätte beinahe die Waschschüssel umgestoßen. Einige Tropfen Wasser spritzten auf den Parkettboden rundherum, direkt vor ihr bildete sich eine kleine Lache. Sie lehnte sich vor und stellte die nackten Füße auf den Boden. Wasser rann von den Knöcheln über den Rist an ihnen herab.

Wieso Vadim? Rita ärgerte sich. Dummerweise hatte sie vergessen, ein Handtuch bereitzulegen. Sie nahm einen Schluck Kamillentee und trippelte auf Zehenspitzen ins Bad, wo sie sich die Füße abtrocknete. Sie massierte sich ein wenig die Ballen, dann ging sie ins Zimmer zurück und wischte das auf dem Boden verteilte Wasser auf.

Wieso Vadim? Was einem doch für seltsame Träume kamen, wenn man im Halbschlaf versank. Vadim war seit einigen Monaten neu in ihrem Team, ein fleißiger und aufmerksamer Praktikant, der sich orientieren wollte, ob die Ausbildung zum Bibliothekar für ihn infrage kam. Er brachte mit seinen Russischkenntnissen eine wertvolle Expertise in das Bibliotheksteam ein, denn seine Mutter war Russin. Sein Vater, ein gebürtiger Wiener, hatte sie vor vielen Jahren auf einer seiner Geschäftsreisen in St. Petersburg kennen- und lieben gelernt, und sie hatte ihn nach Österreich begleitet. Vadim sprach beide Sprachen auf dem Niveau einer Muttersprache.

Rita trank noch einige Schluck Tee, bevor sie die Waschschüssel hochhob und sie vorsichtig ins Bad brachte, wo sie deren Inhalt in der Wanne ausleerte. Das Badezimmer war der reinste Luxus, den ihr Vater hatte einbauen lassen, als sie ein kleines Mädchen gewesen war. Als Oberrechnungsrat im Unterrichtsministerium hatte er ein ausreichend hohes Einkommen gehabt, sodass er sich das hatte leisten können.

Wieso Vadim? Ihre Gedanken kreisten um den jungen, hochgewachsenen Mann mit dem Wuschelkopf. Locken, um die ihn beinahe jede Frau beneidete. Rita nicht. Sie fand ihr glattes Haar modern, es konnte zu flotten Kurzhaarfrisuren frisiert werden. Für sie war Vadims Erscheinungsbild zu weiblich. Er hatte sehr weiche Gesichtszüge, eine schöne Nase mit breiten Nasenflügeln, und ohne ein Lächeln betrat er keinen Raum. Manche ihrer Kolleginnen tuschelten und ließen sich zu lasziven Bemerkungen untereinander hinreißen.

Rita zog sich aus, griff nach dem Waschlappen, den sie nass machte, rieb sich den Oberkörper ab, besonders gründlich die Achselhöhlen, und arbeitete sich hinunter bis zu den Beinen. Das Nachthemd hing an einem Haken an der Badezimmertür. Sie schlüpfte hinein und legte sich schlafen in der Hoffnung, dass der Traum nicht zurückkehren würde.

10.

Es GENÜGTE, DIE Wohnung bei Beginn des Glockengeläuts zu verlassen. Da kam sie allemal rechtzeitig in die Kirche. Rita begnügte sich mit einem bescheidenen Frühstück, wie gewohnt eine Tasse Tee und eine einfache Scheibe Brot mit einer dünnen Schicht Butter. Man musste mit den wertvollen Gütern des Alltags sparsam umgehen, sie kosteten buchstäblich von Tag zu Tag mehr Geld. Trotz ihrer sicheren Arbeitsstelle und der finanziellen Unterstützung ihres Vaters wollte Rita sich keinen lockeren Umgang mit Geld vorwerfen müssen.

Das Sonntagskleid bügelte sie normalerweise immer am Samstag davor ein wenig auf. Diesmal war sie nicht dazu gekommen. Heute musste so gehen. Zerknittert und mit tiefen Falten versehen war es ja schließlich nicht. Zum Glück hatte sie es bereits am Samstag in der Früh aus dem Schrank herausgenommen und an der Tür des Kabinetts aufgehängt. Der kleine Schlafraum bot kaum ausreichend Platz für Bett, Schrank und ein kleines Nachtkästchen, und es stapelten sich links und rechts vom Bett auf dem Boden jene Bücher, in denen Rita gerade las oder die sie sich zu lesen vorgenommen hatte.

Die Sonnenstrahlen fielen flach durch das Fenster herein, sie hatte die schweren Vorhänge, die lichtdicht waren, aufgezogen, wie sie es täglich nach dem Aufstehen tat. An der linken Innentür des Schrankes war ein Spiegel angebracht, in dem sie sich nun betrachtete und zufrieden lächelte. Eine junge Frau, die keinen Makel an sich sehen konnte. Außer vielleicht dem, nicht mehr ganz so jung zu sein, alt hinwiederum war sie allerdings auch nicht. Sie befand sich irgendwo dazwischen. Würde ihre Großmutter noch leben, hätte sie sie sicher jeden Tag getadelt, dass sie zu einer vertrockneten Jungfer werde, wenn sie nicht bald heiratete. In ihrem Alter war sie längst verheiratet gewesen und bereits Mutter.

Die Mutterrolle wollte Rita anderen überlassen. Nicht dass sie sie für sich ausschloss, aber bis dahin war noch so viel Zeit – Zeit für ein ganzes Leben, das sie auskosten wollte. Die Kriegsjahre und speziell das Jahr 1918 hatten da nicht viel zu bieten gehabt, da musste man schließlich etwas nachholen.

Rita griff nach der kleinen schwarzen Handtasche, in der nicht gerade viele Gegenstände Platz fanden, doch was benötigte sie schon groß? Sie schlüpfte in die bequemen Schuhe mit dem verstellbaren Riemen, der über den Mittelfuß gespannt war, prüfte den Sitz der Frisur und trat in den Gang hinaus. Achtsam schloss sie die Tür ab und stieg die Stufen hinunter.

Als sie die Haustür geräuschvoll aufzog, die immer einen gewissen Widerstand leistete, hörte sie jemanden ihren Namen rufen. Sie drehte sich um und lehnte sich mit aller Kraft gegen die halb geöffnete Tür, während Frau Wobralek auf sie zugestöckelt kam.

Sie trug Hut, wie jeden Sonntag. Früher hatte sich Rita in der Kirche noch mit einem dünnen Kopftuch bedeckt, doch das tat sie seit Langem nicht mehr. Frau Wobralek war aufgetakelt wie immer, wenn sie zur Messe ging, sogar ein Parfum konnte sich die Amtsratswitwe leisten, dessen Duft sich nun langsam, aber stetig seinen Weg in Ritas Nase bahnte.

»Warten Sie, wir gehen gemeinsam!«

Rita stand da, die Tür drückte in ihr Kreuz, und draußen lud ein sonniger und angenehm lauer Tag sie ein, auf die Straße zu treten.

»Bin schon da!« Frau Wobralek fächelte sich mit der Hand Luft zu. »Ich bin es gar nicht mehr gewohnt, so schnell zu laufen.«

Rita führte ihre Atemlosigkeit weniger auf die schnellen Schritte zurück als vielmehr auf die hohen Absätze, auf denen sie balancierte, was ihr nur leidlich gelang und sie bestimmt einiges an Kraft kostete. Rita verstand nicht, weshalb eine Frau in ihrem Alter unbedingt solche Schuhe tragen musste.

Frau Wobralek strahlte ihr ins Gesicht und schob sich an ihr vorbei ins Freie. Rita folgte ihr nach und hörte, wie die Haustür krachend ins Schloss fiel. Dieses Stück Holz mit den schmiedeeisernen Beschlägen hätte den kräftigsten Mann erschlagen können.

»Das freut mich aber, dass wir gemeinsam in die Kirche gehen können«, zeigte sich Frau Wobralek glücklich und zupfte an Bluse und Jacke herum. »Da können Sie mir auch gleich erzählen, was Sie über die Sache denken. Ich habe bereits mit einigen aus dem Haus darüber gesprochen. Schrecklich, nicht wahr?«

Sie nahmen nicht den Weg durch den Park, denn Frau Wobralek wollte das nicht, sondern gingen nach rechts über die Barmherzigengasse hin zur Landstraßer Hauptstraße, wo sie links abbogen. Der Park sei ihr einfach zu gruselig in diesen Tagen, meinte sie und wiederholte ihre Frage, was Rita über diese Sache denke, diese schreckliche. Denn wer hätte das gedacht, dass so etwas passiere, so nah an einem selbst, quasi direkt nebenan.

»Es ist furchtbar«, rief Frau Wobralek aus. »Es stand in allen Zeitungen, und die Polizei hat sich stundenlang hier herumgetrieben.«

Rita dachte an den Zeitungsartikel, den Albrecht und Hofrat Wallner ihr gezeigt hatten. Frau Wobralek sprach von dem Toten im Arenbergpark.

»Wurden Sie bisher nicht einvernommen?«

Rita schüttelte den Kopf.

»Dann wird man sicher noch auf Sie zukommen. Schließlich wohnte er ja direkt Ihnen gegenüber.«

Sie gingen nun die Landstraßer Hauptstraße hinunter, langsamer, als wenn Rita alleine unterwegs gewesen wäre.

»Wer? Mir gegenüber wohnt Herr Mayr.«

Frau Wobralek blieb ruckartig stehen, als wäre sie gegen einen Baum gerannt, und starrte Rita ungläubig an. »Jetzt sagen Sie mir nicht, dass Sie nicht wissen, dass der Tote Herr Mayr ist.«

Nun war es Rita, die Frau Wobralek ansah, als wäre sie eine kuriose Zirkusattraktion. Richard Mayr? Der Finanzreferendarsanwärter bei der Gemeinde Wien war seit Jahren ihr Nachbar und einer der unterhaltsamsten Menschen, die sie kannte. Oft hatten sie Spaziergänge unternommen, sei es im nahen Arenbergpark oder im Quartier Belvedere, sei es am Stadtrand im Gebiet des Wienerwalds. Es hatte kaum einen Tag gegeben, an dem sie sich nicht getroffen und den einen oder anderen vergnüglichen Moment miteinander verbracht hatten.

»Richard ist der Tote aus dem Park?« Nun schlug Rita beide Hände vors Gesicht. Wenn der Tod so nah bei einem selbst anklopfte und dann noch einen Menschen holte, mit dem man sich eng freundschaftlich verbunden fühlte, ging das einem mehr als nur nahe.

»Der nette Herr Kommissar hat mir gesagt, dass er mit jedem im Haus sprechen wolle. Ich habe ihm alle Namen gegeben, natürlich auch Ihren, Fräulein Girardi. Das ist ja auch meine Bürgerpflicht.«

Rita nickte.

»Und er meinte, er würde niemanden auslassen. Das sei für seine Ermittlungen unumgänglich.«

Sie setzten ihren Weg zur Kirche noch langsamer fort als zuvor.

»Er vermutet den Täter doch nicht bei uns im Haus?«, fragte Rita nun verunsichert.

»Oder die Täterin«, grübelte Frau Wobralek, »wer weiß ...«

Ziemlich geistesabwesend betrat Rita neben ihrer Nachbarin die Kirche und nahm entgegen ihrer üblichen Gewohnheit in einer der hinteren Reihen Platz.

11.

WELCHE BIBELSTELLEN GELESEN worden waren, welche Predigt der Pfarrer gehalten und welche Lieder die Gemeinde gesungen hatte, an all das konnte sich Rita nicht erinnern, als sie die Kirche verließ. Sie kam sich vor, als hätte sie dem Gottesdienst gar nicht beigewohnt. Leer war ihr Kopf und groß das Entsetzen, dass ein Mord so nah an ihre Lebenswelt herangerückt war. Es hatte einen Menschen getroffen, den sie durchaus als ihr nahestehend bezeichnet hätte. Und sie hatte es fast zwei Tage lang nicht bemerkt, lediglich eine Zeitungsnotiz war wie ein durchscheinender Nebel an ihr vorübergezogen.

Die Buden des Rochusmarkts vor der Kirche waren alle geschlossen. Sonntagsruhe im Angesicht des Herrn, der in der Kirche gegenüber wohnte. Seit etwa einem Jahr war der Markt nach dem Krieg wieder geöffnet. Ein bis zwei Mal pro Woche kaufte Rita hier ein, zumeist beim Viktualienhändler Michael Kadner, der seinen Stand bereits eine gefühlte Ewigkeit lang hatte. In wenigen Jahren würden er und seine Frau das fünfzigjährige Geschäftsjubiläum feiern.

In früheren Jahrhunderten war der Markt ein reiner Blumenmarkt gewesen, davon hatte ihr ihre Großmutter oft erzählt, als hätte sie diese Zeiten unter Kaiser Joseph II. selbst erlebt. Überhaupt war ihre Großmutter ein lebendiges Geschichtenbuch gewesen, was Rita schon als kleines Kind fasziniert hatte. Vielleicht hatte auch dieser Umstand dazu beigetragen, dass sie sich zu Büchern hingezogen fühlte.

Frau Wobralek stand mit ein paar älteren Frauen beisammen und tratschte. Mit zwei von ihnen würde sie später ihren sonntäglichen Kaffeehausbesuch abhalten und die Neuigkeiten der zurückliegenden Woche austauschen. Der tote Richard Mayr aus dem Arenbergpark würde da besonders viel Raum einnehmen.

Rita wollte mehr wissen. Die Vorstellung, nie wieder mit Richard spazieren gehen zu können, hinterließ in ihrer Brust das Gefühl, als würde ihr die Luft wegbleiben. Sie ging hinüber zu der Gruppe und hatte Glück, Frau Wobralek erzählte tatsächlich gerade von dem Mord. Die Blicke der anderen Frauen waren fasziniert oder angewidert auf sie gerichtet, niemand konnte sich erklären, wie so eine Tat möglich war – noch dazu in ihrer unmittelbaren Nachbarschaft.

Als Frau Wobralek die wenige Schritte hinter ihr stehende Rita bemerkte, rief sie laut aus: »Fragen Sie nur Fräulein Girardi, das Fräulein kannte den Herrn Mayr nämlich wirklich gut.«

Plötzlich wandten sich fünf neugierige Damen Rita zu, die nicht wusste, was sie tun, was sie sagen sollte. Sie war ja nicht dabei gewesen!

»Fräulein Girardi und Herr Mayr standen einander sehr nahe.«

Jetzt übertrieb Frau Wobralek. Damit ging sie zu weit! »Frau Wobralek, das klingt ja, als ob ich mit Herrn Mayr …« Sie sprach den Satz nicht zu Ende und schüttelte den Kopf. »Ich weiß leider gar nichts, ich dachte, *Sie* könnten mir noch etwas erzählen.«

Das Lächeln, das sich nun auf Frau Wobraleks Gesicht breitmachte, war ein vieldeutiges. Es sollte zeigen, dass die Nachbarin Ritas Abwehr nicht so ganz ernst nahm, es drückte aber auch Zufriedenheit aus, dass es Frau Wobralek war, die allem Anschein nach über exklusive Informationen verfügte.

»Ich hatte ja ein so gutes Gespräch mit dem jungen Herrn Kommissar, der den Fall untersucht.« Sie stand nun in der Mitte des kleinen Kreises wie eine Heiligenstatue, die man aus der Kirche ins Freie hinausgetragen hatte, damit alle Menschen der Umgebung sie bewundern konnten. »Er hat sofort Vertrauen zu mir gefasst. Da habe ich natürlich manches erfahren, was er sonst niemandem erzählt hat. Aber ich darf darüber nicht sprechen, weil wir die Ermittlungen nicht gefährden wollen.«

Da war sie nun, die Angeberei, in die Frau Wobralek gerne verfiel, wenn sich Gerüchte entwickelten, zu deren Verbreitung sie unbedingt ihren nicht zu geringen Teil beitragen wollte. Also erzählte sie von Kommissar Hechter, einem hochgewachsenen jungen Mann mit scharfem Verstand, der ihr anvertraut habe, dass man mutmaße, der Tote sei womöglich gar nicht im Park erschlagen worden. Vielleicht war sein Mörder bei ihm in der Wohnung gewesen? Es konnte sogar sein, dass der arme Herr Mayr ausgeraubt worden war. Und dann … Frau Wobralek deutete einen Schlag auf den Kopf an, da wusste Rita, dass sie von ihrer Nachbarin nichts, rein gar nichts erfahren würde. Richard Mayr war nicht erschlagen, sondern erstochen worden, das stand sogar in der Zeitung, die Frau Wobralek anscheinend nicht oder nicht aufmerksam gelesen hatte. Sollte Rita die Runde darüber aufklären?

Sie ließ es auf sich beruhen. Längst hatte sie für sich beschlossen, das Gespräch mit dem Kollegen in der *Reichspost* zu suchen, der den Artikel verfasst hatte. Wozu hatte sie schließlich Kontakte zur Zeitung? Sie verabschiedete sich mit ausgewählter Höflichkeit von den Damen und ging eilig nach Hause. Diesmal mied sie selbst den Weg durch den Arenbergpark.

12.

VADIM SASS VOR neuen maschinengeschriebenen Karteikarten und wirkte recht unglücklich, als Rita das Büro
betrat und ihm ein freundliches »Guten Tag« entgegen-
rief. Er war gerade damit beschäftigt, die Karten so zu
lochen, dass man sie in die Führungsschienen der einzelnen Laden der Karteikästen einspannen konnte. Rita
wusste, dass diese Aufgabe nicht zu seinen Lieblingstä-
tigkeiten gehörte, doch diesmal machte er einen richtiggehend hilflosen Eindruck.

»Hast du ein schlechtes Wochenende gehabt?«, scherzte
Rita und nahm an ihrem Schreibtisch Platz.

Vadim wischte sich über das Gesicht.

»Nein, dafür einen schlechten Start in die Woche«,
grummelte er. »Seit einer Stunde bin ich schon da und
sitze über diesen ...« Er schluckte das letzte Wort hinunter, das Rita sicher nicht gutgeheißen hätte. »Sagen Sie
mir, Fräulein Girardi, wer kann nur so viele Karteikarten
auf einmal erstellen?«

Rita grinste. Da kam Vadim an diesem Montag sogar
noch etwas früher als üblich zur Arbeit und wurde sofort
mit der Enttäuschung konfrontiert, mehr als sonst zu tun
zu haben.

»Und einordnen muss ich die später auch noch. Dafür
brauche ich den ganzen Tag!«

»Stell dir erst einmal vor, wie das in einer richtig großen Bibliothek ist. An der Universität zum Beispiel. Oder

in der Nationalbibliothek. Da würdest du dich jetzt nicht beschweren.«

»Die haben sicher mehr als nur einen Mitarbeiter dafür.«

Rita kicherte und begann, die Post durchzusehen, die man ihr bereits auf den Tisch gelegt hatte. Normalerweise eine von Vadims Aufgaben. Wie immer befand sich die Morgenausgabe der *Reichspost* darunter, die zu abonnieren Rita vor Jahren erfolgreich angeregt hatte.

Zum Glück war die *Reichspost* keine von den großformatigen Zeitungen, die man auffalten und vor sich ausbreiten musste, als wollte man Wände tapezieren. Mit ihren vierzig mal siebenundzwanzig Zentimetern galt sie gerade noch als handlich und konnte auch frei sitzend ohne allzu viele Kämpfe gegen umknickende Seiten gelesen werden.

Auf der Titelseite stand nichts. Jedenfalls nicht das, was Rita suchte.

»Seite drei!«, rief Vadim, der sie aus dem Augenwinkel beobachtet hatte. »Sie suchen doch sicher den Artikel über den Ermordeten bei Ihnen in der Nachbarschaft?«

Rita warf dem jungen Mann einen verärgerten Blick zu. Wussten denn alle besser Bescheid als sie? Und wieso glaubte jeder, dass der Fall sie interessieren musste? Nur weil er im Arenbergpark passiert war? Schließlich konnte niemand wissen, dass es sich bei dem Ermordeten um ihren Nachbarn handelte.

Also Seite drei. Ja, der Kollege hatte dort fast eine Drittelseite zur Verfügung gestellt bekommen, allerdings reduziert um den Platz, den ein Foto des Arenbergparks einnahm. Johannes Felbinger liebte es, Skandale und Skandälchen in der Stadt aufzuspüren, und ein Mord war da sowieso eine ganz besonders große Sache. Mit »Der Jäger der Bösen« war der Artikel übertitelt und stellte ein Porträt des ermittelnden Kommissars Julius Hechter dar. Neue Informationen zum Tathergang waren nicht zu entnehmen, dafür wurde erstmals der Name des Opfers genannt.

Rita überflog die Zeilen. Von der großen Zahl an Fällen, die Hechter bereits gelöst hatte, war die Rede, ebenso von seinem Ruf als Vorbildpolizist. Und dann kam die Rede auf Richard. Über das Motiv war, so schrieb Felbinger, nichts bekannt. Man mutmaßte, dass es sich um einen Raubmord handeln konnte, doch gegen diese Theorie sprach, dass etwa eine wertvolle Armbanduhr am Handgelenk des Toten verblieben war. Die Geldbörse hingegen hatte gefehlt. Felbinger hatte es tatsächlich geschafft, Details in Erfahrung zu bringen.

Und dann wiederholte er die blutige Schilderung, wie er sie bereits in seinem ersten Artikel gegeben hatte. Von Einstichwunden im Bauch und Brustbereich bis zu Schürfwunden, die durch ein Handgemenge oder den Sturz zustande gekommen sein konnten, reichten die Beschreibungen Felbingers.

Rita sah Richard fast bildlich vor sich, wie er dalag vor dem Pavillon. Ihr Atem ging schneller, sie bekam feuchte Augen. Vadim schien ihre Gemütslage zu bemerken, denn er ging auf sie zu und fragte sie, ob alles in Ordnung sei. Tatsächlich – jetzt erst kamen die Emotionen in ihr hoch, die bisher unterdrückt oder verschüttet in ihr geschlummert haben mussten.

Der junge Praktikant hockte sich neben ihrem Stuhl nieder und sah zu ihr hinauf wie ein Hund, der sein Frauchen mit dem mitleidigsten Blick der Welt trösten wollte. Rita seufzte tief, legte ihm eine Hand auf die Schulter und streichelte ihm mit der anderen über sein krauses, sich drahtig anfühlendes Haar.

In diesem Moment öffnete sich die Tür und Hofrat Wallner trat herein. Rita sah mit zusammengekniffenen Augen zu ihm hinüber, als er abrupt stehen blieb, als habe er die beiden bei einer unanständigen Handlung ertappt.

Zugegeben: Die Geste Ritas wirkte intim, aber doch eher so wie die Zuwendung einer Tante an ihren kleinen Neffen. Oder eben die eines Frauchens an seinen Hund. Wallner fasste sich schnell und trat auf die beiden zu. Vadim stand auf, Rita wischte sich die Tränen aus den Augen und legte den Zeigefinger auf den Zeitungsartikel.

»Ich habe das nicht gewusst«, sagte sie traurig. »Der Tote ist mein Nachbar Richard.«

Wallner stellte sich neben sie und schien mit zuckenden Augenbewegungen den Artikel zu überfliegen. »Richard Mayr?«, fragte er nur.

Rita nickte.

Vadim hatte sich inzwischen wieder an den länglichen Tisch an einer Wand zurückgezogen, um die nächsten Karteikarten zu präparieren. Das Stanzgerät durchstach die Luft mit einem regelmäßigen Klicken, während Wallner seiner Anteilnahme wortreichen Ausdruck verlieh. Man konnte fast meinen, er betraure einen lieben Verwandten Ritas. Er stützte sich mit einer Hand auf der Schreibtischplatte ab, und Rita konnte seine kraftvollen Finger und den sehnigen Handrücken sehen. Eindrucksvolle Hände, gekräftigt durch viele Klettertouren.

»Er war lediglich ein Nachbar«, versuchte Rita Wallners Wortschwall abzuschwächen und lächelte dünn.

»Aber dennoch jemand, der Ihnen sehr nahestand.«

»Wieso? Wie kommen Sie darauf?«

Nun war es an Wallner, ein Lächeln zu zeigen. Es war milde, immer noch anteilnehmend. »Sie hätten sonst sicher nicht geweint.«

»Ach!« Rita winkte ab. »Das war kein Weinen. Es ist nur …« Sie schniefte und Wallner zog ein blütenweißes Stofftaschentuch aus der Innentasche seines Sakkos, das er Rita reichte.

»Es ist nur – so nah in der Nachbarschaft. Also quasi direkt neben mir. Herr Mayr wohnte im selben Stock wie ich, mir gegenüber.«

Wallner nickte, als wüsste er Bescheid. Rita tupfte sich die Augen ab und putzte sich die Nase.

»Ich bringe es Ihnen in ein paar Tagen gewaschen zurück«, sagte sie mit belegter Stimme und ließ das Stück Stoff in ihrer Handtasche verschwinden.

Wallner sah sie noch einige Sekunden lang schweigend an, dann drehte er sich um und verließ den Raum. Vadim glaubte, vom Hofrat im Vorbeigehen einen bösen Blick zugeworfen bekommen zu haben, doch er konnte sich in seinem Ärger über die Karteikarten auch irren.

13.

WALLNER LIESS SICH den restlichen Vormittag über nicht mehr blicken. Auch sonst fiel die Besucherfrequenz in der Bibliothek ungewöhnlich gering aus. Normalerweise gab es jede Menge Mitarbeiter der Geologischen Bundesanstalt, die nach dem Wochenende das eine oder andere Buch konsultierten, um Arbeiten, die sie samstags und sonntags vorangetrieben hatten, zu überprüfen und Informationen nachzuschlagen.

Vadim war über der Menge an Karteikarten immer stiller geworden. Der sonst redselige junge Mann ließ nur ab und zu einen Seufzer vernehmen, als wollte er damit proklamieren: So habe ich mir den Beruf des Bibliothekars nicht vorgestellt. Rita ließ ihn vor sich hin leiden, sie wusste aus eigener Erfahrung, dass die trockenen Tätigkeiten zum Bibliothekarswesen dazugehörten. Sie hatte sich vorgenommen, Vadim mit einem Vorschlag zu trösten.

»Sag mal, Vadim«, wandte sie sich kurz vor Mittag an ihn und stand auf, um sich die Füße zu vertreten.

Vadim grummelte, um deutlich zu machen, dass er Rita gehört hatte. Mehr Entgegenkommen war von ihm wohl gerade nicht zu erwarten.

»Wie wäre es mit einer kleinen Pause?«

Vadim warf einen Blick auf die Uhr, die über der Tür hing und deren Ticken fast nicht zu hören war. Es war eine Uhr, die perfekt für eine Bibliothek geeignet war.

»Ach, schon fast Mittag.« Begeisterung klang anders.

»Was würdest du dazu sagen«, hob Rita an und stellte sich hinter Vadim, »wenn ich dich heute zum Mittagessen ausführe? Du kannst dir aussuchen, was du willst, ich bezahle.«

Vadims Augen wurden groß und größer, ein breites Grinsen zog sich über sein Gesicht, als er Rita anblickte. Auf seinen Wangen glänzten dünne, hellblonde Haare, die fast durchsichtig wirkten. Er rasierte sich sicher noch nicht täglich.

»Du wirst sehen, dass dir die restlichen Karten dann viel leichter von der Hand gehen.«

Vadim stand auf, packte die Hose am Bund und zog sie hinauf. Sein Hemd hing links ein wenig heraus, er stopfte es unmotiviert in die Hose zurück, als er es bemerkte.

»Na, komm schon!« Rita fasste ihn am Ellenbogen und schob ihn durch die Tür in den Gang. Dort gingen gerade einige Kollegen vorüber und grüßten mit dem für Wien so typischen »Mahlzeit«. Die meisten von ihnen waren wohl ebenfalls auf dem Weg in die Mittagspause.

»Ich fühle mich gleich viel besser«, wurde Vadim lockerer und ließ sich widerstandslos aus dem Gebäude auf die Straße hinausführen, wo Rita zielstrebig ein Altwiener Wirtshaus aufsuchte.

Mit vollem Bauch arbeitet es sich schwerer als mit leerem. Eine alte Weisheit, deren Richtigkeit Vadim nun bestätigen konnte. Er fühlte sich träge und lustlos, während die Fleischstrudelsuppe und das halbe Backhähnchen in seinem Magen alle Energie an sich banden.

Auch Rita konnte sich einer gewissen Schlaffheit nicht erwehren und ließ die Arbeit auf ihrem Schreibtisch ruhen. Stattdessen spazierte sie durch den Raum, stellte sich neben den Schreibtisch einer Kollegin, die in dieser Woche Urlaub hatte, und betrachtete die fein säuberlich aufgeräumte Oberfläche. Ein Stapel Papiere links, ein einziges Buch rechts und vorn in einem Becher angespitzte Bleistifte, alle fast gleich lang.

Sie trat ans Fenster und blickte hinaus. Wenige Menschen waren in dieser Gegend unterwegs, zum Spazierengehen empfahlen sich in der Stadt andere Orte als das Viertel rund um das Palais Rasumofsky.

Das Klackern und Klicken von Vadims Tätigkeit nahm langsam an Frequenz zu, Rita hingegen konnte sich nicht aufraffen, ihre Listen der auszusondernden Bücher weiter durchzugehen. Sie blieb vor dem Schrank mit den Glastüren stehen und sah, dass das Buch von Hofrat Wallner nicht in einer Linie mit den Buchrücken der anderen eingeordnet war. Jemand musste es vor Kurzem ausgeliehen und nicht exakt zurückgestellt haben.

So etwas mochte Rita nicht. Sie war sicher nicht kleinlich, aber Bücher mussten ordentlich in den Regalen stehen. Was machte das sonst für einen Eindruck! Sie öffnete den Schrank und zog das Buch heraus. Vage erinnerte sie sich an den Traum, den sie vorletzten Abend gehabt hatte. Albrecht, der nicht Albrecht, sondern Vadim war, hatte in das Buch hineingekritzelt.

Rita warf einen Blick zu Vadim, der sich in einer gewissen Friedlichkeit mit seiner Arbeit abgefunden hatte und konzentriert eine Karteikarte nach der anderen bearbeitete. Was für eine unsinnige Vorstellung! Sie glaubte doch nicht wirklich, dass er …

Sie nahm das Buch mit zu ihrem Schreibtisch, setzte sich und schlug es auf. Bei der Einleitung, gleich auf den ersten Seiten, wollte sie nachsehen. Am besten dort, wo sie am Samstag behutsam mit dem weichen Radiergummi die Schändung ausradiert hatte.

Das schlug dem Fass den Boden aus! Tatsächlich hatte die Person erneut ihre unerträglichen Spuren hinterlassen! Diesmal auf Seite sechs. Rita spürte, wie ihr das Blut ins Gesicht schoss, als sie die Passage las:

»Es sind Felsen, die einen rundherum überragen, die einem das Gefühl geben, das alle Menschen kennen und verstehen sollten: Wir sind so kleine Geschöpfe auf diesem Planeten! In völliger Einsamkeit steht der Mensch hier, ausgesetzt einer Welt, die in ihrem vermeintlich monotonen Grau doch so unendlich viele Schattierungen kennt.«

Diesmal waren die Sätze nicht durchgehend unterstrichen, sondern es betraf ausschließlich die Worte »kleine Geschöpfe«, »in völliger Einsamkeit« und »Grau«. Und wie nicht anders zu erwarten, befand sich wieder eine Randnotiz daneben: »Das ist das Gefühl. So wird es einem jeden ergehen, der ihr zu nah kommt. Doch eine Warnung soll es vorher noch geben: Das Grau umfängt uns am Ende des Lebens.«

Was war das für eine gestörte Persönlichkeit? Und wiederum so eine kryptische Bemerkung, mit der man im Grunde nichts anfangen konnte. Machte sich da jemand über das Buch lustig? Oder über sie?

Wütend sprang Rita auf, sodass der Stuhl hinter ihr fast umkippte, und stapfte mit dem aufgeschlagenen Buch zu Vadim hinüber. »Sieh dir das an!«

Vadim schrak hoch. Beinahe hätte er die Karteikarte an der falschen Stelle gestanzt.

»Das warst nicht du, oder?« Rita hielt ihm das Buch

entgegen, so dicht vor ihn, dass er fast nicht lesen konnte, was dort stand.

»Ich? Wieso denn ich?«

Während Rita hochrot im Gesicht war, wurde Vadim ganz blass. Sein Unschuldsblick ließ ihren Blutdruck langsam absinken, schließlich atmete sie stoßartig aus. »Natürlich nicht, wieso denn auch …?«

Sie setzte sich zurück an ihren Tisch, kramte erneut den Radiergummi hervor und begann, die Stelle behutsam und sanft zu bearbeiten, bis von der Misshandlung keine Spur mehr mit bloßem Auge zu erkennen war.

14.

Johannes Felbinger war fast jeden Abend in der Redaktion. Er galt als ehrgeizig, aber auch als genau und zuverlässig. Seine ›stories‹, wie er seine Artikel oft nach angloamerikanischem Vorbild nannte, waren auf der einen Seite immer seriös recherchiert, auf der anderen konnte er es meist nicht lassen, zu agitieren und Stimmung zu machen. Sein Schreibstil konnte von bösen Zungen als

›reißerisch‹ bezeichnet werden, seine ernsthafte Recherchetätigkeit drohte darin unterzugehen.

Rita wusste dies und schätzte Felbingers Gründlichkeit in der Sache, und doch war ihr seine Art etwas zu aufdringlich, zu ausmalend. Das bezog sich nicht auf ihn selbst und sein Auftreten, sondern ausschließlich auf seinen Schreibstil. Einige munkelten, dass er unter einem Pseudonym Kriminalromane schrieb, die er in Fortsetzung in einer anderen Zeitung publizierte, und daher rühre sein lebendiger Stil. Er bemühte sich, die Vorkommnisse hautnah zu schildern, als würden sie sich gerade in dem Augenblick ereignen, in dem man seinen Artikel las.

Der Abend war die geschäftigste Zeit in der Redaktion. Kolumnen mussten fertiggestellt, versprochene Reportagen finalisiert werden. Hektik brach aus, das Kommen und Gehen der Menschen glich dem aufgeregter Spaziergänger kurz vor einem Wolkenbruch, die sich noch rechtzeitig einen Unterstand suchen wollten.

Rita gehörte nicht zu dieser Sorte Zeitungsmensch. Sie war Essayistin und als solche galt sie als Außenseiterin. Nicht dass man ihre Rezensionen oder auch kleinen literarischen Texte nicht schätzte, aber als wirklich wichtig wurden in der Redaktion die politischen Journalisten und die Chronisten angesehen, zu denen Felbinger gehörte.

Er wäre gerne eine große Nummer in der *Reichspost* gewesen, doch was nicht ist, kann ja noch werden, war das Motto, nach dem er lebte. Felbinger saß gerade an seinem viel zu schmalen und überfüllten Schreibtisch und überflog eine Korrekturfahne. Neben ihm stand ungeduldig ein schlaksiger Junge aus der Druckerei, der wohl den Auftrag hatte, die korrigierte Fassung sofort wieder hinunterzubringen, damit der Setzer sie endgültig einpassen konnte. Am besten dieselbe Fassung ohne Korrekturen.

Die Kollegen rund um ihm herum – Kolleginnen gab es in den Redaktionsräumlichkeiten verschwindend wenige – waren alle von derselben Aufgeregtheit und Ungeduld erfasst. Da lobte Rita sich die Samstagnachmittage, an denen sie üblicherweise hierherkam. Da war alles geradezu beschaulich, nicht zuletzt weil die Sonntagsausgabe nie so bedeutend war wie die der anderen Wochentage.

»Unabhängiges Tagblatt für das christliche Volk« lautete der Zusatztitel der *Reichspost* und sollte somit die Programmatik signalisieren. Interessanterweise war das Weltbild der meisten hier nicht so konservativ, wie man erwarten mochte. Frauen- und Familienthemen wurden von vielen weitaus moderner betrachtet, als es das von der Kirche propagierte Vorbild erahnen ließ. Ein Propagandablatt für Frauenrechte war die *Reichspost* allerdings natürlich auch nicht, wenngleich Rita sich immer wieder bemühte, entsprechend engagierte Texte unterzubringen.

»Herr Felbinger!«

Felbinger saß mit krummem Rücken da, den Kopf dicht über der Schreibtischfläche, auf seiner Nase ruhte eine dünne Drahtgestellbrille, die langsam in Richtung Nasenspitze zu rutschen schien.

Rita kam auf ihn zu und sah sich mit dem abwehrenden Blick des Jungen konfrontiert, der nur einen Wunsch hatte: so schnell wie möglich den Artikel zurückzuerhalten. Da war jede Störung mehr als unwillkommen.

»Er kann jetzt nicht«, wehrte er sie mit vom Stimmbruch hüpfenden Worten ab und stellte sich zwischen Felbinger und Rita.

»Ich kann ja warten«, sagte Rita und zeigte sich ebenso ungehalten wie der Junge.

Von der Seite her beobachtete sie Felbinger. Er mochte in ihrem Alter sein, Anfang dreißig, wirkte jedoch aufgrund des dünnen, schütteren Haares und einiger grober Falten, die sein Gesicht durchzogen, älter. Auch die Brille trug nicht gerade dazu bei, ihn jünger erscheinen zu lassen. Sein Anzug war grau und sah abgewetzt aus, das Gilet trug er aufgeknöpft, die Krawatte hatte er gelockert und den Kragenknopf des Hemdes geöffnet. Seine Lippen bewegten sich kaum merklich, während er seinen Artikel las.

»Passt so!«, schrie er schließlich auf, riss das Blatt vom Tisch und hielt es dem Jungen entgegen, ohne ihn eines Blickes zu würdigen. »Weg damit! Ich will das nicht noch einmal auf meinem Schreibtisch sehen!«

Der Junge schnappte sich das Papier, nickte Rita zu und verschwand im Laufschritt.

Rita räusperte sich und trat einen Schritt näher an Felbinger heran.

»Was gibt's denn noch!«, war dieser ungehalten.

Er nahm die Brille ab und legte sie vor sich auf den Tisch. Mit Zeigefinger und Daumen rieb er sich die Nasenwurzel. Er hatte eine spitze und lange Nase. Vielleicht verhalf sie ihm ja zum richtigen Riecher für die richtigen Geschichten, dachte Rita.

»Ich wollte Sie nur kurz etwas fragen, Herr Kollege.«

Felbinger drehte sich zur Seite und sah Rita verwundert an. »Ach. Sie?«

Rita wusste nicht, was sie darauf sagen sollte.

»Ich meine … Sie eben, nicht mehr der Junge aus der Druckerei.«

Rita zuckte mit den Schultern.

»Sie sind doch die Kollegin mit den Buchbesprechungen und den literarischen Texten?«

Rita nickte.

»Ich lese jede einzelne.«

Nun ließ ein Lächeln das Gesicht Felbingers gleich viel freundlicher und sogar jünger werden. Er griff nach der Brille und seine Finger spielten mit ihr. »Manche der Bücher, die Sie empfehlen, lese ich sogar. Und ich war bisher nie enttäuscht.«

»Das freut mich«, sagte Rita und trat noch näher an ihn heran.

»Was kann ich für Sie tun, Frau Kollegin?«

Rita lehnte sich an den Schreibtisch. Einen Augenblick durchzuckte sie die Angst, sie könnte damit die Stapel von Büchern und Unterlagen, die den Schreibtisch zu einem einzigen Schlachtfeld der Recherche machten, zum Einsturz bringen, doch das Chaos Felbingers war überraschend stabil.

»Es geht um die letzten beiden Artikel«, begann Rita. »Also wohl eher die vorletzten.« Sie erzählte in kurzen Worten, dass sie in der Gegend rund um den Arenbergpark wohne und Richard Mayr gekannt habe.

»Ich weiß«, war Felbingers trockene Reaktion, die fast gelangweilt klang. »Das hat mir alles Ihre Nachbarin erzählt, Frau … Wie hieß sie doch gleich noch mal? Die war sehr mitteilsam. Wenn Sie mich fragen, mehr Fantasie als Realität.«

»Sie meinen Frau Wobralek.«

»Ja, ich glaube, das war ihr Name.«

»Frau Wobralek hat mir von Kommissar Hechter erzählt, und Sie haben ja ein Porträt von ihm gebracht.«

Felbinger nickte. Nun wanderte die Brille schneller durch die Finger seiner beiden Hände. »Fähiger Mann, wenn Sie mich fragen. Hat er Sie nicht auch vernommen? Er wollte mit allen Bewohnern des Hauses, in dem das Opfer lebte, reden.«

»Ich war in den letzten Tagen kaum in meiner Wohnung«, sagte Rita und lächelte. Als Felbinger überrascht die Augenbrauen hob, wehrte sie ab. »Nicht so, wie Sie denken!«

»Oh, liebe Frau Kollegin, was ich denke, tut erstens nichts zur Sache und ist zweitens meist nicht das, was die anderen glauben.«

»Mich aber würde es interessieren. Was denken Sie über den Fall? Über den Mord? Wie gesagt, ich habe Herrn Mayr sehr gut gekannt.«

»Hechter glaubt nicht an einen Raubmord«, erzählte Felbinger bereitwillig. »Ich bin da selbst nicht so sicher, aber es gibt noch keine anderen Hinweise. Hechter bat mich, nichts anderes zu schreiben als höchstens die Vermutung, Ihr Herr Mayr könnte einem Raubüberfall zum Opfer gefallen sein. Er glaubt allerdings, dass etwas anderes passiert ist. Er meinte, irgendwie erinnere ihn das Ganze an einen Ritualmord, jedenfalls im Entferntesten. Hechter hat eine gute Spürnase, kann gut sein, dass er nicht falschliegt. Ich bleibe jedenfalls an der Sache dran. Er geht von einer Beziehungstat aus. Warum sollte ein Raubmörder auch mehrfach zustechen? Fast wie in Wut? Und dann die Leiche vom eigentlichen Tatort vor den Pavillon schleifen? Ja, kann gut sein, dass Hechter recht hat. Ich traue mich zum jetzigen Zeitpunkt nicht, das abzuschätzen.«

»Er wurde nicht im Park ermordet?« Rita war entsetzt.

»Das kann man nicht mit Sicherheit sagen. Vielleicht schon im Park, aber definitiv nicht dort, wo man ihn gefunden hat. Nicht vor dem Pavillon. Dort wurde er nur abgelegt. Womöglich, damit er schneller gefunden wird.«

Rita wurde blass.

»Nicht dass Sie mir jetzt zusammenbrechen«, erschrak Felbinger und stand auf. »Ein Glas Wasser?«

Rita schüttelte den Kopf. »Es geht gleich wieder.«

»Standen Sie sich sehr nahe?«

Rita verneinte zunächst, dann meinte sie, dass man von einer guten Freundschaft sprechen könne. Vielleicht von einer Seelennähe, wenn schon von keiner Seelenverwandtschaft. Aber nein, es sei da nicht mehr zwischen ihnen beiden gewesen.

»Das tut mir sehr leid«, meinte Felbinger. »Also ich meine der Verlust Ihres Freundes.«

Rita lächelte schwach.

»Wahrscheinlich wird es am besten sein, wenn ich Kommissar Hechter so schnell wie möglich aufsuche. Wenn er mich sowieso vernehmen will, kann es nicht falsch sein, wenn ich auf ihn zugehe.«

»Tun Sie das, Frau Kollegin! Und kommen Sie nachher zu mir und erzählen mir alles haarklein!« Nun grinste Felbinger zufrieden und blickte Rita hinterher, wie sie sich durch die vielen hin und her hetzenden Redakteure, Journalisten und Botenjungen aus der Druckerei zum Ausgang hinschlängelte.

15.

KONNTE MAN SO wenig von einem Menschen wissen, obwohl man mit ihm Tür an Tür lebte? Sich mehrmals die Woche mit ihm traf? Mit ihm sprach? Über Gott und die Welt. Über alles. Wenn man seine Ansichten kannte, seine Wünsche, Sehnsüchte. Wenn man wusste, wie er sich seine Zukunft vorstellte. Und plötzlich stand da dieses Wort wie eine dicke, hohe Ziegelmauer zwischen ihr und der Erinnerung an Richard Mayr: Ritualmord.

Vielleicht hatte Felbinger einen etwas zu harten Begriff gewählt. Er hatte ihn ja auch abgeschwächt. Hatte er nicht ›im Entferntesten‹ gesagt? Das bedeutete, dass man es nicht so ernst sehen durfte, eher wie einen Vergleich. Es gab so viele Menschen, die nicht ganz normal im Kopf waren. Und darüber durfte man sich ja auch gar nicht wundern nach diesen Jahren des schrecklichen Krieges. Wer da zurückkehrte, war wohl in seinem Innersten für den Rest seines Lebens geschädigt. Und manche von ihnen hielten diese Seelenschäden nicht aus und waren dem Töten für immer ausgeliefert. So stellte es sich Rita jedenfalls vor.

Sie konnte die halbe Nacht nicht schlafen. Die Menschen verhielten sich seit Kriegsende seltsamer als früher. Natürlich war ihr das aufgefallen. Lange schon. Viele bemerkten es und viele, noch viele mehr schwiegen darüber. Wahrscheinlich war die Person, die ihre rätselhaften Notizen in das Buch von Hofrat Wallner schrieb, auch so ein Fall. Ein Mensch, der ein Ventil suchte, einen Ausweg, das auszudrücken, was ihn in seinem Inneren zerfraß. Oder eben doch einfach nur ein Scherzbold. Schlechte Scherze …

Mit den Gedanken bei dem Buchkritzler schlief sie ein und mit dem Gedanken an ihn wachte sie auf. Sie war wie besessen von einer Überlegung, die sie nicht loslassen wollte. Was war, wenn diese Kritzeleien im Buch mehr zu bedeuten hatten? Mehr als einen üblen Scherz? Ein Kommentar zu den unterstrichenen Stellen waren sie ja definitiv nicht. Was also sollten sie aussagen? Nun bereute sie es, die Spuren beseitigt zu haben und die Zeilen nicht noch einmal lesen zu können.

Die Morgentoilette verlief wie an jedem anderen Tag auch, ebenso das Frühstück, das diese Bezeichnung nicht wirklich verdiente. Rita fühlte sich wie gehetzt, als sie die Wohnungstür zuzog und ein paarmal versuchte, den Schlüssel ins Schlüsselloch zu stecken. Nicht dass sie zitterte, sie war schlicht ungeduldig.

Die Wohnungstür ihr gegenüber sah aus wie immer. Keine Spur, dass dem Menschen, der dahinter gewohnt hatte, etwas Schreckliches zugestoßen war. Auch das schwarze Namensschild glänzte wie gewohnt: Mayr. Lediglich der Familienname. Kein Vorname. Eine dünne Spur im verblasenen Sand des Lebens.

»Ach, Fräulein Girardi!«

Die Stimme kam von oben und war unverkennbar. Rita trat an das Geländer und blickte hinauf. Von dort schob sich ein Kopf nach vorne, das Haar von einem dünnen Haarnetz zusammengehalten. Frau Wobralek hatte sich noch nicht für den Tag zurechtgemacht.

»Guten Morgen, Frau Wobralek. Es tut mir leid, ich muss schnell weiter. Ich bin etwas spät dran.« Das stimmte zwar nicht, aber Rita wollte ein Gespräch mit der alten Dame vermeiden.

»Vergessen Sie den jungen Kommissar nicht!«, rief Frau Wobralek hinunter, während Rita schon die ersten Stufen hinabstieg. »Er wird Ihnen gefallen.«

Worum ging es der Frau? Um die Aufklärung eines Mordes oder ums Verkuppeln?

»Ja, sicher!«, rief Rita zurück. »Einen schönen Tag wünsche ich Ihnen!«

Und dann lief sie, so schnell sie konnte, treppabwärts und drückte mit aller Kraft das Haustor auf, um möglichst rasch auf die Straße zu gelangen.

Der Tag war hell, windstill und lud im Grunde dazu ein, Arbeit Arbeit sein zu lassen und blauzumachen. Sogar Rita wäre am liebsten irgendwo anders hingegangen, was nicht typisch für sie war. Normalerweise ging sie jeden Tag voller Freude in die Bibliothek. Doch nun stellte sie sich vor, wie schön es wäre, mit Albrecht jetzt in der Meierei zu sitzen und zu plaudern. Über alles Mögliche, sicher aber nicht über Mordfälle. Am Donnerstagabend würde es die nächste reguläre Chorprobe geben, da könnten sie sich wieder verabreden. Ja, das war ein guter Gedanke, den sich Rita ausmalte, während ihre schnellen Schritte sie dem Palais Rasumofsky immer näher brachten.

Der Weg führte sie die geschäftige Landstraßer Hauptstraße hinunter in Richtung Stadtzentrum, in der Kundmanngasse bog sie rechts ab. Sie wollte sich von hinten der Geologischen Bundesanstalt nähern und am Gymnasium vorbeigehen, das sie als Kind und Jugendliche besucht hatte. Die Schule teilte sich mit der Geologischen Bundesanstalt das Palais. Manchmal statteten Schulklassen im Zuge des Geografieunterrichts der Anstalt einen

Besuch ab und wurden dabei auch kurz durch die Bibliothek geschleift. Rita dachte dann oft daran, dass es unter den Schülerinnen und Schülern vielleicht jemanden gab, der einige Jahre später bei ihnen als Praktikant beginnen würde. So wie sie selbst es seinerzeit getan hatte.

Rita wollte um das Palais herumgehen, durch die Geusaugasse, an der die Gartenseite und das Hauptportal des Gebäudes lagen. Der Haupteingang zur Geologischen Bundesanstalt war eigentlich ein Nebenzugang in der Rasumofskygasse. Der Portikus in der Geusaugasse mit den vier Säulen hatte eine repräsentative Aufgabe, der er allerdings nicht gerecht werden konnte, zu herabgekommen und ungepflegt wirkte das Gebäude.

Als Rita links von der Kundmanngasse in die Geusaugasse einbog, fiel ihr sofort eine Menschentraube auf. Und da war sie mit einem Mal wieder, die Unruhe, die sie in der Früh nach dem Aufstehen erfasst und bis zum Verlassen des Hauses nicht mehr losgelassen hatte. Lediglich die Gedanken an Albrecht hatten dieses auf- und abflackernde Gefühl gedämpft.

Menschen standen in kleineren und größeren Gruppen beisammen, diskutierten und gestikulierten. Und Polizeibeamte gab es, die versuchten, die Menschen vom schmiedeeisernen Zaun des Palais wegzuschieben. Unter dem Portikus stand ein Mann in einem adretten Anzug, neben ihm ein weiterer Mann, in dem Rita Hofrat Wallner erkannte. Der Mann in dem gut geschneiderten Anzug ließ sich etwas erklären und zeigte wiederholt in die Richtung der Menschen, die sich nur widerwillig von den Polizisten zurückdrängen ließen.

Als Rita näher kam und ihre Schritte immer zögerlicher wurden, hatten die Polizisten die Menschenmenge bereits zu einem größeren Halbkreis geformt. Die Diskussionen waren aufgeregt, Rita schnappte Wortfetzen wie »dagelegen« und »gefunden« auf. »Was für ein schrecklicher Anblick!«, hörte sie eine Frau rufen. Und dann erreichte sie die Gruppe und konnte zwischen zwei Personen hindurchblicken auf den Gehsteig vor dem Zaun des Palais.

Ein Mann lag gekrümmt auf dem Boden, die Beine angewinkelt, die Arme wie um den Brustkorb geschlungen. Das Gesicht war in dieser Position nicht zu erkennen. Wie ein Kind, das sich in einer Ecke zusammenkauert und so klein wie möglich macht, lag der Mann auf den Pflastersteinen. Er trug einen dunkelgrauen Anzug, ein Hut lag wenige Handbreit neben ihm, links und rechts von ihm waren zwei Polizisten postiert, die mit ernsten Mienen das Geschehen rundherum beobachteten. Ihre Kollegen hielten die Menschen die ganze Zeit über bemüht auf Distanz.

Und da gab es auch Blut. Mehrere fingerbreite Bäche zogen sich über den Gehsteig und bahnten sich ihren Weg den Randstein hinunter auf die Fahrbahn. Es war dunkles Blut, und es drang aus dem gekrümmten Körper heraus, als würde dessen Herz immer noch pumpen, um die Adern zu entleeren.

16.

WALLNER MUSSTE SIE vom Portikus aus gesehen haben,
denn Frau Pfeiffer, Georg Geyers Sekretärin, die Wallner
während dessen Abwesenheit in Anspruch nahm, kam
auf die Straße gelaufen und winkte Rita zu. Frau Pfeiffer, ansonsten eine Person, die alles im Griff hatte und
sich durch nichts aus der Ruhe bringen ließ, am allerwenigsten durch drohende Terminkollisionen, machte
einen wirren Eindruck.

»Sie sollen zu ihm kommen!«, keuchte sie, als wäre
sie nach einem Hundertmetersprint total außer Atem.
Doch es war die Aufgeregtheit, die ihr die Luft raubte.

»Er schickt mich, um Sie zu holen!« Sie deutete in
Richtung Portikus, wo Wallner mit dem jungen Mann
im eleganten Anzug nun heftig diskutierte. Inzwischen hatte sich ein uniformierter Polizist zu den beiden gesellt.

»Er meint, vielleicht könnten Sie gleich dem Herrn
Kommissar seine Fragen beantworten.«

Für Frau Pfeiffer war Direktor Geyer immer nur »er«,
wenn sie gegenüber Dritten von ihm sprach, und das
Verhalten übertrug sie nun auch auf den stellvertretenden Direktor. Es war nicht Respektlosigkeit, im Gegenteil, für sie waren Vorgesetzte furchteinflößend wie der
Leibhaftige selbst, weshalb sie deren Namen nicht auszusprechen wagte. Manchmal hatte Rita den Eindruck,
sie fürchtete alle, die in der Hierarchie über ihr standen.

Rita blickte kurz zum Portikus hinauf, wo Wallner ihr die Hand zum Gruß entgegenhielt. Rita schwankte, ob sie die Geste erwidern sollte oder nicht, entschloss sich dann aber, still hinter Frau Pfeiffer herzulaufen.

Im Haus hatten sich einige Mitarbeiter in Gruppen zusammengestellt und sprachen über den Vorfall auf der Straße. Manche gingen hinaus, andere kehrten gerade zurück, um den im Institut Gebliebenen zu erzählen, was sich draußen abspielte.

»Kommen Sie, kommen Sie!«, trieb Frau Pfeiffer Rita an und sie betraten den Vorraum zu Geyers Büro, in dem Frau Pfeiffer ihren Arbeitsplatz hatte. In Geyers Büro residierte zurzeit Wallner. Der Einfachheit halber, wie dieser begründete, was natürlich von seinem Chef genehmigt worden war.

Ihr Schreibtisch war massiv und drohend wie ein Kriegsschiff auf dem Meer und so positioniert, dass er jeden, der eintrat, abwehrte und zum Stillstand brachte. Er stand leicht schräg fast in der Mitte des Raumes. Tageslicht fiel durch ein hohes Fenster und leuchtete die Arbeitsfläche gut aus. Eine Schreibmaschine von Adler thronte darauf, der Firmenname prangte groß in goldgelben Lettern auf der Abdeckung, unter der sich die Typenhebel befanden.

Die weiß lackierte Doppelflügeltür zum derzeitigen Büro Wallners konnte man nur erreichen, indem man den Schreibtisch an seiner linken Seite umschiffte. Niemand hatte auch nur die geringste Chance, Frau Pfeiffer gegen ihren Willen zu überwinden.

»Geh'n Sie, geh'n Sie«, drängte Frau Pfeiffer und riss den rechten Türflügel auf.

Die Tür war innen gepolstert und dämmte jedes Wort, das in dem Raum gesprochen wurde, als würden dahinter geheime Sitzungen abgehalten. Rita trat in das geräumige, lichtdurchflutete Chefbüro, an das sich hinten der Portikus anschloss. Direkt davor stand der repräsentative Schreibtisch. Frau Pfeiffer drückte hinter ihr die Tür leise zu.

Die Balkontür stand offen, die blickdichten, aber lichtdurchlässigen weißen Vorhänge waren zur Seite gezogen und flossen in sanften Wellenbewegungen dahin.

Rita ging auf den Balkon zu, da kam ihr Wallner entgegen und fasste sie am Handgelenk.

»Da sind Sie ja endlich. Wieso dauert das so lange? Frau Pfeiffer ist doch sonst immer so schnell!«

Er zog Rita ins Freie hinaus, wo sich der Polizist und der junge Mann im feinen Anzug befanden. Der Polizist schien gerade Anweisungen entgegenzunehmen, denn er nickte und sagte immer wieder: »Jawohl.« Dann salutierte er und verschwand, ohne Rita und Wallner eines Blickes zu würdigen.

»Das ist Herr Kommissar Hechter.«

Julius Hechter deutete ein Nicken zum Gruß an.

»Fräulein Girardi, sie ist eine der guten Seelen unserer Bibliothek.«

Rita reichte dem Kommissar die Hand, die dieser kurz mit einem erneuten Nicken ergriff. Er war hochgewachsen, Arme und Beine lang, sein glatt rasiertes Gesicht strahlte eine Freundlichkeit und Heiterkeit aus, die ihm die Sympathien der Menschen geradezu im Fluge zutragen mussten. Rita empfand seine Gegenwart sofort als angenehm und beruhigend.

»Fräulein Girardi hat nämlich mit dem Mord im Arenbergpark zu tun«, setzte Wallner an, dann schlug er sich die Hand vor den Mund. »Mein Gott, was sage ich! Natürlich nicht so, wie Sie denken, also wie das klingt ...! Also, nein, nicht dass Fräulein Girardi ... den Mord ...«

Julius Hechter erlöste den Hofrat aus seiner Verstrickung. »Keine Sorge, niemand von uns wird falsche Schlüsse ziehen. Inwiefern haben Sie mit dem Toten aus dem Arenbergpark zu tun?«

Rita erzählte, dass Richard Mayr ihr Nachbar gewesen war und sie ihn sehr gut gekannt hatte. Anschließend sah sie hinüber zu der Menschenmenge, die sich nicht auflösen wollte, auch wenn der Polizist, mit dem Hechter vorher gesprochen hatte, sich gerade alle Mühe gab, die Versammlung aufzulösen.

»Und was ist dort drüben passiert?«, fragte Rita.

Wallner betrachtete sie mit sorgenvoller Miene. »Wir haben ihn bereits identifiziert«, sagte er leise, doch Hechter fiel ihm ins Wort.

»Das ist nicht ganz korrekt, Herr Hofrat. Wir wissen nicht, wie er heißt und wer er ist. Sie haben uns lediglich gesagt, dass er regelmäßig hier herumstreift und nach ein paar Heller fragt. Und dass Sie ihn vom Sehen her kennen und ihm selbst ab und an einige Münzen zugesteckt haben.«

»Ja, damit er sich etwas zu essen kaufen kann«, fügte Wallner hinzu. »Aber ich glaube, er hat das Geld eher versoffen.«

Rita stand der Schreck ins Gesicht geschrieben. Ja, auch sie kannte den Mann, den Hechter beschrieben hatte. Sie hatte ihn nicht nur vor der Geologischen Bundesanstalt, sondern ebenso vor der Rochuskirche immer wieder gesehen. Er war kein Bettler im klassischen Sinne gewesen. Auch wenn seine Kleidung heruntergekommen und mehr als nur abgetragen wirkte, legte er bei seinem Verhalten eine gewisse Eleganz und Würde an den Tag. Und sein Hut war zuletzt definitiv neu gewesen und sollte ihm wohl den Anstrich von Weltläufigkeit verleihen.

»Er war oft sehr zeitig in der Früh hier«, fuhr Wallner fort. »Ich bin ja selbst ein Frühaufsteher. Das habe ich mir angewöhnt in jenen Zeiten, wo ich eine Expedition nach der anderen durchgeführt habe. Draußen in der Natur steht man mit dem ersten Lichtschein auf und geht mit der Abenddämmerung schlafen.« Wallner lachte auf. »Ich habe ein paarmal mit ihm gesprochen. Er war nicht sehr redselig. Ein Kriegsheimkehrer, einer, der das Glück hatte, unverletzt zu bleiben. Jedenfalls körperlich.«

Hechter nickte. Ihm war der Kriegsdienst erspart geblieben, weil die Kriminalpolizei wenigstens einen Mindestbestand an Beamten garantieren wollte. Sein damaliger Vorgesetzter, Dr. Otto W. Fried, hatte schützend seine Hand über ihn gehalten. Er hatte zu jener Zeit sehr gute Beziehungen zum Kriegsminister.

»Ich kann Ihnen nicht einmal sagen, ob er eine Wohnung hatte oder bei jemandem Schlafgänger war. Vielleicht hauste er auch irgendwo unter einer Brücke, wobei er diesen Eindruck auf mich eher nicht machte.«

»Und Sie?« Hechter sah Rita an.

»Ja, ich habe ihm ebenfalls ein paarmal etwas gegeben. Nicht viel. Mir ist er häufiger bei der Rochuskirche begegnet. Ich gehe dort jeden Sonntag zur Messe. Es ist nicht weit von meiner Wohnung.«

Hechter hatte kein Notizbuch bei sich. Er blickte seinen Gesprächspartnern tief in die Augen und schien alles, was sie sagten und wie sie sich gebärdeten, in seinem Kopf abzuspeichern, um es irgendwann wieder abzurufen.

»Sie waren also eine Nachbarin von Herrn Mayr?«, wechselte er das Thema von einem Toten zum anderen.

»Ich lebe in der Wohnung direkt gegenüber von der seinen«, bestätigte Rita.

»Ich habe noch nicht mit allen Nachbarn in Ihrem Haus gesprochen, aber es sieht mir so aus, als ob Sie den intensivsten Kontakt zum Opfer gehabt hätten.«

»Intensiv…« Ritas Stimme senkte sich. »So kann man das auch wieder nicht nennen.«

»Ich möchte da gar nichts hineininterpretieren«, schwächte Hechter ab.

Wallner räusperte sich und sah den Kommissar an, als wollte er Ritas Worte kommentieren, hielt sich aber zurück.

»Wissen Sie was, Fräulein Girardi? Kommen Sie morgen am Vormittag zu mir ins Büro an der Roßauer Lände. Da können wir in Ruhe reden.«

An der Roßauer Lände, die bis zum Ende des Krieges nach der Frau des ehemaligen Kaisers Franz Joseph Elisabethpromenade geheißen hatte, stand das Polizeigebäude, in dem auch die Kriminalpolizei ihren Sitz hatte.

»Ich denke, das wird kein Problem sein?« Hechter wandte sich Wallner fragend zu. Doch in seinem Blick lag mehr als nur eine Frage, es war eine Aufforderung.

»Natürlich nicht, Herr Kommissar. Fräulein Girardi soll zu Ihnen kommen, und wenn Sie Ihre Vernehmung beendet haben, kann sie ja ihren Dienst bei uns antreten. Nicht wahr?«

17.

Vadim sortierte neue Bücher ein, als Rita die Bibliothek betrat. Es gab gerade einmal drei Benutzer, die an verschiedenen Tischen weit auseinander saßen und tief versunken in Bücher und die jeweiligen Materien waren.

»Pst!«

Rita winkte Vadim zu, der sie aber später bemerkte als die Leser, die ihr ärgerliche Blicke zuwarfen. Eine Bibliothekarin, die wie ein Elefant in den Porzellanladen trampelte, das war schon ein starkes Stück.

Vadim kam gemächlich auf Rita zu. Unter den Arm hatte er ein kleinformatiges Buch geklemmt, bei dem er noch nicht dazugekommen war, es einzuordnen. Er schien es gar nicht zu bemerken. Unter dem Kopfschütteln eines der Bibliotheksbenutzer verließen sie den Lesesaal und setzten sich gemeinsam an Ritas Schreibtisch. Rita machte Vadim auf das Buch aufmerksam und er legte es vor sich ab, um es später nicht zu vergessen.

»Was gibt's denn?«

»Hast du mitbekommen, was da draußen passiert ist?«

Vadim schüttelte den Kopf.

»Wieder ein Mord.«

»Wieso ›wieder‹?«

Rita erzählte von dem Mord an ihrem Nachbarn und vom Zeitungsartikel in der *Reichspost*, durch den sie überhaupt erst davon erfahren habe.

»Ach, deswegen waren Sie so traurig.« Vadim erinnerte sich an den Vorfall, als er Rita hatte trösten wollen und durch Hofrat Wallners plötzliches Erscheinen gestört worden war.

»Ja, er war ein guter Freund, ein wirklich guter Freund. Aber nur ein Freund, Vadim, verstehst du?«

Vadim nickte.

»Und wieso ›wieder‹?«, kam er auf seine Frage zurück.

»Draußen liegt ein Mann. Er ist tot. Man sieht noch das Blut auf der Straße. Vielleicht ist er sogar vor unserer Anstalt getötet worden.«

»Ermordet?«

»Ja, so scheint es. Es ist der Mann, der ab und zu ein paar Heller erbettelt hat.« Rita beschrieb ihn.

Nun war auch Vadim entsetzt. Er kannte den Mann, wenn auch nur als verstaubte graue Gestalt, die sich im dritten Bezirk herumtrieb.

»Wer macht denn so etwas?«, fragte er eher sich selbst als Rita.

»Der Kommissar hat noch keine Idee«, meinte Rita. »Morgen gehe ich zu ihm.«

Vadim sah sie besorgt an. »Wieso denn Sie, Fräulein Girardi?«

Sie lachte. »Als Zeugin! Ich wohne immerhin gegenüber dem ersten Opfer und habe es persönlich gekannt. Da wird der Kommissar viele Fragen haben.« Ihr Blick wurde nachdenklich. »Und ich kann ihn vielleicht selbst einiges fragen.«

Vadim wunderte sich. Was wollte Fräulein Girardi den Kriminalpolizisten fragen? Normalerweise funktionierte so etwas doch ausschließlich umgekehrt.

»Ich habe das sehr seltsame Gefühl, dass da etwas nicht stimmt.«

Vadim stand von dem Stuhl auf, den er sich zu Ritas Schreibtisch gezogen hatte, und setzte sich auf die Tischplatte. Er bemerkte dabei gar nicht, dass er sich auf das schmale Büchlein setzte, dass er dort vorher abgelegt hatte. Die Fußspitzen stellte er auf die Sitzfläche des Stuhls. »Was meinen Sie?«

»Dass das alles seltsame Zufälle sind. Der tote Richard, die Notizen in dem Buch von Hofrat Wallner, mein eigenartiger Traum, in dem sogar du vorgekommen bist, dann der Tote jetzt hier vor unserem Institut. Wieso konzentriert sich das alles rund um mich?«

Vadim legte den Kopf zur Seite. »Glauben Sie nicht, dass Sie das etwas einseitig sehen? Wieso beziehen Sie diese Morde auf sich? Und Ihren Traum können selbstverständlich nur Sie selbst gehabt haben. Wie kommen Sie in diesem Zusammenhang überhaupt auf die Notizen in dem Buch? Ich war das übrigens wirklich nicht, Fräulein Girardi, ehrlich!«

»Das weiß ich doch, Vadim.«

Rita stand auf und ging zum Bücherschrank. Sie holte das Buch *Das Erzgebirge* hervor und setzte sich wieder. »Inzwischen bereue ich es, dass ich die Kritzeleien ausradiert habe. Ich habe mich so sehr darüber geärgert. Noch dazu hatten sie überhaupt nichts mit den angezeichneten Textstellen zu tun. Verstehst du, Vadim? *Das* ist das Seltsame. Dass jemand etwas in ein Buch hineinschreibt, was zum Thema des Buches überhaupt nicht passt. Als wäre es ein willkürlicher Akt der Verunstaltung.«

»Ich verstehe Ihren Ärger, Fräulein Girardi, aber nicht den Zusammenhang.«

Rita blätterte zur Seite sechs und suchte jene Passage, die zuletzt angezeichnet gewesen war. »Da!«, rief sie aus.

Sie hatte die Spuren wirklich einwandfrei beseitigt, doch das geschulte Auge konnte eine Andeutung des Eingriffs in das Buch in Form leichter Druckspuren im Papier erkennen. »Das hier war die Stelle, und ich erinnere mich, dass die Wörter ›Geschöpfe‹ und ›Einsamkeit‹ und ›Grau‹ unterstrichen waren. Da, siehst du? Wenn man ganz genau hinsieht, kann man die Linien noch erkennen.«

»Da muss man aber schon sehr genau hinsehen.« Vadim beugte sich über die Seite, nahm schließlich das Buch und hielt es in das Licht, das durch das Fenster fiel. »Jjjjja, wenn man wirklich genau hinsieht …«

»Eben! Und was war daneben geschrieben? Irgendetwas mit ›Warnung‹ oder so …«

»Sind Sie sicher?«

Rita warf Vadim einen bösen Blick zu. »Wofür hältst du mich? Ich bin weder dement noch bilde ich mir das alles ein.«

»Trotzdem – was soll das mit dem Toten da draußen zu tun haben?«

»Er hat das graue Leben eines Bettlers und wohl auch Obdachlosen geführt. Darauf bezieht sich die Andeutung. Er war arm, ohne Aussichten für sein Leben. Ich habe ihm manchmal etwas gegeben und Hofrat Wallner ebenfalls. Das hat er vorher dem Kommissar erzählt.«

»Und Sie meinen, dass die Notiz ein Hinweis auf den Tod des Mannes sein könnte?«

Rita nickte und sie tat es mit einer Überzeugung, die es Vadim schwer machte, ihr zu widersprechen. »Und dann gab es noch die erste Notiz«, fuhr sie in ihrer Argumentation fort.

»Und auf welchen Mord soll diese sich bezogen haben? Doch nicht wirklich auf den an Ihrem Nachbarn?«

Rita blätterte zurück zu Seite eins, die mit dem Wort »Einleitung« übertitelt war.

»Auf dieser Seite befand sich die erste Notiz, aber wo genau, daran erinnere ich mich nicht. Man sieht auch keine Spuren mehr, da dürfte der Schreiber mit dem Bleistift weniger fest aufgedrückt haben als beim zweiten Mal.« Sie überflog die Seite. »Es war im letzten Absatz, wo Wallner von der Begehung des Erzgebirges erzählt. Es ist eine schöne Passage, in der er die Landschaft beschreibt und seine Gefühle bei ihrem Durchschreiten. Er weist auf die ganz spezielle Flora hin, und sogar auf manche Insekten macht er aufmerksam, obwohl das nun wirklich nicht sein Fachgebiet ist.«

»Und an die Randnotiz können Sie sich noch erinnern?«

Rita starrte auf die Seite, als würde sie ihre Ränder nach der ausradierten Handschrift absuchen. »Ja … Es war irgendetwas wie ein Bedauern, dass er sich an diesem Ort aufgehalten habe. An einem Ort, an dem er besser nicht gewesen wäre. Das kann sich doch nicht auf diesen Text hier beziehen, Vadim! Warum sollte jemand in einer Randnotiz festhalten, dass Wallner besser nicht dort gewesen wäre? Aber wenn ich die Aussage auf Richard Mayr beziehe? Der besser nicht im Arenbergpark gewesen wäre?«

Wieder sah Vadim Rita an, als zweifle er an ihrem Verstand. »Ich finde es wirklich sehr an den Haaren herbeigezogen«, meinte er. »Wozu das Ganze? Und warum im Buch des Herrn Hofrat? Oder meinen Sie, dass das alles eine Warnung an ihn sein soll und er in Gefahr ist?«

18.

»Nenne es einfach weibliche Intuition.«

Mehr hatte Rita Vadim nicht entgegenhalten können. Weniger allerdings auch nicht und ihre Empfindungen, ihre Instinkte waren tatsächlich nicht wenig für sie. Es fühlte sich so überzeugend an. Aber war die eigene Überzeugung ausreichend? Konnte sie an der Stelle von Fakten und Tatsachen stehen? Oder existierte dieser Zwiespalt gar nicht?

Vadims Reaktion hatte Rita etwas verunsichert und zugleich den Widerspruchsgeist in ihr geweckt. Wie schon Shakespeare geschrieben hatte, gab es mehr zwischen Himmel und Erde, als die Schulweisheit sich erträumen ließ. Und so ein herausragender Dramatiker war nicht der schlechteste Zeuge, den man zu den eigenen Gunsten aufrufen konnte.

Was sie deutlicher als Vadim erkannte, war, dass sie das Drehkreuz dieser Morde darstellte. Sie waren in ihrer Nähe geschehen, und es gab diese Randnotizen im Buch, die man zumindest auf die Morde beziehen konnte. Konnte, nicht musste, das war der Haken an der Sache, den Vadim ihr vorgehalten hatte.

Wie würde ein professioneller Kriminalkommissar das sehen? Rita hatte sich ein freundliches Sommerkleid angezogen und luftige, bequeme Schuhe, deren Riemen sie gerade um die nackten Füße schnallte. Sie hatte eine halbe Stunde länger geschlafen, ein Vorteil, den sie ausnutzen wollte, wenn sie schon nicht pünktlich in der Geologischen Bundesanstalt sein musste. Das Frühstücksritual hingegen war dasselbe, sie würde sich vielleicht nach der Vernehmung einen kleinen Braunen in einem Kaffeehaus gönnen.

Diesmal war der Weg für einen Spaziergang zu weit. Rita würde mit der Straßenbahnlinie F hinunter zum Parkring fahren und dort umsteigen in den N-Wagen, mit dem sie zum Franz-Josefs-Kai gelangte. Von dort aus waren es dann nur noch wenige Schritte zum Polizeigebäude. Sie hatte Glück, dass gerade eine Straßenbahn einfuhr, als sie zur Station kam.

Rita erinnerte sich daran, wie sie in ihrer Kindheit oft auf der offenen Plattform stehen geblieben war und nicht hatte ins Innere weitergehen wollen. Sie hatte sich so gerne den Fahrtwind um die Nasenspitze wehen lassen, doch ihr Vater hatte sie immer schnell weitergeschoben und für sie beide beim Schaffner zwei Fahrscheine gelöst. Nach dem Krieg waren aus den Schaffnern viele Schaffnerinnen geworden.

Der Wagen war gut besetzt. Menschen auf dem Weg zur Arbeit, dachte sich Rita und versuchte, an den Gesichtern abzulesen, welchem Beruf die jeweilige Person wohl nachging. Ein reiferer Herr mit einem Hut auf dem Kopf, unter dem silbergraue Haare hervorblitzten, der eine großformatige Zeitung las, konnte zum Beispiel ein Ministerialbeamter sein. Um diese Uhrzeit waren sowieso nur mehr Leute unterwegs, die in Büros arbeiteten. Die Handwerker waren längst auf dem Weg zu ihren Baustellen und sonstigen Arbeitsorten.

Die Fahrt war unbequem, weil kein Sitzplatz frei war und Rita bis zum Parkring stehen musste. Niemand bot ihr einen Platz an, dafür wirkte sie wohl zu jung. Aber in Wien war es mit der viel beschworenen Höflichkeit sowieso nie weit her gewesen.

Vor dem Stadtpark wartete Rita auf die Straßenbahn N. Um sie herum standen viele Menschen, die sich auf die verschiedenen Linien aufteilen würden, die an dieser Station hielten. Sie stellte sich unter einen Baum, der Schatten spendete. Es deutete sich an, dass der Tag sehr warm werden würde.

Ratternd fuhr der N-Wagen ein, wenige Menschen stiegen aus, Rita war die Einzige, die zustieg. Erneut löste sie einen Fahrschein, und schon ging die Fahrt unter aufdringlichem Läuten aus dem Führerstand weiter.

Als sie das Polizeigebäude betrat, fand sie sich in einem weiten Foyer wieder. Männer und Frauen strömten geschäftig vorbei, Schilder und Wegweiser informierten über die unterschiedlichen Bereiche und Abteilungen. Rita fragte beim Portier nach dem Büro von Kommissar Hechter und bekam eine wenig befriedigende Wegbeschreibung. Wenigstens wusste sie, dass sie die Treppe hinauf in den ersten Stock gehen musste. Dort würde sie dann nach der Zimmernummer suchen, die der Portier ihr genannt hatte.

Zum Glück gab es auch Namensschilder. Rita folgte dem Gang im ersten Stockwerk und hielt bei fast jeder Tür inne, um die Namen zu lesen. Ob die Nummerierung der Räume einer Logik folgte, konnte sie nicht nachvollziehen. Als sie schließlich auf ein Schild mit der Beschriftung »Komm. Julius Hechter« stieß, wusste sie, dass sie ihr Ziel erreicht hatte. Sie zupfte noch einmal das Kleid zurecht, schüttelte die Haare locker und klopfte selbstbewusst an die Tür. Ohne eine Reaktion abzuwarten, trat sie ein.

Der Raum war schlicht und schmucklos. Zwei Schreibtische waren frontal aneinandergestellt, sodass die Personen, die daran saßen, sich ansehen konnten. Ein quadratisches Fenster sorgte für Licht- und Luftzufuhr, doch gerade an frischer Luft mangelte es unangenehmerweise, wie Rita feststellte. Auf dem von ihr aus gesehenen rechten Schreibtisch stand eine halb leere Bierflasche, daneben lag ein zusammengeknülltes Brotpapier. Hier schien jemand eigenartige Vorlieben beim Frühstück zu haben.

Am linken Schreibtisch saß der junge Mann, den Rita bereits kannte. Er trug denselben adretten Anzug wie am Vortag, die Krawatte hing allerdings nicht um seinen Hals, sondern über die Rückenlehne seines Stuhls. Den obersten Hemdknopf hatte er gelöst, den Blick auf ein Schriftstück gerichtet, das vor ihm lag. Seinem Gesichtsausdruck nach zu urteilen, war ihm dessen Inhalt nicht gerade angenehm.

»Bitte?«, fragte Hechter, ohne aufzusehen.

Als Rita nicht reagierte, wandte er sich ihr zu und sprang erschrocken hoch. »Verzeihen Sie, wie unhöflich von mir!«

Er begrüßte sie mit einem festen Händedruck und schob den Stuhl vom anderen Schreibtisch zu seinem hinüber. Dort bot er Rita an, Platz zu nehmen. Rita putzte mit der Handfläche einige Brotkrumen von der Sitzfläche, dann ließ sie sich auf dem ungepolsterten Sitz nieder.

»Leider haben wir keine bequemeren«, entschuldigte sich Hechter und meinte den Stuhl.

»Das geht schon.«

»Zunächst danke, dass Sie sich so schnell Zeit nehmen konnten. Danke auch an den Herrn Hofrat, wenn Sie so freundlich wären, ihm meine Grüße auszurichten.«

Ja, das war ein Kommissar, wie er nicht Ritas Klischeevorstellungen entsprach. Er verfügte über eine gute Erziehung, die er auch zeigte und die ihre Wirkung auf sie nicht verfehlte. Ein angenehmer Mensch. Ob er mit den Verbrechern ebenso höflich umging?

»Dann würde ich gleich ohne Umschweife zur Sache kommen, wenn Sie es gestatten, Fräulein Girardi.« Ihren Namen hatte er sich also gemerkt.

Hechter schob das eine Schriftstück von sich weg und zog sich ein anderes heran. Darin blätterte er kurz. Es war wohl die Akte zu einem der beiden Mordfälle. »Wenn Sie gestatten, würde ich mit dem Mord an Herrn Mayr beginnen.«

Rita nickte zustimmend.

»Herr Hofrat Wallner deutete an, dass Sie ein – wie soll ich sagen? – Naheverhältnis zu Herrn Mayr hatten. Auch Frau …«, er sah in den Unterlagen nach, »Wobralek, Ihre Nachbarin, ließ etwas in der Art durchblicken.«

Rita seufzte. »Frau Wobralek ist eine alte Dame mit viel Fantasie.«

»Das dachte ich mir schon.« Hechter lächelte entspannt, was sich sehr schnell auf Rita übertrug. »Ich würde sie als richtige Klatschbase bezeichnen.«

Beide lachten zugleich. Hechter gelang es spielerisch, das Eis zu brechen und Rita zu einer offenen Antwort zu bewegen.

»Herr Hofrat Wallner hat da ebenfalls etwas übertrieben«, begann sie zu erzählen und stellte ihr Verhältnis zu Richard Mayr so dar, wie es wirklich gewesen war. Es fiel ihr nicht schwer, sich an Erlebnisse mit Richard zu erinnern, die sie längst in einer dunklen Ecke ihres Gedächtnisses abgelegt und dort hatte verstauben lassen.

Hechter hörte ihr aufmerksam zu. Er unterbrach sie nicht, fragte nicht nach, machte sich keine Notizen. Er ließ sie frei erzählen, was ihr in den Sinn kam. Und als sie erwähnte, dass sie erst sehr spät, später als alle anderen, wie Hofrat Wallner oder Frau Wobralek, von dem Mord Kenntnis bekommen hatte, wurde Hechter wieder aktiv.

»Also aus der Zeitung haben Sie es erfahren?«

»Ja, und das nur deswegen, weil ein Kollege aus dem Chor und Hofrat Wallner mir den Artikel gezeigt haben. Nicht weil sie den Toten kannten, von ihm stand da ja auch gar nichts, sondern wegen des Parks.«

»Ja, richtig, der Arenbergpark.« Erneut blätterte Hechter in seiner Akte. »Sagen Sie, Fräulein Girardi, Sie und Herr Mayr haben sich auch regelmäßig im Arenbergpark getroffen?«

»Ja, wir sind dort oft spazieren gegangen, so für eine halbe Stunde, einfach mal die Beine vertreten. Und die Bank vor dem Pavillon war so etwas wie ein Stammplatz von uns. Da sind wir oft gesessen.«

»Verstehe.«

Rita suchte die Augen Hechters. Was er dachte, konnte sie jedoch nicht herauslesen.

»Und der Tote vor der Geologischen Bundesanstalt?« Sprungartig hatte Hechter das Thema gewechselt. »Den kannten Sie nicht näher?«

Rita schüttelte den Kopf.

»Das nicht«, sagte sie, »aber sein Tod hat mich nachdenklich gemacht.«

»Ja, das ist häufig der Fall. Der Tod macht uns alle nachdenklich, immer wieder.«

»Nein, Herr Kommissar, so meine ich das nicht. Es gibt da noch etwas, was ich Ihnen erzählen muss.« Rita hatte beschlossen, sich ein Herz zu nehmen und Hechter von jenen Verdachtsmomenten zu erzählen, die Vadim so vehement als realitätsfremd abgelehnt hatte. »Wissen Sie: Es gibt da diese Sache mit dem Buch.«

19.

WIE HECHTER so vor ihr saß, erinnerte er sie sogleich an Vadim. Er lehnte sich zurück, verschränkte die Arme vor der Brust, als würde er erwarten, etwas erzählt zu bekommen, das er nicht akzeptieren konnte, und sah sie abwartend an. Entmutigender hätte die Situation nicht sein können.

»Ein Buch?« Um Hechters Mundwinkel zuckte es. »Wir sprechen hier von zwei Morden, Fräulein Girardi.«

»Ja, das tun wir. Und Sie wollen nicht alle Indizien in Betracht ziehen, die Ihnen helfen könnten, den Mörder zu finden?«

»*Den* Mörder? Wir haben es mit zwei Morden zu tun, Fräulein Girardi, und wahrscheinlich auch mit zwei Mördern. Es gibt keinen Hinweis, dass beide Taten miteinander in Verbindung stehen.«

»Vielleicht doch, Herr Kommissar.«

Was hatte sie zu verlieren? Das Schlimmste, was passieren konnte, war, dass Hechters Reaktion ausfiel wie die von Vadim: ungläubig. Das musste Rita in Kauf nehmen.

»Hofrat Wallner hat ein bedeutendes Werk in seinem Fachgebiet Geologie geschrieben. Es wurde zu einem Standardwerk über das Erzgebirge. So etwas gab es früher nicht, schon gar nicht, was den methodologischen Standard betrifft.«

Hechter presste die Lippen zusammen, sodass sie heller wurden. Die Arme hatte er nach wie vor verschränkt, nun noch fester als zuvor, hatte Rita den Eindruck. Am liebsten hätte er ihr wohl ein »Kommen Sie bitte zur Sache!« zugerufen.

»Es ist ein Buch, das eigentlich jeder Geologe gelesen haben muss. Wallner hat jede Menge eigenhändiger Zeichnungen eingebracht, mit denen er die Struktur des Geländes und den Aufbau des Bodens erklärt. Jetzt ist es so, dass dieses Buch gemeinsam mit anderen Standardwerken nicht in unsere Regale im Lesesaal eingeordnet ist, sondern bei mir im Vorraum in einem eigenen Schrank steht, der eine Glastür hat. Damit sind diese Bücher besser geschützt, Sie verstehen?«

Hechter nickte. »Und?«

Klang seine Stimme ungeduldig? »Unsere Bibliothek ist zum größten Teil eine Freihandbibliothek, also jeder entnimmt das Buch, das er benötigt, und stellt es nach Gebrauch zurück. Natürlich müssen wir regelmäßig kontrollieren, ob da nicht etwas durcheinandergebracht wurde, und korrigieren das gegebenenfalls.«

»Und bei diesem Buch kam etwas durcheinander?«

»Nicht auf diese Weise, Herr Kommissar. Vor ein paar

Tagen habe ich es zufällig herausgeholt. Ich mache das immer wieder mal, dass ich mir irgendein Buch nehme und darin blättere. Sie müssen wissen, ich bin ja keine Geologin, mein Fachbereich sind eher Sprachen und das musische Feld.«

Erneut nickte Hechter.

»Ich habe gehört, dass Sie selbst auch schreiben? Und in Zeitungen publizieren?«

»In der *Reichspost* vor allem, ja. Buchrezensionen und manchmal auch eigene kleine Geschichten oder Gedichte.«

»Das heißt, Sie verfügen über viel Fantasie?«

Rita beschloss, diese Anspielung zu überhören. Falls es überhaupt eine Anspielung war, denn der Tonfall Hechters war völlig normal, eher wie von jemandem, der unvoreingenommenes Interesse an seinem Gesprächspartner zeigt.

»Ich habe also das Buch herausgeholt und aufgeschlagen. Und da fiel mir in der Einleitung auf, dass jemand eine Textstelle unterstrichen und daneben an den Rand eine Notiz geschrieben hatte. Verstehen Sie? Das ist eine Ungeheuerlichkeit! Es ist Teil der Bibliotheksordnung, dass man in Bücher nichts hineinschreibt. Aus diesem Grund, sozusagen zur Sicherheit, ist es auch nur erlaubt, Bleistifte mit in den Lesesaal zu nehmen – für die Notizen. Notizen auf eigenem Papier natürlich, nicht in die Bücher.«

Rita fühlte wieder den Ärger in sich aufsteigen. »Ich habe mich unglaublich aufgeregt. Das darf doch nicht wahr sein! Wer macht so etwas, bitte schön! Jeder bei uns weiß, dass man das nicht darf, und trotzdem …«

»Sie wissen also nicht, wer es war?«

»Nein, leider nicht. Aber die Notiz war eigenartig. Sie hatte nichts mit der Passage zu tun, auf die sie sich bezog.

Es stand etwas dort wie ›Wäre er nicht dort gewesen‹ oder so ähnlich. Und wenn man das jetzt auf Richard Mayr bezieht? Als wollte jemand mitteilen, Richard wäre besser nicht im Park gewesen, dann würde er noch leben.«

Nun sah Hechter sie an, als würde er Mitleid mit ihr empfinden. Er löste die Verschränkung seiner Arme, griff nach einem Bleistift und drehte ihn zwischen den Fingern. »Finden Sie nicht, Fräulein Girardi, dass das ein wenig … weit hergeholt ist?«

»Warten Sie, Herr Kommissar!«, unterbrach Rita ihn. »Es gab ein paar Tage später eine weitere Notiz.«

»Ach ja?«

Er glaubte ihr nicht. Hechter glaubte Rita nicht, was sie ihm erzählte. Nicht dass er an den Fakten zweifelte, an den Randnotizen im Buch. Aber er hielt ihre Schlussfolgerungen für völlig abwegig. Das spürte sie. Trotzdem wollte sie versuchen, ihn mit der zweiten Notiz zu überzeugen.

»Warten Sie«, wiederholte sie. »Die zweite Notiz war viel deutlicher. Sie werden mich gleich verstehen. Sie befand sich wieder neben einer Passage in der Einleitung. Zuerst hatte ich ja Vadim in Verdacht, unseren Praktikanten. Nun ja, Verdacht ist zu viel gesagt. Ich habe ihn jedenfalls mit der zweiten Notiz konfrontiert und sie stammt natürlich nicht von ihm. Warum sollte er das auch tun?«

»Er hat die Notiz gesehen?«

»Ja, ich war total wütend und habe ihm das Buch hingehalten. Doch es war mir eigentlich da schon klar, dass Vadim so etwas nicht machen würde. Er ist nicht der Charakter, der sich solche schlechten Scherze erlaubt.«

»Also könnte es auch einfach ein schlechter Scherz gewesen sein, wie Sie sagen? Und nicht etwa ein Hinweis?«

Rita schüttelte vehement den Kopf. »Das wollte ich definitiv nicht damit sagen. Die zweite Notiz war nämlich viel klarer. Es war eine Stelle unterstrichen, wo Wallner von Einsamkeit und von monotonem Grau schreibt. Und die Randnotiz enthielt das Wort ›Warnung‹. Und kurz darauf war dieser Mann tot. Ein Mann, dessen Leben sicher auch von grauer Monotonie bestimmt war, Herr Kommissar.«

Hechter legte den Bleistift vor sich ab. Er sagte nichts, er blickte beim Fenster hinaus und nicht zu Rita, als er sie fragte: »Können Sie mir die Notizen zeigen?«

Rita zögerte. War das der Schwachpunkt in Bezug auf ihre Glaubwürdigkeit? »Leider nicht. Ich habe beide ausradiert. Verstehen Sie doch, Herr Kommissar! Ich war so zornig über diese Schandtat. In ein Buch hineinschreiben! So etwas macht man nicht! Egal ob Bibliothek oder nicht. Man schreibt nicht in Bücher hinein, man knickt Seiten nicht um, damit man markiert, wo man später weiterlesen möchte. Das ist eine Misshandlung!«

Sie hatte sich richtiggehend in Rage geredet, und das schien Hechter zu amüsieren, denn er lächelte sie breit an.

»Man merkt, dass Sie eine Bibliothekarin mit Herz und Seele sind, Fräulein Girardi.«

Rita errötete. Sie hatte sich wohl zu sehr gehen lassen.

»Und ich verstehe Sie«, setzte Hechter hinzu.

Tatsächlich? In Rita keimte Hoffnung auf. Hatte sie den Kommissar überzeugen können? Dann wohl am ehesten mit der Erzählung von der zweiten Notiz.

»Ich verstehe Sie und Sie beweisen mir ja, dass Sie ein Mensch sind, der in seinen Tätigkeiten aufgeht. Sie sind eine Frau der Bücher und Sie sind eine Essayistin und Sie schreiben Geschichten und Gedichte. Sie haben Fantasie und Sie haben ein Feuer in sich. Glauben Sie mir, da sieht man manchmal Dinge, die gar nicht vorhanden sind. Da galoppieren die Pferde im Kopf los und man kann sie nicht mehr einfangen. Doch wo der Bezug der Notizen in dem Buch zu den Morden sein soll – verzeihen Sie mir, Fräulein Girardi, aber das erschließt sich mir nicht.«

Also doch nicht. Hechter reagierte wie Vadim.

»Und wieso gerade sollte der Mörder – wenn es überhaupt der Mörder wäre und nicht vielleicht ein Mitwisser oder was weiß ich – gerade dieses Buch für seine Mitteilungen wählen? Haben Sie darüber auch schon nachgedacht?«

Hechter wollte sie nicht einfach so abspeisen. Er wollte ihr aufzeigen, dass sie nicht logisch dachte, sondern emotional. Das wusste sie ja selbst. Natürlich konnte sie ihren Verdacht nicht begründen, nicht rational auf Basis von Beweisen ausbreiten. Und dennoch war da ihre Überzeugung.

Sie erinnerte sich an Vadims Worte. Er hatte ihr dieselbe Frage gestellt wie der Kommissar und am Ende gemeint: »Meinen Sie, dass das alles eine Warnung an ihn sein soll und er in Gefahr ist?« Eine Warnung an Adam Wallner. Konnte es sein, dass er in Gefahr, in Lebensgefahr schwebte?

20.

NACH DEN LETZTEN beiden Tagen tat die Ablenkung gut. Rita musste den Kopf freibekommen, musste wieder lockerer werden als zuletzt. Allein wie verkrampft sie den restlichen Mittwoch in der Bibliothek verbracht hatte! Sie hatte kaum mit jemandem gesprochen, auch nicht mit Vadim. Und das nicht aus Misstrauen ihm gegenüber, weil er genauso dachte wie Hechter. Es war Hilflosigkeit, die sich in ihr breitmachte.

Und dann der heutige Donnerstag. Sie hatte Fehler gemacht, die sie sonst monatelang nicht beging. Zwei Bücher hatte sie falsch eingeordnet, und es war nur Vadims Aufmerksamkeit zu verdanken gewesen, dass sie sofort ausgemerzt werden konnten. Ein falsch eingeordnetes Buch war wie verloren, kaum mehr wiederzufinden außer durch einen Zufall.

Das lag an dem Gedanken, der sich immer mehr in ihr Gehirn hineinfraß. Sollte sie mit Wallner sprechen? Ihn warnen? Er würde sicher genauso reagieren wie Hechter und Vadim. Und doch konnte sie die Verdachtsmomente nicht einfach so auf sich beruhen lassen.

Mit solchen inneren Konflikten ließ sich nicht gut arbeiten und proben noch viel weniger. Rita war nicht bei der Sache. Wie immer traf sich der Chor des Wiener Singvereins im Musikvereinsgebäude am Ring im Kammersaal, der in einem der beiden Seitentrakte lag. Er war ausreichend groß, um auch eine große Chorbesetzung

proben zu lassen, und für eine kleine Gruppe, die sie diesmal waren, war er geradezu ein Luxus. Seit zehn Jahren gab es diesen Saal im ersten Stockwerk, der im Jahr
1912 anlässlich des Hundert-Jahr-Jubiläums des Musik-
vereins durch die Zusammenlegung von Unterrichtsräu-
men entstanden war.

Im Gegensatz zu den anderen war Rita nicht textsi-
cher, und die Noten gerieten ihr ununterbrochen durcheinander. Der Chorleiter malträtierte sie mit seinen mah-
nenden Blicken. Am liebsten hätte er sie wohl der Probe
verwiesen. Mit Sängern, die nicht bei der Sache waren,
konnte man keinen Tempel der Kunst errichten, pflegte
er gerne zu sagen.

Rita war erleichtert, als die knapp zwei Stunden vorüber waren. Sie ging dem Chorleiter aus dem Weg und ließ
sich dankbar von Albrecht belagern, der ihr und einigen
anderen Kolleginnen seine neusten Anekdoten aus dem
Spital erzählte. Allesamt Geschichten, deren humoriger
Wert zulasten höherrangiger Ärztekollegen ging.

Als der Chorleiter auf die kleine Gruppe zuschritt, das
Gesicht ernst und dunkel, zupfte Rita Albrecht am Ärmel.
»Wollen wir?«

Sie hatten sich dazu verabredet, nach der Probe in ein
Café zu gehen. Rita hatte die Vorstellung, dass sie das zu
einer regelmäßigen Gewohnheit werden lassen konnten.
Sie würde es Albrecht vorschlagen, wenn der Zeitpunkt
günstig war.

»Ja, natürlich«, antwortete Albrecht.

Noch bevor der Chorleiter bei ihnen war, schälten sie
sich aus der Gruppe heraus. Albrecht warf sich den Staubmantel, den er auf einem der Stühle in der ersten Reihe
abgelegt hatte, über den Arm, und sie strebten dem Aus-

gang zu. Ohne sich von den anderen zu verabschieden, ohne einen Blick hinter sich zu werfen, huschte Rita durch die angelehnte Tür, und Albrecht folgte ihr, damit sie ihm nicht davonlief.

Draußen war es gerade noch nicht dunkel. Der Abend legte sich mit sommerlicher Langsamkeit über die Stadt und lud zum Flanieren ein.

»Café Schwarzenberg?«, schlug Albrecht vor.

Rita stimmte zu. Das Kaffeehaus war quasi in Blicknähe. Sie mussten nur die wenigen Schritte die Canovagasse hinuntergehen und den Kärntner Ring queren, schon standen sie vor dem prachtvollen Eingang zum Café Schwarzenberg.

Das Kaffeehaus hatte seine Front auf der Seite des Rings, zog sich aber um die Ecke die Schwarzenbergstraße entlang und bot somit viele Tische an Fenstern, die Rita genauso sehr liebte wie die meisten anderen Kaffeehausbesucher. Es war immer schwierig, einen solchen guten Platz zu ergattern.

An diesem Abend war das Lokal wie erwartet gut besucht. Und doch hatte Rita Glück. Sie ergriff die Führung, die eigentlich Albrecht zugestanden hätte, und nahm zielstrebig einen kleinen Tisch in Beschlag, der in einer Fensternische stand. Der Kellner kam gerade vorbei und wischte oberflächlich mit seinem weißen Tuch über die Marmortischfläche, in die sich unzählige Wasserflecken gefressen hatten.

»Was darf's sein, die Herrschaften?«, fragte er, noch bevor Rita und Albrecht richtig Platz genommen hatten.

»Zwei kleine Braune«, bestellte Albrecht. Und an Rita gewandt: »Und das Süße sehen wir uns in der Vitrine an.«

Das Klacken von Billardkugeln durchstieß mit einem unregelmäßigen Takt das Stimmengemurmel, das den lang gezogenen Raum erfüllte. Die Rauchschwaden von Zigarren und Zigaretten hingen in der Luft und durchwoben sie mit eigensinnigen Mustern.

»Das war heute nicht mein bester Tag«, gestand Rita ein, nachdem der Kellner die beiden Kaffees und zwei Gläser Wasser auf kleinen Silbertabletts vor ihnen abgestellt hatte.

»Sie sind ja regelrecht geflohen«, sagte Albrecht, dem ihr drängender Aufbruch natürlich nicht entgangen war.

»Das tut mir leid. Ich hoffe, Sie sind mir nicht böse?«

Albrecht schüttelte den Kopf und strahlte sie mit seinem charmantesten Lächeln an. »Dadurch habe ich mehr Zeit mit Ihnen hier.«

»Schmeichler«, flüsterte Rita und ließ ein Stück Würfelzucker in ihre Tasse fallen. Sie rührte langsam um.

»Nichts als die Wahrheit, Rita.« Albrecht nahm einen Schluck Wasser, dann stützte er beide Ellenbogen auf die Tischplatte, verschränkte die Finger ineinander und legte das Kinn auf den so verbundenen Händen ab. Er suchte nach den Augen Ritas. »Und nun erzählen Sie mir, was Sie so bewegt.«

Rita rührte weiter, sie wurde dabei zunehmend langsamer. »Wenn ich Ihnen das erzähle, werden Sie der dritte Mann sein, der mich für verrückt erklärt.«

»Das würde ich nie wagen!«

»Nun ja, vielleicht nicht für verrückt, aber für – wie nannte es der Kommissar? – fantasiebegabt.«

»Das ist nichts Schlechtes. Im Gegenteil.«

»Sicher. Im Chor vielleicht, beim Schreiben auf jeden Fall. In der Kunst überhaupt.«

»Auch im Leben, Rita. Glauben Sie mir. Wenn ich meine Kollegen so ansehe, da fehlt es extrem an Fantasie. Und ich nehme mich davon selbst nicht aus.«

Rita nippte an ihrer Tasse und stellte sie schnell zurück. »Noch zu heiß.«

Albrecht wartete. Anscheinend war ihr nicht nur der Kaffee zu heiß, sondern ebenso die Geschichte, die ihr durch den Kopf schwirrte. Noch schien sie sich nicht ganz durchgerungen zu haben, sie mit ihm zu teilen.

»Ich verspreche Ihnen, ich werde nicht lachen. Falls es das ist, was Sie befürchten.«

Rita verneinte und fixierte die Tasse Kaffee, als würde sie sich mit ihr beraten, was sie tun solle. »Also gut. Ich erzähle Ihnen alles von Anfang an.«

21.

ALBRECHT WAR EIN fantastischer Zuhörer. Er unterbrach sie kaum, und wenn, dann nur, um zwei-, dreimal eine Frage zum besseren Verständnis zu stellen. Ansonsten hing er an ihren Lippen, als wäre er ein kleiner Junge, dem seine Mutter ein spannendes Märchen erzählte.

Rita berichtete ihm wirklich alles, auch von dem Traum, den sie gehabt und in dem Albrecht eine Rolle gespielt hatte. Es war ihr peinlich und sie errötete leicht, was Albrecht so charmant fand, dass er beinahe nach ihren Händen gegriffen hätte, um sie zu drücken. Doch er hielt sich zurück und konzentrierte sich stattdessen auf Ritas Geschichte.

Ab und zu nahm er einen Schluck Kaffee und forderte Rita auf, ebenfalls zu trinken, bevor ihr Kaffee kalt würde. Er blieb aufmerksam bis zum Ende, und kein Zucken in seinem Gesicht, kein Ansatz seiner Körperhaltung vermittelte Rita das Gefühl, er könne sie nicht ernst nehmen.

Als sie schließlich zu Ende erzählt hatte, sackte sie in sich zusammen wie ein Polster, in dem sich nicht genug Füllmaterial befand. Sie griff nach dem Glas Wasser und nahm einige große Schlucke, um die Kehle vor dem Austrocknen zu schützen.

»Ich verstehe den Kommissar und Ihren Kollegen«, begann Albrecht.

Rita schnaubte. »Na bitte, da sehen Sie es. Sie halten mich für genauso überdreht wie die anderen.«

»Nein, Rita, nein! Lassen Sie mich doch ausreden! Ich sagte, ich verstehe die beiden, weil die Geschichte wirklich sehr ... ungewöhnlich ist. Ihre Schlussfolgerungen sind es, Ihre Kombinationen. Aber glauben Sie mir, ich will das alles nicht abtun. Vielleicht haben Sie recht, vielleicht haben Sie Spuren entdeckt, die andere nicht sehen. Doch versuchen Sie auch, alles systematisch anzugehen und nicht nur aus Bauchgefühlen heraus. Hinterfragen Sie, was Sie sehen, was Sie vor sich haben.«

Rita war überrascht. Das klang nicht nach der apodiktischen Ablehnung, die sie nach Albrechts ersten Worten erwartet hatte. Vielleicht war Albrecht der Erste, den sie überzeugen konnte?

Sie blickte zum Fenster hinaus und sah fast mehr ihr eigenes Spiegelbild als das Treiben draußen auf der Straße. Es war dunkel geworden, und die Straßenbeleuchtung wetteiferte mit dem Dämmerlicht des sich dem Ende neigenden Tages.

»Sie müssen System in Ihre Überlegungen bringen. Sie müssen Eventualitäten bedenken. Vielleicht bedeutet ein Indiz etwas ganz anderes, als Sie zunächst annahmen? Solche Gedankenspiele müssen Sie anstellen, alles von allen Seiten her beleuchten. Und sich selbst mit dem Gegenteil konfrontieren und sich fragen, ob das nicht ebenfalls denkmöglich wäre.«

Ein Mann in einem langen Mantel und mit einem breitkrempigen Hut überquerte die Straße. Er schien nicht darauf zu achten, ob gerade eine Kutsche oder einer der wenigen Kraftwagen daherkam. Den Blick hatte er starr auf den Boden gerichtet, als wolle er seine Schuhspitzen beim Gehen beobachten.

»Bin ich für Sie also kein dummes Huhn?«

Ritas Frage traf Albrecht mit voller Wucht. Nun tat er, was er sich vorher verbeten hatte. Er tastete nach Ritas Hand und nahm sie zwischen seine beiden Handflächen, die sie völlig umschlossen. Es war eine warme Hand mit schlanken, langen Fingern. Rita wehrte sich nicht dagegen.

»Die Sache mit den Notizen in dem Buch finde ich auch seltsam«, stieg er nun in ihre Gedankengänge ein. »Allerdings gebe ich zu, dass genau das der Punkt ist, wo ich den Kommissar und Ihren Praktikanten am ehesten verstehe. Es ist das, was ich vorher sagte: Haben Sie darüber nachgedacht, dass es mit den Randnotizen eine gänzlich andere Bewandtnis haben könnte? Und außerdem: An wen, meinen Sie, sind diese Notizen gerichtet? An Sie? Wieso sollte die Person davon ausgehen, dass Sie das Buch überhaupt jemals zur Hand nehmen?« Er machte eine Pause. »Nein, Rita, nein, sehen Sie mich nicht so an! Ich möchte Ihnen nichts ausreden, ich möchte, dass Sie Ihre Gedanken noch mehr bewegen, dass Sie sie kreisen lassen wie einen Adler auf Beutesuche, der seine endlosen Runden über einem Gebiet zieht, bis er schließlich hinunterstößt, um zuzupacken, weil er alles genau sieht und unter Kontrolle hat.«

Sie saßen da, Ritas Hand immer noch in den seinen, und blickten sich an. Im Augenwinkel betrachtete Rita ihre gemeinsame Spiegelung im Fenster. Links saß sie, rechts saß Albrecht und in der Mitte – stand der Mann mit dem Mantel und dem Hut und hatte immer noch den Kopf gesenkt. Er stand dicht am Fenster, blickte hinein, ohne sein Gesicht preiszugeben, das von der Hutkrempe bedeckt war und wie die gesamte Gestalt mit dem Halbdunkel verschmolz.

Rita erschrak und entriss Albrecht ihre Hand. Der Mann entfernte sich schnellen Schrittes in Richtung Schwarzenbergplatz und verschwand aus ihrem Blickfeld.

»Haben Sie das gesehen?« Rita war richtig aufgeregt. Albrecht blickte ebenfalls zum Fenster hinaus, doch da war nichts mehr, nichts und niemand. »Ein Mann! Eine dunkle Gestalt. Unheimlich fast. Er hat uns beobachtet, Albrecht! Er hat eine ganze Zeit lang hier gestanden und uns zugesehen.«

Albrecht versuchte, Rita zu beruhigen. Sie war richtig aufgebracht, die Augen geweitet, die Hände gestikulierten wild, wie sie es die ganze Zeit über, als sie ihm alles erzählte, nicht getan hatten. Rita zeigte zum Fenster hinaus.

»Da ist niemand, Rita.«

»Er war da, Albrecht, wirklich. Glauben Sie mir doch!«

»Ich glaube Ihnen ja, Rita. Aber das hat nichts zu bedeuten, wirklich nicht. Sie wissen doch, wie unsere Zeiten sind. So viele arme Kerle laufen da draußen herum und haben nichts und niemanden. Wie viele Kriegsheimkehrer sind auf sich allein gestellt? Glauben Sie mir, das war einer von den vielen armen Hunden, die vom Leben ausgestoßen wurden und sich nun in unserer Stadt herumtreiben wie ein Regentropfen, der in den Wienfluss fällt.«

Rita sah Albrecht an. Diesmal meinte sie zu erkennen, dass er sie nicht ganz so ernst nahm.

22.

FRÄULEIN WEHRLEIN HATTE nach fast eineinhalb Wochen Abwesenheit wieder ihren Schreibtisch in Besitz genommen. So aufgeräumt und blitzblank, wie er sich während ihrer Urlaubsabwesenheit präsentiert hatte, so unübersichtlich war er nun. Stapel von Büchern und wirr durcheinandergeworfene Karteikarten konkurrierten miteinander darum, wer weniger Durchblick in eine mögliche Systematik gewährte.

An einem Freitag aus dem Urlaub zurückzukehren und seine Arbeit wiederaufzunehmen, fand Rita einigermaßen eigenartig. Normalerweise war der Montag der übliche Tag für den Wiedereinstieg, aber Isabella Wehrlein hatte eine Schwäche für das Ungewöhnliche. So munkelte die Kollegenschaft hinter mehr als nur einer vorgehaltenen Hand, dass Fräulein Wehrlein dem eigenen Geschlecht weit mehr zugetan sei als dem anderen. Angeblich besuchte sie sogar regelmäßig Frauenklubs, wie es sie seit einiger Zeit auch in Wien gab. Was in den alten Zeiten unter dem weißbärtigen Kaiser unvorstellbar gewesen wäre, galt heutzutage in manchen Kreisen als schick. Rita wusste von Isabella, dass es nicht nur Gerüchte waren, aber sie hielt sich bedeckt und tat immer so, als hätte sie keine Ahnung und als würde sie das alles gar nicht interessieren.

Ob es normal war oder nicht, war ein Urteil, das sich Rita nicht anmaßte. Als Frau, die ihren katholischen Glauben lebte, konnte sie sich nicht vorstellen, wie man sich zum eigenen Geschlecht hingezogen fühlen konnte. Aber im Gegensatz zu vielen, wenn nicht den meisten ihrer Glaubensbrüder und -schwestern störte sie sich nicht daran, wenn andere es taten. Und nach ihrem Privatleben gefragt hatte sie ihre Kollegin nie. Sie wollte sie nicht in Verlegenheit bringen und schon gar nicht dazu, etwas zuzugeben, was per Gesetz unter Strafe gestellt war.

Die beiden Frauen verstanden sich sehr gut. Isabella war um einige Jahre jünger und stammte aus einer nicht annähernd so gebildeten Familie wie Rita. Dass sie in einer Bibliothek, besser gesagt in *dieser* Bibliothek arbeitete, war einzig und allein den Beziehungen ihrer Mutter zu verdanken, die jahrzehntelang als Putzfrau in der Geologischen Bundesanstalt den Rücken krumm gemacht hatte. Als kleines Dankeschön, bevor sie sich auf das kärgliche Altenteil zurückgezogen hatte, hatte sie mit dem Vorgänger des aktuellen Direktors die Anstellung ihrer Tochter ausgehandelt.

Natürlich war Isabella denselben Weg gegangen wie viele andere vor ihr und Vadim jetzt. Sie war Praktikantin gewesen und hatte sich als gut organisierte Person erwiesen, auch wenn ihr Schreibtisch das Gegenteil suggerierte.

»Ich mache heute zu Mittag Feierabend«, nuschelte Isabella, als Rita aufstand und sich nach vorne beugte, um ihrem armen Rücken etwas Entspannung zu gönnen. »Ausnahmsweise.«

»Ausnahmsweise« war gut. Isabella ging fast jeden Freitag früher, sie arbeitete die verlorenen Stunden aber jede Woche an einem Abend ein. Isabella war außergewöhnlich und zuverlässig. Dass man nicht viel, fast gar nichts von ihrem Privatleben wusste, umgab sie mit einer leicht geheimnisvollen Aura, feuerte jedoch eben auch die Gerüchte an.

»Was sie wohl diesmal wieder vorhat?«, grummelte Vadim, nachdem Isabella gegangen war.

»Was heißt ›wieder‹?« Rita empfand Vadims Bemerkung als provokant. »Und außerdem: Was geht es dich an?«

Vadim drehte sich zu ihr um. »Na ja, bei all dem, was man so über sie hört!«

Rita schüttelte zornig den Kopf und hielt beim Schreiben der Notizen, die sie gerade zu Papier brachte, inne. Es waren die neuen Zusammenstellungen, die Vadim später zu Karteikarten würde verarbeiten müssen.

»Nichts ist schlimmer als Gerüchte!«, schleuderte sie ihm in einem Ton entgegen, der ihr etwas zu scharf geriet.

Sofort zog sich Vadim in sich zurück und tat geschäftig.

»Jeder soll das Recht haben, sein Leben so zu führen, wie er es für richtig erachtet«, fuhr Rita versöhnlicher fort. »Solange man niemanden um sich herum beeinträchtigt ...«

»Aber normal ist das nicht, oder?« Vadim wandte sich wieder Rita zu. »Ich meine, das ist gegen die Natur, nicht wahr?«

Rita seufzte. »Ach, Vadim. Was ist schon für oder wider die Natur?«

»Na ja, ein Triebtäter zu Beispiel, der Frauen aus Lust an der Brutalität vergewaltigt und dann ermordet!«

»Ich glaube nicht, dass das auf Isabella zutrifft.«

»Aber wenn es sogar im Gesetz steht, dass es verboten ist, dass Männer mit Männern und Frauen mit Frauen ... Sie wissen schon! Wenn das Gesetz das verbietet, muss es doch einen Grund dafür geben.«

»Nicht alles, was in Gesetzen steht, ist allein deswegen, weil es dort niedergeschrieben wurde, automatisch richtig, Vadim. Wir müssen uns an die Gesetze halten, aber wir sollten sie auch immer wieder einmal einer Überprüfung unterziehen, ob sie noch zeitgemäß sind oder ob sie überhaupt jemals menschenwürdig waren.«

Sie ging zu Vadim hinüber und legte ihm mütterlich eine Hand auf die Schulter. Eine Zeit lang sah sie ihm dabei zu, wie er fertiggestellte Karteikarten aufeinanderstapelte, als die Tür schwungvoll aufging und Wallner eintrat. Er erblickte die beiden, die wie eine Statue von Rodin unbewegt vor dem Arbeitsplatz Vadims aufgebaut waren.

»Fräulein Wehrlein ist bereits gegangen?« Wallner kratzte sich im Nacken. Anschließend fuhr er sich mit dem Zeigefinger in den Kragen, als wollte er ihn ein wenig lockern.

»Vielleicht vor fünf Minuten ist sie weg«, antwortete Rita und bewegte sich von Vadim weg auf den Hofrat zu.

»Ja … Ich …« Wallner wirkte verwirrt. »Dann erledigen wir das am Montag«, entschied er und verschwand so überraschend, wie er aufgetaucht war.

Rita dachte sich nichts dabei. Es kam schon mal vor, dass Wallner nicht so ganz wusste, was er wollte. Frau Pfeiffer hätte darüber kleine Romane schreiben können. Als eine der guten Seelen des Hauses half sie Wallner in einem solchen Fall oft wieder auf die Sprünge.

Rita ging zu dem Bücherschrank mit den Glastüren und holte wieder einmal das Buch über das Erzgebirge heraus. Was gäbe sie dafür, wenn sie Hechter die Randnotizen zeigen könnte! Es ging ihr nicht um den persönlichen Triumph, sondern um die Sache selbst. Sie wollte, dass er über ihre Theorie wenigstens nachdachte.

Konnte es sein, dass Wallner sich in Gefahr befand? Vielleicht wurde er bedroht? Möglicherweise waren diese Notizen dazu da, ihn nervös zu machen? Ja – hatte er womöglich soeben genau deswegen so neben sich gestanden? Vielleicht kannte er die Notizen und hatte sie schon vor Rita gelesen?

Rita setzte sich an ihren Schreibtisch und schlug das Buch wieder dort auf, wo die Einleitung begann. Sie blätterte um und erstarrte. Seite vier oben, gleich der erste Absatz:

»Sanft erstrecken sich Wiesen und niederes Gewächs über das Gelände. Doch es treibt einen höher, hinauf in jene Gefilde, die immer trockener und öder werden, Gneis, Glimmerschiefer, alles splittert und wittert vor sich hin. Verloren ist sie, die Lieblichkeit des Lebens, wie der Natur zum Hohn!«

Eine Wellenlinie schlängelte sich den ganzen Absatz hinunter, die Worte »Verloren ist sie, die Lieblichkeit des Lebens« waren unterstrichen. Die Person hatte diesmal einen nicht so gut gespitzten Bleistift verwendet, denn die Linien waren etwas breiter als die beiden anderen Male. Und wiederum befand sich daneben eine Randnotiz: »Nur du kannst es beenden, nur du allein. So wild, so schrecklich! Wolltest du nicht? Konntest du nicht? Warum muss der arme Junge dafür bezahlen?«

Völlig wirr. Was hatte sich der Schreiber oder die Schreiberin dabei gedacht? Wild, schrecklich … und beenden? Wer konnte was beenden?

»Vadim!«, rief Rita. »Komm her und sieh dir das an!«

23.

SIE HATTE DIE Notiz diesmal nicht ausradiert. Sie hatte schon nach dem Radiergummi gegriffen gehabt, sich dann aber anders entschieden.

Vadim hatte sich die Markierung der Textpassage und die Randnotiz genau angesehen. Es war eine weiche Schrift, fand er, irgendwie weiblich, zugleich jedoch schlampig, dahingeworfen. Sie hatten gemeinsam überlegt, was sie tun sollten, ob Rita mit dem Buch zu Wallner gehen und ihm die Schmiererei zeigen sollte.

Aber was hätte das gebracht? Rita hatte sich entschlossen, die Sache über das Wochenende ruhen zu lassen. Nachzudenken. Die vielen Seiten zu betrachten und möglicherweise weitere Stellen zu finden. Wie es ihr Albrecht empfohlen hatte. Mit Ruhe und Verstand alles analysieren und die Zusammenhänge suchen, nicht aber sie krampfhaft herstellen.

Vadim hatte sie eingebläut, mit niemandem darüber zu reden. Mit nie-man-dem! Vielleicht hatte sie Angst, dass immer mehr Menschen sie für verrückt halten würden. Vielleicht folgte sie damit auch ihrem Instinkt, weil sie keine schlafenden Hunde wecken wollte. Vadim hatte ihr versprochen, dass aus seinem Mund kein Wort käme.

Rita hatte drei Möglichkeiten: Sie konnte mit dem Buch zu Wallner gehen, ihm ihre Verdachtsmomente berichten und ihm sagen, dass sie um seine Sicherheit bange. Doch sie wollte ihm keine Angst machen. Und noch viel weniger wollte sie sich vor ihm blamieren. Oder sie suchte Hechter auf und zeigte ihm die Notiz. Da! Jetzt habe ich den Beweis! Sehen Sie, ich habe keinen Unsinn erzählt! Das könnte sie ihm trotzig entgegenhalten. Aber ergab das Sinn? Hechter war der ermittelnde Kriminalpolizist, insofern war er die richtige Ansprechperson. War diese dritte Notiz allerdings wirklich überzeugend genug?

Die dritte Möglichkeit war jene, gegen die sie sich innerlich eigentlich am stärksten wehrte: Sie konnte alles auf sich beruhen lassen und die Angelegenheit vergessen. Die Notiz ausradieren und das Buch in seinen mehr oder weniger unversehrten Zustand zurückversetzen. So wie es ihre Aufgabe als Bibliothekarin war. Warum sollte sie sich um Morde und geheimnisvolle Botschaften kümmern? Das war nicht ihr Beruf.

Rita hatte den Samstag total zurückgezogen verbracht und am Sonntag die Wohnung nur für die Messe in der Rochuskirche verlassen. Für Frau Wobralek war immer noch der Mord an Richard Mayr das Hauptthema. Zum Glück hatte sie von dem Toten vor der Geologischen Bundesanstalt nichts gehört. Rita hatte sich gehütet, auch nur das Geringste durchblicken zu lassen.

Den Rest des Sonntags verbrachte sie zu Hause. Sie trug das alte Hauskleid, das sie bereits an vielen Stellen geflickt hatte. Es war ein Lieblingsstück von ihr, an ihrer Mutter hatte sie es oft gesehen. Das Blumenmuster war altbacken, das musste sie zugeben, aber sie empfand es nicht so, kannte sie es doch seit Kindeszeiten, sodass es sich zu einer optischen Selbstverständlichkeit entwickelt hatte.

Rita hatte sich vorgenommen, das Badezimmer gründlich zu putzen. Wer etwas zu tun hat, grübelt nicht. Und Putzarbeiten waren eine bewehrte Blockade von abschweifenden Gedanken. Das war eine Erfahrung, die sie schon oft gemacht hatte. Überraschenderweise ließ sie sich dieses Mal nicht bestätigen.

Während sie mit einer harten Stielbürste das Klosett schrubbte, malten ihre Gedanken eine Szene aus. Ach was, ihre Gedanken! Ihre Fantasie! Und diese Fantasie ließ gerade Wallner durch mehrere Messerstiche in seinem Bürostuhl sterben, während sie mit kräftigen Stößen die Bürste in den Rachen der Klosettmuschel rammte.

Rita hielt inne. Der Schweiß rann ihr über das Gesicht. Das konnte nicht von der Arbeit alleine sein. Wurde sie krank? Sie hatte Wallner förmlich vor ihrem inneren Auge gesehen, wie er in dem hochlehnigen Schreibtischstuhl hing, schlaff, leblos, aus dem Rumpf blutete er aus mehreren Stichwunden. Wie eine Vision, fast real war ihr das Bild vorgekommen.

Rita setzte sich vor der Klosettmuschel auf den Boden und hielt die nasse Bürste wie ein langes Küchenmesser, mit dem man Sehnen von Fleischstücken abtrennte. Das Wasser perlte den Stiel und ihren Unterarm herunter und tropfte auf den Boden. Sie war kurzatmig, das Herz schlug schnell.

Sie musste ihn doch warnen! Die Notizen befanden sich nicht ohne Grund in seinem Buch, war sie überzeugt. Es waren Botschaften an ihn, an den Mann, der das Buch geschrieben hatte. Der Täter verwendete das Buch als seinen persönlichen Briefkasten. Somit musste es jemand sein, der Zugang zur Bibliothek hatte. Schränkte das den Kreis der möglichen Täter ein? Nicht wirklich, wenn man bedachte, wie viele Menschen in der Geologischen Bundesanstalt arbeiteten. Und von denen konnte jeder die Bibliothek betreten, grundsätzlich auch außerhalb der Öffnungszeiten. Dass es jemand war, der nicht zur Anstalt gehörte, schloss Rita vorerst einmal aus. Eine Überlegung, die ihr einen kalten Schauer über den Rücken jagte.

Sie stand auf und legte die Bürste ab. Nun musste sie den Boden wischen. Sie machte einen Lappen nass, wickelte ihn um einen Besen und zog lange Schlieren über die Fliesen. Inzwischen war sie vollkommen verschwitzt. Sie würde sich mit einem Vollbad belohnen. Die Wanne hatte ihr Vater austauschen lassen, bevor er endgültig nach Gerasdorf übersiedelt war. Ein letztes kleines Geschenk an seine Tochter.

Der Lavendelaufguss sollte etwas Beruhigendes an sich haben. Hatte er aber nur bedingt. Rita fühlte, wie sich die Müdigkeit in ihre Muskeln schlich und der Körper sich entspannte, doch in ihrem Kopf ratterten unermüdlich Hunderte Zahnrädchen und wollten nicht zum Stillstand kommen.

Es war ihre Pflicht, Wallner zu warnen. Er musste wissen, was ihn möglicherweise erwartete. Auch wenn sie sich irren sollte, besser einmal zu viel gewarnt als einmal zu wenig. Und anschließend würde sie zu Hechter gehen. Beides war notwendig und unumgänglich, denn nur so konnte sie sich später nicht vorwerfen, etwas verabsäumt zu haben, sollte es zum Schlimmsten kommen. Wobei: Das Schlimmste war längst eingetreten mit den beiden Toten.

Was hatten eigentlich die zwei Ermordeten mit Wallner zu tun? Sie musste wieder an Albrechts Hinweis denken, die Dinge von allen Seiten zu beleuchten. Und Erklärungen zu finden, ohne sie zu erfinden. Es stimmte schon: Es fügte sich keineswegs alles ineinander. Aber das lag sicher nur daran, dass sie noch nicht das gesamte Bild vor sich sah, sondern lediglich einige Mosaikstücke. Und aus diesen musste sie das Gesamtbild zusammensetzen.

Bevor ihr endgültig die Augen zufielen, quälte sie sich

aus der Wanne und wäre beinahe ausgerutscht. Das hätte ihr noch gefehlt, sich im Badezimmer alle Knochen zu brechen. Sie rieb sich mit einem kratzigen Handtuch trocken, putzte sich schnell und oberflächlich die Zähne und schleppte sich zum Bett. Nach wenigen Sekunden fiel sie in einen unruhigen Schlaf, der sie mit Träumen quälte, an die sie sich später nicht mehr erinnerte.

24.

EIN FRISCHER TAG bringt frische Entschlüsse. So sollte es sein im Leben und so war es auch an diesem Montagmorgen, als Rita die Vorhänge zur Seite zog und sich über den Sonnenschein freute. Die Barichgasse war wieder einmal vom Schicksal begünstigt.

Rita hatte sich vorgenommen, zuerst zu Hechter zu gehen und mit ihm alles noch einmal durchzusprechen. Sie würde das Buch mitnehmen und ihm quasi ein erstes Beweisstück liefern. Damit wollte sie ihn überzeugen, und wenn schon nicht das, dann wenigstens zum Nachdenken anregen. Sie konnte sich einfach nicht vorstellen, dass ihre Argumentation völlig wirkungslos an ihm abgleiten würde.

Danach würde sie bei Frau Pfeiffer vorstellig werden und auf einen schnellen Termin beim Herrn Hofrat pochen. Am besten nicht nur schnell, sondern sofort. Umgehend. Es sei wichtig. Ob sie sagen sollte, dass es *lebens*wichtig war? Vielleicht war das doch etwas zu viel Dramatik.

Nach dem üblichen flüchtigen Frühstück brach Rita auf und nahm den Weg durch den Arenbergpark. Sie wollte bewusst an der Stelle vorbeigehen, wo Richard Mayr tot aufgefunden worden war. Spuren gab es keine mehr auf dem Boden vor dem Gartenpavillon, dessen Dach vom Grünspan überzogen war. Der Verputz blätterte an einigen Stellen ab und legte die Ziegelmauer frei, umstehende Bäume und Büsche hatten sich dem kleinen Gebäude so sehr angenähert, dass ihre Äste an der Fassade kratzten.

Rita genoss den Fußweg zur Bibliothek an diesem lauen Morgen. Sie fühlte sich besser als am Wochenende, denn sie war sich ihrer Sache sicher. Sie würde Isabella sagen, dass sie am späten Vormittag, spätestens zu Mittag wieder zurück sein würde. Natürlich konnte sie eigentlich nicht so einfach ihren Arbeitsplatz verlassen, aber das war schließlich eine Ausnahmesituation. Außerdem würde sie danach ja auch mit Wallner reden. Isabella würde sie in den wenigen Stunden ihrer Abwesenheit decken, falls jemand nach ihr fragen sollte.

Hatte sie sich noch Blutspuren erwartet vor dem Pavillon? Nicht wirklich. Sie blieb kurz stehen und gedachte Richards. Eines Menschen, den sie nie wiedersehen würde. Aus dem Leben herausgerissen, wie es so vielen Männern, jungen und weniger jungen, in den vier Jahren des Krieges passiert war. Die viele Frauen alleine zurückgelassen hatten. Und Kinder.

Rita ging weiter und fand sich in der Rasumofskygasse ein. Isabella stand unter dem Vordach, eine Zigarette zwischen den Fingern. Sie hielt sie etwas von sich weg, eine Haltung, die leicht lasziv wirkte. Sie war mit Frau Pfeiffer in ein heftiges Gespräch vertieft, die zu Ritas Überraschung ebenfalls rauchte. Frau Pfeiffer wirkte nervös, und sie bemerkte Rita erst, als sie fast schon vor ihr stand.

»Ach, Rita«, seufzte Isabella, und jetzt erst bemerkte Rita, dass ihre Hand zitterte.

Ihre Augen waren rot, sie hatte geweint. Frau Pfeiffer war ganz bleich und zog wie verrückt an ihrer Zigarette, als wollte sie sie in wenigen Sekunden aufrauchen. Irgendetwas stimmte nicht.

»Wallner?«, rief Rita erschrocken aus. »Ist dem Hofrat etwas zugestoßen?«

Isabella schüttelte den Kopf, schluchzte und schnippte die Asche von der Spitze ihrer Zigarette auf den Boden. Sie fiel auf die unterste Stufe, wo sie auseinanderbrach.

Rita wartete nicht ab, was die Frauen ihr erzählen würden. Sie wirkten blockiert, und wer wusste, wie lange es dauern würde, bis sie einen vernünftigen Satz herausbrachten. So stürmte Rita ins Innere der Anstalt, wo sie im Foyer auf zwei uniformierte Polizisten stieß, die sie aufhielten. Hinten auf der Treppe sah sie eine Gestalt in einem perfekt sitzenden Anzug, die eben hinaufstieg. An ihrer Seite ging Wallner, gebückt, als trüge er eine schwere Last.

Es war Hechter. Am liebsten hätte Rita ihn gerufen und nach ihm gewinkt, doch die Polizisten verstellten ihr nicht nur den Weg, sondern nun auch die Sicht auf die beiden Männer, die gleich den ersten Stock erreichen würden.

»Sie arbeiten hier?« Der Polizist mit dem geschwungenen Oberlippenbart streckte ihr seine breite Brust entgegen, die ohne jeden Zweifel viel Platz für jede Menge Orden geboten hätte. Vielleicht hatte er ja tatsächlich eine kleine Sammlung zu Hause für besonders heldenhafte Einsätze.

»Ja, ja«, stammelte Rita. »Was ist denn passiert?«

Der Polizist sagte nichts.

»Ich arbeite in der Bibliothek«, fügte Rita hinzu und hoffte, dass man sie jetzt weitergehen ließ.

»Tut mir leid«, versperrte der Polizist ihr weiterhin den Weg, »Sie können zurzeit nicht in den ersten Stock hinauf.« Er kannte sich also schon aus im Haus und wusste, dass die Bibliothek im ersten Stock lag.

»Kann ich mit Kommissar Hechter sprechen?«

Der Polizist runzelte die Stirn. »Wenn der Herr Kommissar den Wunsch hat, mit jemandem zu sprechen, dann wird er ihn äußern. Bis dahin müssen Sie ihn seine Arbeit machen lassen.«

Seine Arbeit? Also gab es noch einen Toten? Wallner war es jedenfalls nicht, den hatte sie ja mit eigenen Augen gesehen.

»Er liegt im Lesesaal«, schniefte von hinten eine Stimme.

Rita drehte sich um und nahm Isabella in die Arme, die wieder zu weinen begonnen hatte.

»Ich habe ihn gefunden. Ich war die Erste, die den Lesesaal betreten hat, da lag er vor mir auf dem Boden und rundherum war Blut. Rita, so viel Blut!«

Es schüttelte die junge Frau und sie ließ ihren Gefühlen freien Lauf. Rita hielt sie so fest, wie sie konnte. Isabella war nicht mehr imstande, auch nur irgendetwas zu sagen. In der Eingangstür stand Frau Pfeiffer und hatte den Blick gesenkt. Sie war ebenfalls erschüttert und hätte sich wohl am liebsten als Dritte zu ihnen in die Umarmung begeben. Doch sogar in dieser Situation bemühte sie sich um ihre Haltung und Unnahbarkeit, wenn es ihr auch sichtlich schwerfiel.

Teil 2
Blutspuren

»Von den Lesern wird anständiges Betragen gefordert, sie dürfen sich untereinander nicht stören, die Bücher nicht beschädigen, nichts in Unordnung bringen und müssen die Bücher ordentlich zurückstellen.«

Ferdinand Grassauer

25.

Julius Hechter zog sich mit Hofrat Wallner in dessen Büro zurück. Die Bibliothek ließ er abriegeln und zwei uniformierte Polizisten vor dem Eingang postieren. Als ob einer nicht ausgereicht hätte. Rita fragte sich, ob die Gefahr wirklich so groß war, dass es zweier Beamter bedurfte.

In Begleitung des Polizisten mit dem schwungvollen Oberlippenbart stieg Rita in den ersten Stock hinauf. Isabella und Frau Pfeiffer mussten unten im Foyer bleiben, in dem sich immer mehr Mitarbeiter versammelten und in kleinen Gruppen über das Geschehene debattierten. Nach wie vor wusste sie nicht, wer die tote Person im Lesesaal war, und die erste Erleichterung, dass es sich nicht um Wallner handelte, war einer Unruhe gewichen. In die Ungewissheit schlich sich ein dunkelgrauer Verdacht.

Sie kamen an der Bibliothek vorbei und am liebsten wäre Rita hineingestürmt, um selbst Nachschau zu halten. Doch Hechter hatte sie zu sich gebeten. Sie hatte keine Ahnung, was er von ihr wollte.

Diesmal umschifften sie ein unbemanntes Schlachtschiff, das der Aufgabe, das hofrätliche Büro zu verteidigen, ohne seine Kommandantin nicht nachkommen konnte. Frau Pfeiffers Schreibtisch hatte alles von seiner sonstigen Imposanz verloren.

Ihre Begleitung ließ Rita allein ins Büro eintreten und verabschiedete sich wortlos mit einem Tippen an die

Schläfe. Hechter und Wallner standen dicht beieinander, Hechters Miene war ernst, ja, fast machte er den Eindruck, als würde er an diesem Tag jeden Menschen verabscheuen.

»Wissen Sie es schon?«

Rita schüttelte den Kopf. Natürlich war ihr klar, wonach Hechter sie fragte.

»Der Tote ist Ihr Praktikant Vadim.«

Nun hörte Rita Wallners zittriges, stoßartiges Einatmen. Sie ließ sich auf einen Stuhl in der Nähe fallen und sah Hechter entsetzt an, bevor sie in Tränen ausbrach. Wallner war sofort zur Stelle, ergriff ihre Hände und sprach ihr Worte zu, die sie gar nicht hörte. Schließlich kam er mit einem Glas Wasser, von dem Rita nippte wie ein kleiner Vogel aus einer kleinen Lache nach einem Regenguss.

»Es ist kein schöner Anblick.«

Hechter ging auf sie zu und ging vor ihr in die Hocke, um mit ihr auf Augenhöhe zu sein. »War er immer der Erste in der Bibliothek?«

Wieder trank Rita. Ihre Wangen waren nass, Wallner reichte ihr ein Taschentuch. Das zweite, das sie ihm gewaschen und gebügelt würde zurückgeben müssen.

»Was heißt ›kein schöner Anblick‹?« Rita war willig, sich den Tatsachen zu stellen, doch Hechter schien heute seinen harten Tag zu haben.

»Würden Sie meine Frage beantworten?«

Rita schnäuzte sich in Wallners Taschentuch und knüllte dieses in der Hand zusammen. »Ja, er war eigentlich immer vor uns allen da.«

Ihre wässrigen Augen sahen Hechter an, sie glänzten gläsern. Noch einmal stellte sie die Frage: »Was heißt ›kein schöner Anblick‹?«

Hechter kratzte sich am Kopf und warf einen Blick zu

Wallner hinüber, als benötigte er von diesem die Erlaubnis, mehr zu erzählen. »Eigentlich sollten Sie das nicht so genau …«

»Vadim war ein besonderer Mensch«, erklärte Rita und wischte sich über Wangen und Augen. »Ich sollte es erfahren.«

Nun nickte der Kommissar. »Er wurde vor einem Bücherregal gefunden, gleich beim Eingang zum Lesesaal. Mit mehreren Stichwunden im Brustkorb und im Bauch. Es gab wirklich sehr viel Blut dort. Er muss sofort tot gewesen sein. Wir nehmen an, dass er gerade Bücher einordnete, denn es lagen einige neben und unter ihm. Wir haben den Leichnam inzwischen abtransportieren lassen und der Tatort wird gereinigt. Sie können sicher in ein, zwei Stunden wieder in die Bibliothek.«

»Kann ich ihn noch einmal sehen?«

»Höchstens in der Leichenhalle im medizinischen Institut«, antwortete Hechter und fühlte sich dabei herzlos. So direkt hätten seine Worte nicht ausfallen sollen.

»Wir müssen selbstverständlich eine Obduktion vornehmen.«

»Wer hat ihn gefunden?« Rita bemühte sich um Fassung. »Isabella sagte, dass sie …« Es verschlug ihr die Stimme.

»Ja, Fräulein Wehrlein hat den Toten gefunden. Sie ist dann direkt zum Herrn Hofrat gelaufen.« Nun wandte sich der Kommissar Wallner zu. »Wir konnten unsere Vernehmung noch nicht zu Ende bringen, Herr Hofrat. Was ich noch wissen wollte: Waren Sie in der Bibliothek und haben den Toten gesehen?«

Wallner warf einen besorgten Blick auf Rita. »Benötigen Sie irgendetwas, Fräulein Girardi? Noch ein Glas Wasser? Sagen Sie mir, wenn ich etwas für Sie tun kann.«

Er war wirklich fürsorglich und wollte soeben wieder zu Rita gehen, um sie zu trösten, als der Ruf Hechters ihn stoppte. »Herr Hofrat!«

Wallner blickte verloren zum Kommissar.

»Wären Sie so freundlich? Es ist wichtig, dass meine Fragen beantwortet werden, auch wenn ich Ihren Kummer verstehe.«

»Ähm, ja. Ja, ich bin mit Fräulein Wehrlein sofort hinübergegangen. Es stimmt.« Er drehte sich wieder Rita zu. »Der Anblick war wirklich entsetzlich.«

Wallner wirkte verstört und schien nicht zu wissen, ob er sich auf Hechters Fragen oder auf Ritas Elend konzentrieren sollte. Innerlich zog es ihn eindeutig mehr zu Rita.

»Und was haben Sie getan?«

»Nichts! Keine Sorge, Herr Kommissar, wir haben nichts angefasst, nichts verändert. Ich habe die Bibliothek abgeschlossen, danach habe ich Frau Pfeiffer informiert und ihr gesagt, sie solle die Polizei anrufen. Das ist ja dann auch geschehen.«

Rita faltete das Taschentuch auseinander, knüllte es zusammen, einige Male ging das so. Sie sah Vadim vor sich, seine Locken, seine weichen Gesichtszüge. Sie hätte nicht sagen können, ob er ein guter Bibliothekar geworden wäre, aber ein feiner Mensch war er auf jeden Fall gewesen.

»Ich würde gerne mit einigen Ihrer Mitarbeiter alleine sprechen«, äußerte Hechter einen Wunsch an Wallner gewandt. »Darf ich dazu Ihr Büro verwenden?«

»Selbstverständlich.« Wallners mitleidvoller Blick war wieder auf Rita gerichtet. »Es tut mir so leid«, flüsterte er ihr zu. »Ich weiß, wie nahe Ihnen Vadim stand. Wir haben alle einen liebenswerten Kollegen verloren.«

»Ich würde gleich mit Ihnen beginnen.« Hechter hatte sich breit vor Rita aufgestellt.

»Ich werde mal meine Mitarbeiter informieren und das Institut schließen. Heute werden wir keinen normalen Betrieb aufnehmen, so viel ist klar.«

Wallner verließ zielstrebig das Büro, und als er die Tür hinter sich geschlossen hatte, fasste Hechter Rita fest in seinen Blick und sagte: »Dann fangen wir mal an. Aber diesmal richtig.«

26.

WAS SOLLTE DAS bedeuten: ›diesmal richtig‹? War das eine Anspielung? Hatte Hechter kein Vertrauen zu ihr? Ja, vielleicht sogar sie im Verdacht?

Rita stellte das fast leer getrunkene Glas auf dem Schreibtisch ab. Ihr verständnisloser Blick bohrte sich in Hechters Brust, der immer noch dominant vor ihr stand, als wäre das ein Versuch, sie einzuschüchtern. Aber das würde ihm nicht gelingen, trotz der Nachricht von Vadims Tod, die sie wie ein Schlag ins Gesicht getroffen hatte.

Es war anders als bei Richard Mayrs Tod. Von seiner Ermordung hatte sie in Etappen erfahren, schleichend. Es hatte gedauert, bis die Information so richtig in ihrem Bewusstsein angekommen war. Diesmal war es so abrupt gewesen, als ob sie selbst Vadims Tötung miterlebt hätte.

Rita gab sich die allergrößte Mühe, die Gefühle zu unterdrücken, die in ihr tobten wie wilde Winde, die an Bäumen und Büschen zerrten, um sie in alle Richtungen gleichzeitig zu biegen. Biegen ja, brechen niemals.

Also? Was wollte der Kommissar?

»Wenn Vadim immer früher hier war als die anderen, bedeutet das, dass er jeden Tag einige Zeit in der Früh allein in der Bibliothek zugebracht hat. Ist das korrekt?«

Rita nickte. In ihrem Kopf ratterten die Rädchen, um dahinterzukommen, worauf Hechter hinauswollte.

»Und es wird wohl so sein, dass es mehr als nur wenige Minuten waren, vielleicht eine halbe Stunde wenigstens?«

»Wenigstens«, wiederholte Rita knapp Hechters Formulierung. »Meistens sogar länger.«

»Er könnte also alles tun in dieser Zeit. Und niemand würde es bemerken.«

Jetzt flackerte ein Gedanke in Rita auf. Hechter sprach von den Notizen! War er nun doch bereit, den Spuren zu folgen, die sie entdeckt hatte? Und dabei wusste er noch nichts von der neuesten, der letzten Randnotiz.

»Ich sagte Ihnen schon, dass ich Vadim nicht für den Buchkritzler halte«, erinnerte Rita ihn an die Vernehmung in seinem Büro.

»Vielleicht war er es«, meinte Hechter und seine Körperhaltung entspannte sich, »vielleicht auch nicht. Auch Sie können sich täuschen, Fräulein Girardi. Oder getäuscht werden.« Er umrundete den Schreibtisch und nahm auf dem Stuhl des Direktors Platz. »Möglicherweise hat Vadim etwas gewusst und es in Form dieser Notizen angedeutet. Die Person, die der Mörder ist – oder die Mörderin –, ist dahintergekommen, dass er es ist, der in Hofrat Wallners Buch Botschaften hinterlässt. Und somit wurde Vadim zu seinem Opfer.«

»Und Sie finden, dass *ich* eine lebhafte Fantasie habe?« Diese Bemerkung konnte sich Rita nicht verkneifen.

Hechter lächelte. Er nahm es ihr nicht übel.

»Es gibt inzwischen eine dritte Notiz.«

Hechters Augenbrauen schossen in die Höhe.

»Ich habe mir diesmal Zeit genommen, das ganze Wochenende lang. Damit ich keine übereilte Entscheidung treffe. Ich wollte heute noch zu Ihnen kommen, um Ihnen davon zu berichten. Und Ihnen das Beweisstück vorzulegen, denn diesmal habe ich die Notiz nicht ausradiert.« Es war ein kleiner Triumph, dass sie dem Kommissar endlich etwas zeigen konnte.

»Erzählen Sie.«

»Ich fürchte, es war die Ankündigung des Mordes an Vadim. Es steht in der Notiz, dass der Junge dafür bezahlen müsse.«

»Wofür?«

»Ich weiß es nicht. Die Notizen waren alle recht kryptisch. Diese auch. Obwohl ich das Gefühl habe, dass sie konkreter ist als die ersten beiden.«

»Sie beziehen sie also auf diesen Mord?«

Rita nickte. Es war eindeutig. Hechter hielt sie nicht mehr für eine Träumerin, die ihren flatterhaften Gedanken nachhing. Auch er witterte, dass hier ein Zusammenhang bestand. Oder bestehen könnte.

»Können Sie sie mir zeigen?«

Hechter stand auf und wartete, bis Rita sich erhob und vorausging. Der Vorraum war immer noch leer, was völlig ungewohnt war. Rita konnte sich nicht erinnern, dass Frau Pfeiffer einen einzigen Tag krank gewesen wäre, seitdem sie in der Geologischen Bundesanstalt arbeitete. Abgesehen von immer wieder eingestreuten Urlaubstagen war sie das Bollwerk vor dem Zugang zum Direktor.

Als sie den Gang in Richtung Bibliothek entlanggingen, hörten sie von unten aus dem Foyer ein Stimmengewirr. Wallner hatte wohl inzwischen die meisten Mitarbeiter informiert, und die Diskussionen waren heftig ausgebrochen. Vor der Bibliothek standen unverändert die beiden Polizisten mit leicht gelangweilten Gesichtern. Als Hechter einem andeutete, er möge die Tür öffnen, versuchte der es, doch es war abgesperrt.

Natürlich. Wallner hatte es ja erzählt.

»Kein Problem«, sagte Rita und holte ihren eigenen Schlüssel hervor.

Sie schloss auf und trat vor Hechter in den Vorraum der Bibliothek. Ihr erster Blick fiel in Richtung Lesesaal, doch die Doppelflügeltür war verschlossen. Was sich dahinter abgespielt hatte, konnte sie erahnen. Ob noch das ganze Blut zu sehen war? Vielleicht umgeworfene Stühle? Aus den Regalen gerissene Bücher, die verstreut lagen? Alles Zeichen eines Kampfes, weil Vadim sich gegen seinen Mörder gewehrt hatte?

»Wie ist er eigentlich gestorben?«, fragte Rita, während sie auf das Bücherregal mit den Glastüren zuging.

»Ich sagte es schon, mehrere Messerstiche in den Rumpf. Glauben Sie mir, Fräulein Girardi, eine genauere Beschreibung wollen Sie gar nicht hören.«

»Hat er sich ...?« Rita zögerte. »Hat er sich gewehrt?«

»Vadim?« Hechter sah Rita lange an, er schien zu überlegen, wie viel an Informationen er ihr geben konnte. »Ja, das hat er. Und sein Mörder scheint kräftiger gewesen zu sein. Wir haben einige Spuren eines Kampfes an seinem Körper gefunden. Übrigens auch bei Richard Mayr. Das ist eine der Informationen, die wir nicht an die Medien rausgegeben haben. Je weniger der Mörder weiß, was wir über ihn wissen, desto besser. Es ist sowieso wenig genug.«

Rita holte das Buch aus dem Schrank.

»Und bitte behalten Sie es für sich«, fügte Hechter hinzu, während sie beide zu Ritas Schreibtisch gingen.

Sie legte das Buch auf den Tisch und schlug es auf, Seite vier. Unverändert war er da, der brutale Eingriff in das Buch. Er beleidigte ihre Augen und ließ jeglichen Respekt für gedruckte Werke vermissen. Und sie betrachtete ihn zum ersten Mal als einen handfesten Hinweis auf einen Menschen, der tötete.

27.

RITA ÜBERLIESS HECHTER ihren Stuhl und blieb neben
ihm stehen. Der Kommissar nahm Platz und sie staunte,
wie gut sein Sakko weiterhin saß und nicht verrutschte
oder unästhetische Falten schlug. War es denkbar, dass
sich ein Kommissar einen Maßanzug leisten konnte?

»Sanft erstrecken sich Wiesen und niederes Gewächs
über das Gelände. Doch es treibt einen höher, hinauf in
jene Gefilde, die immer trockener und öder werden, Gneis,
Glimmerschiefer, alles splittert und wittert vor sich hin.
Verloren ist sie, die Lieblichkeit des Lebens, wie der Natur
zum Hohn!« Rita las den Satz vor und deutete zugleich
auf die Wellenlinien, die sich links des Absatzes hinab-
schlängelten. Dann las sie laut die Randnotiz: »Nur du
kannst es beenden, nur du allein. So wild, so schrecklich!
Wolltest du nicht? Konntest du nicht? Warum muss der
arme Junge dafür bezahlen?«

So stand sie da, neben Hechter, über seine Schulter
gebeugt, um den Text lesen zu können. Der Kommissar starrte auf die aufgeschlagene Buchseite und schien
nachzudenken.

»Zwei Fragen drängen sich unmittelbar auf«, begann er,
Überlegungen anzustellen. »Erstens: Wer ist ›du‹? Zweitens: Wer ist ›der Junge‹?«

Rita runzelte die Stirn. Hatten sie das nicht eben geklärt?

»Ich weiß, ich weiß«, fuhr Hechter fort. »Sie beziehen
den ›Jungen‹ auf Vadim. Gut, gehen wir einmal davon aus.

Aber wer ist ›du‹? Sollen das Sie sein oder eine andere Person?«

»Vielleicht Hofrat Wallner«, meinte Rita leise.

Es war eine ihrer Theorien, dass jemand Wallner mit diesen Notizen drohte und ihn *be*drohte mit den Morden, die rundherum passierten.

»Ich erinnere mich, was Sie neulich sagten, Fräulein Girardi. Ja, das wäre denkbar. Aber wieso musste dann Richard Mayr sterben? In welcher Beziehung steht er zum Herrn Hofrat? Eben, in keiner.«

Der Kommissar stand auf und ging zum Fenster. Von dort aus konnte man auf die Rasumofskygasse hinunterblicken, auf der ein paar der Angestellten der Geologischen Bundesanstalt standen und sich lebhaft unterhielten. Wahrscheinlich gab es da unten noch jede Menge weiterer Theorien über die Tatmotive zu hören. Die meisten sicherlich hochkreativ.

»Sie erzählten mir, dass eine der Notizen das Wort ›Warnung‹ enthielt, wenn ich mich recht erinnere?«

Der Mann hatte wirklich ein gutes Gedächtnis. Rita wunderte es nicht mehr, dass er ohne Notizbuch auskam. »Ja, es war die zweite.«

»Also der Tote vor Ihrem Institut.«

»Das würde passen, denke ich.«

»Ich weiß, Fräulein Girardi.« Hechter lächelte. »Möglicherweise haben Sie doch ein besseres Gespür, als ich ursprünglich dachte.«

»Sie glauben mir also?«

Hechter wiegte den Kopf und setzte sich wieder auf Ritas Stuhl. »Lassen Sie es mich so formulieren: Ich habe beschlossen, Ihre Theorie nicht völlig zu verwerfen. Verstehen Sie? Wir sind an einem Punkt in diesem Fall, wo wir nichts ausschließen und uns nicht für nur eine Richtung in den Ermittlungen entscheiden können.«

Es war Rita sofort aufgefallen. Hechter hatte »wir« gesagt. Vielleicht bezog sie es fälschlicherweise auf sich, vielleicht meinte er damit sich und seine Kollegen oder seine Abteilung. Und doch fühlte sich Rita irgendwie bestätigt.

»Ich wollte auch mit Herrn Hofrat Wallner sprechen«, erklärte Rita. »Nachdem ich bei Ihnen war, wollte ich ihn aufgesucht, um ihn zu warnen. Ich hätte es vielleicht schon früher getan, aber Sie waren nicht der Einzige, dessen Reaktion auf meine Theorie mich ein wenig verunsichert hat.«

Erneut huschte ein verständnisvolles Lächeln über Hechters Lippen. »Wobei ich mir nicht sicher bin, ob das eine gute Idee ist«, überlegte er laut.

Rita hatte sich inzwischen Isabellas Stuhl herangezogen, und die beiden saßen einander nun frontal gegenüber. Rita fühlte sich wie eine Kriminalassistentin.

Ob es überhaupt Frauen in diesen Positionen gab? Sie glaubte eher nicht. Frauen waren immer noch gerade gut genug für Sekretariatsaufgaben oder verwaltende Tätigkeiten, wie sie sie hier erledigte. Darüber hinaus vermieden es die Männer tunlichst, Frauen zu sehr in jene Gebiete vorstoßen zu lassen, in denen sie oft gar nicht so gut waren, wie sie vorgaben.

»Ich würde den Herrn Hofrat nicht verunsichern wollen«, fuhr Hechter fort, »oder gar ihm Angst machen.«

»Falls er mir überhaupt glaubt beziehungsweise nicht genauso wie Sie und Vadim meine Überlegungen zurückweist. Lediglich Albrecht hat sie nicht gleich von der Hand gewiesen ...«

»Albrecht?«

»Ach, ein Chorkommilitone. Er meinte zumindest, dass man solche Vorkommnisse von allen Seiten betrachten solle, nicht nur von einer.«

»Recht hat er!« Hechter hielt die aufgeschlagene Seite schräg gegen das Licht. »Können Sie mir noch sagen, wo die anderen beiden Stellen waren? Vielleicht kann man etwas gegen das Licht erkennen.«

»Warten Sie, eine war am Ende der Einleitung.« Rita nahm ihm das Buch aus der Hand und blätterte zur Seite sechs. »Hier, die Passage mit dem monotonen Grau. Das war die Anspielung auf das graue, monotone Leben des Toten vor der Bundesanstalt und die Warnung, also die zweite Notiz.«

Hechter übernahm das Buch wieder und hielt auch diese Seite schräg von sich weg. Seine Augen tasteten die obere Hälfte des Papiers ab, das eine grobe Struktur hatte. Und tatsächlich konnte man Druckspuren ausmachen, auf jeden Fall jene von den Unterstreichungen. Ob sich der Text, der daneben geschrieben worden war, rekonstruieren ließ, bezweifelte Hechter allerdings.

»Einen Versuch wäre es wert«, meinte er. »Kann ich das Buch mitnehmen? Wir würden es bei uns genauer untersuchen.«

Rita zuckte mit den Achseln. »Wenn Sie meinen ... Aber wäre es nicht vielleicht besser, es hierzulassen? Vielleicht möchte der Täter noch weitere Mitteilungen machen? Und was wird er tun, wenn er seinen persönlichen Postkasten nicht mehr findet?«

Hechter wägte Ritas Argument und die Notwendigkeit einer Untersuchung ab. »Das ist ein Argument. Trotzdem möchte ich es mitnehmen. Ich würde dafür sorgen, dass Sie es in ein, sagen wir besser zwei bis drei Tagen zurückbekommen. Wäre das in Ihrem detektivischen Sinn?« Bei der Frage zeigte sich ein breites Grinsen auf seinem Gesicht.

Ja, natürlich war das in Ritas Sinn. Hechter hatte beschlossen, sie ernst zu nehmen, und sie fühlte sich in gewisser Weise sogar in seine Ermittlungen einbezogen. Außerdem war es auch in ihrem Interesse, mehr über die Randnotizen zu erfahren. Sie hoffte nur, dass Hechter sie auf dem Laufenden halten würde. Um ihre Ansprüche zu untermauern, fragte sie ihn direkt.

»Ja, Fräulein Girardi, das werde ich tun«, versprach Hechter. Die Worte kamen langsam, bedächtig, als hege er noch einen Hintergedanken. »Sie versprechen mir im Gegenzug, mit niemandem über das zu reden, was wir hier gesprochen haben. Mit niemandem, verstehen Sie? Mit keiner besten Freundin, keiner guten Nachbarin, keinem engen Freund oder Mann, der Ihnen nahesteht.«

»Einen solchen gibt es auch nicht«, antwortete Rita so rasch, dass sie darüber geradezu erschrak.

Manchmal überraschte man sich mit den eigenen Worten selbst.

28.

Es HÄTTE KEINEN Sinn gehabt, die Kolleginnen und Kollegen in der Geologischen Bundesanstalt an diesem Tag arbeiten zu lassen. Nachdem sich die Nachricht von einem Mord im Haus bis zur letzten Person durchgesprochen hatte, war die allgemeine Aufgelöstheit groß. Wallner hatte schon recht getan, die Anstalt zu schließen und alle nach Hause zu schicken. Nur diejenigen, die Hechter sofort vernehmen wollte, mussten länger warten, unter ihnen Isabella und Frau Pfeiffer.

Hechter hatte Wallner darin bestärkt, das Gebäude zu leeren und abzuschließen. So konnte die Spurensicherung besonders in der Bibliothek in aller Ruhe und ohne Zeitdruck ihrer Arbeit nachgehen. Die Ergebnisse würden in ein, zwei Tagen vorliegen, auch jene, die die Obduktion ergeben würde.

Rita zog sich zu Hause zurück und wollte alles rundherum vergessen. Doch sehr bald schon spürte sie, wie ihr die Wohnung zu eng wurde, sich die Gedanken in ihrem Kopf aufdringlich aufblähten und mehr und mehr Raum verlangten. So konnte sie sie nicht loswerden.

Rita musste hinaus. Sie wollte Albrecht sehen. Er würde natürlich nicht seine Arbeit ihretwegen unterbrechen, aber vielleicht hatte er Zeit, sich danach mit ihr zu treffen. Um 15 Uhr würde er das Spital verlassen, Rita kannte seine Zeiten inzwischen. Sie beschloss, vor dem Eingang der Rudolfstiftung auf ihn zu warten. Das Spital lag nicht weit entfernt in ihrem Bezirk in der Juch-gasse. Anlässlich der Geburt des ersten Sohnes Kaiser Franz Josephs war es gegründet und unter diesem Namen eröffnet worden. Das war nun über sechzig Jahre, den Tod des einstigen Thronfolgers und durch den Krieg eine ganze Ära lang her.

Die Zeit mit Warten zu verbringen, war noch nie Ritas Stärke gewesen. So verließ sie sturmartig das Haus und fand sich auf der Straße in einem Tag wieder, der so gar nicht zu dem passte, was sie am Morgen erlebt hatte. Dass Vadims Tod in ihr wühlte, war nicht vermeidbar. Dass sie sich deshalb Vorwürfe machte, vielleicht schon eher. Und doch wurde sie den Gedanken nicht mehr los, diese dritte Randnotiz nicht gleich richtig gedeutet zu haben. Schließ-lich war von dem »Jungen« die Rede gewesen. Rita fühlte sich schuldig. Wenn Hechter plötzlich aufgetaucht wäre und sie verhaftet hätte, weil sie einen Mord nicht verhin-dert hatte, hätte sie Verständnis dafür gehabt.

Umso unschuldiger strahlte die Sonne kräftig vom Himmel und verlieh den Menschen, die an ihr vorüber-gingen, ein heiteres Aussehen. Jedes einzelne Lächeln, das sie in anderen Gesichtern sah, erschien ihr unangebracht, und am liebsten hätte sie die jeweilige Person ob ihrer Gefühllosigkeit getadelt. Ihr Weg führte sie erneut durch den Arenbergpark, was keine gute Idee, aber eben eine alte Gewohnheit war. Richard Mayrs Geist ging mit ihr mit. Und der des vor der Anstalt getöteten Obdachlosen gesellte sich bald zu ihnen. Beide machten vorwurfsvolle Gesichter. Die Vorwürfe galten ihr, niemandem sonst. Nicht einmal der Mörder schien so viel Tadel verdient zu haben wie Rita, die doch alles hätte rechtzeitig erkennen und wissen müssen. Das Versagen lag somit ganz bei ihr.

Rita spazierte kreuz und quer durch den Park und umrundete ihn von außen. Am Beginn der Arenberggasse blieb sie kurz stehen. Man konnte von hier geradewegs auf das Gebäude der Rudolfstiftung blicken. Der massive und wehrhaft wirkende Bau war von einem schwarzen Schmiedeeisenzaun umgeben, der auf einer Ziegelmauer zwei Mann hoch emporragte. Rita fragte sich, wieso Spitäler mehr Gefängnissen glichen als Orten der Fürsorge und Zuwendung. Nicht nur von außen betrachtet.

Eigentlich konnte sie sich auch vor dem Haupteingang ihre Zeit vertreiben. Begleitet von den Geistern der beiden Ermordeten ging Rita langsam die Arenberggasse hinunter. Im Grunde war sie erleichtert, dass sich nicht auch Vadims Geist hinzugesellte, aber vielleicht war das nur eine Frage der Zeit, vielleicht mussten die Geister der Verstorbenen erst von einer höheren Instanz angenommen und freigegeben werden.

Krankenschwestern in ihren strengen Uniformen standen vor dem Eingang und schienen sich eine Pause zu gönnen. Im Gegensatz zu Isabella und Frau Pfeiffer rauchte keine von ihnen, entweder waren sie zu gesundheitsbewusst oder es fehlte ihnen der katastrophale Anlass. Sie wirkten allesamt sehr jung, keine von ihnen durfte die Mitte zwanzig überschritten haben.

Ein älterer Mann mit weißem Spitzbart kam aus dem Gebäude und trippelte die Stufen hinunter. Die Schwestern grüßten ihn geradezu demutsvoll. Er musste wohl einer der höherrangigen Ärzte sein, über die Albrecht so gerne entlarvende Geschichten und Witze zum Besten gab. Der Mann erwiderte den Gruß nicht, jedenfalls nicht erkennbar für Rita. Es mochte schon stimmen, was

Albrecht so über die Professoren, Institutsvorstände und Oberärzte erzählte: Sie waren überheblich, hielten sich für etwas Besseres und kochten doch nur mit demselben Wasser wie alle anderen.

Lange konnte es nicht mehr dauern, bis Albrecht aus dem Spital herauskam. Rita beschloss, auf der Juchgasse auf und ab zu schreiten und dabei den Ein- und Ausgang im Auge zu behalten. Sie hoffte, dass es keinen Nebeneingang gab, durch den Albrecht entschlüpfte.

Es war eine gefühlte Ewigkeit, in der die Geister der Toten sie wenigstens in Ruhe ließen. Ein gewisses Personenaufkommen gab es, Personal, ambulante Patienten und Krankenbesucher, aber es waren nie so viele Menschen auf einmal, dass Rita den Überblick verlor. Und dann trat er endlich heraus und winkte fröhlich einer anderen Gruppe von Krankenschwestern zu, die sich ebenfalls eine kurze Auszeit zu gönnen schien.

Rita rannte auf ihn zu, als hätte sie Angst, er könne sich von einem Augenblick zum nächsten in Luft auflösen. Sie brauchte jetzt einen Menschen, dem sie sich nah fühlte, und auf Albrecht traf das definitiv zu, auch wenn sie vielleicht noch nicht so weit war, sich das selbst offen einzugestehen. Dafür war es einfach noch zu früh.

»Rita!«

Er sah sie auf sich zufliegen und sie hätte abheben und mit einem langen Sprung, einem endlosen Gleiten in seinen Armen landen können. Stattdessen kam sie atemlos vor ihm zum Stehen und wirkte wohl eher wie ein zerrupftes Huhn als wie eine schwebende Prinzessin.

»Rita, was machen Sie denn hier?« Schlagartig breiteten sich Schreck und Besorgnis auf seinem Gesicht aus. »Ist etwas passiert?«

Rita seufzte und nickte. »Ich bin ja so froh, dass ich Sie hier abfangen konnte, Albrecht.«

»Wollen wir reden?«

Rita war erstaunt und fasziniert, dass ein Mann so schnell und bereitwillig ihre Bedürfnisse erkannte und ansprach. »Ja, das müssen wir«, sagte sie leise, fast bedauernd.

»Geht es um uns?« In Albrechts Stimme schwang Angst mit, sie hörte es ganz genau. Und irgendetwas tief in ihrer Seele freute sich darüber.

»Nein, nein, gar nicht«, haspelte Rita. »Jedenfalls nicht in einem Sinn, den einer von uns befürchten müsste.« Sie sah ihn kurz mit großen Augen an. »Wohin können wir gehen?«

Albrecht legte die Stirn in Falten und überlegte. »Auf dem Rennweg gibt es ein Café. Na ja, nicht gerade das vornehmste Etablissement, aber nah und eigentlich diskret.« Er hätte auch das Wort »Spelunke« verwenden können, wollte es aber nicht so derb ausdrücken.

»Nicht vornehm ist mir egal«, antwortete Rita. »Gehen wir hin.«

29.

DER RENNWEG WAR eine der Ausfallstraßen Wiens in Richtung Südosten. Er führte, vom Schwarzenberg Platz ausgehend, am Schloss Belvedere vorbei, ging irgendwann über in die Simmeringer Hauptstraße und brachte einen direkt zum Wiener Zentralfriedhof, auf dessen unendlich weitem Gelände verschiedenen Konfessionen Platz für die letzten Ruhestätten gegeben worden war. Vom Kern der Stadt bis zu deren Rand und Ende – fast wie ein Symbol des Lebens.

Das Café wirkte auf Rita auf den ersten Blick nicht so abstoßend, wie sie es sich nach der Beschreibung Albrechts vorgestellt hatte. Das Publikum war vielleicht ein wenig gewöhnungsbedürftig, wenn man es mit freundlichen Worten beschreiben wollte, aber es waren auch einige Ärzte darunter. Dass sie sich hier nicht annähernd so gut benahmen, wie man es sich von ihrem Stand eigentlich erwartete, bestätigte einmal mehr Albrechts teils amüsante, teils bissige Geschichten über seine Kollegenschaft.

Auch der Mann, der vor einiger Zeit das Gebäude der Rudolfstiftung verlassen hatte und bei dem Rita davon ausging, dass er Oberarzt oder Professor war, saß in einer halbdunklen Nische und paffte eine dicke Zigarre, links und rechts von ihm junge Frauen, sehr junge. Sie gackerten ein Gelächter vor sich hin, das wie in einer modernen Komposition dem Takt und dem Einsatz der Hauptstimme folgte. Und diesen Takt gab der vermeintliche

Professor mit seinen Worten und seinen Händen an, die mal auf den Schenkeln der einen, mal auf der Schulter der anderen landeten.

»Der Wurzinger«, knurrte Albrecht und machte ein angewidertes Gesicht. »Interne. Hat früher an der Uni unterrichtet und im AKH gearbeitet, sein Lebenslauf hat ihm aber einen Knick in der Karriere beschieden. Nun ja, nicht zu unserer Freude in der Rudolfstiftung, aber ohne Zweifel zu unserem Gewinn. Er ist ein ausgezeichneter Arzt. Als Mensch ein Arschloch.« Er sprach es so direkt und hart aus, als würde er nicht mit einer Frau auf einen Kaffee, sondern einem Kollegen auf ein Bier gehen.

»Ah, Kollege!«, rief Wurzinger Albrecht zu und befreite eine der beiden Frauen von seiner Hand, um Albrecht zuzuwinken. »Man sieht Sie ja selten genug. Aber wie ich sehe, haben Sie sich heute auch mal eingedeckt.« Er lachte schmierig und seine Hand begrapschte schon wieder junges Fleisch.

»Einen schönen Nachmittag, Herr Professor!«, rief ihm Albrecht entgegen und zog Rita in einen hinteren Teil des Lokals, um einem weiteren Wortwechsel auszuweichen.

»Dort!« Der Tisch, den er auswählte, stand so, dass er keine Blickachse zu Wurzinger bot. Hier konnten sie sich ungestört fühlen.

Die Kellnerin, die zu ihnen herüberkam, trug ein schwarzes Kostüm mit weißer Schürze und weißem Häubchen. Sie war gedrungen, nicht mehr die Jüngste und abschreckend stark geschminkt. Eigentlich sah sie lächerlich aus.

Sie bestellten zwei Kapuziner, und dann ließ Albrecht Rita Zeit, sich zu sammeln. Es fiel ihm auf, dass alles, was rund um sie herum geschah, an ihr unbemerkt oder nur mit reduzierter Aufmerksamkeit bedacht vorüberzog. Ein einziges Mal forderte er sie mit einem »Nun, Rita? Was ist passiert?« auf zu sprechen, doch ein zweites Mal wagte er nicht, sie zu bedrängen. Er spürte, dass da etwas war, etwas Größeres, Tieferes, das er nicht aus ihr herauspressen konnte und durfte.

Ein dunkelroter Vorhang, der aus Samt gefertigt worden sein dürfte und durch die Jahre jeglichen Flaum verloren hatte, trennte den Raum in jenen Bereich, in dem sie und andere Gäste saßen, und einen anderen dahinter, wo sich eine Bar befand. Die Trennung gelang mehr schlecht als recht, denn der Vorhang war in steter Bewegung durch den Luftzug, der im Lokal herrschte, und durch die Bewegung des Personals. Wer diskret und ungesehen an der Bar sitzen wollte, konnte sich also nicht sicher sein, nicht doch erkannt zu werden, denn die beiden Teile des Vorhanges flatterten immer wieder auseinander.

Albrecht saß vor seinem Kapuziner und sah Rita in die Augen. Sein Blick war weich und abwartend, alle Zeit der Welt und über die Ewigkeit hinaus schien er ihr geben zu wollen.

»Ich musste einfach mit jemandem darüber reden«, fing Rita endlich an. »Mit jemandem, dem ich vertraue.«

Albrecht war versucht, eine Frage zu stellen wie: »Sie vertrauen mir also?«, doch er wusste, dass es nicht der richtige Zeitpunkt war für diese Art von Annäherungen.

»Es geht um die Notizen im Buch«, versuchte er stattdessen, sie zum Weitererzählen zu bewegen.

»Natürlich«, sagte Rita und ihre Stimme klang trocken. Sie nahm einen Schluck von dem Wasser, das mit dem Kaffee serviert worden war. »Es gibt einen weiteren Toten.«

Albrecht erschrak. An der Bar vibrierte das Klingen von Gläsern und der Vorhang gab kurz den dunkelbeigen Rücken eines Mannes zur Ansicht frei, der mit einem Hut am Tresen saß. Albrecht sah ihn zwar, nahm ihn aber nicht bewusst war. Alle Gäste im Lokal waren für ihn gerade inexistent, alle außer Rita.

»Vadim wurde ermordet. Bei uns. In der Bibliothek.« Rita vergrub das Gesicht in den Händen und schluchzte.

Albrecht zog seinen Stuhl an ihre Seite, sodass er nun den Vorhang im Rücken hatte. Er spürte leicht den ununterbrochenen Luftzug.

»Isabella hat ihn gefunden. Er lag in seinem Blut, es muss ein fürchterlicher Kampf gewesen sein. Kommissar Hechter sagte, Vadim hätte sich gewehrt, aber sein Mörder war kräftiger. Albrecht! Vadim war so ein netter Junge!«

Albrecht griff nach ihren Händen und rückte noch näher an sie heran. Die Kellnerin huschte gerade an ihnen vorbei und brachte den Vorhang erneut in größere Bewegung. Schließlich nahm Albrecht Rita in die Arme und hielt sie fest. Sie war warm und weich und ihre Gefühle ließen sie in seiner Umarmung beben. Durch die feuchten Augen bemerkte sie den Mann an der Bar in seinem Mantel, den er trotz der frühsommerlichen Temperaturen nicht ausgezogen hatte. Er blickte zu ihnen hinüber, sie spürte es mehr, als dass sie es sah. Er hatte kein Gesicht, denn da war nur der Schatten seiner Hutkrempe, die tief herunterhing. Und ihr Blick war auch viel zu verschwommen.

»Rita«, flüsterte Albrecht, »das tut mir so leid. Dass Sie das miterleben müssen. Das ist Ihnen nicht zuzumuten.«

Er spürte die Tränen an ihrer Wange, wie sie seine durch die nachmittäglichen Bartstoppeln raue Haut benetzten und daran hängen blieben.

Der Mann an der Bar blieb unbewegt, dann schwappte der Vorhang wieder zu. Jetzt erst erinnerte sich Rita an ihre Beobachtung im Café Schwarzenberg.

»Das ist derselbe Mann!«, rief sie plötzlich aus und stieß Albrecht von sich. Sie stand auf und schob den Vorhang zur Seite, doch der Platz, an dem soeben noch ein Gast gesessen hatte, war leer. »Verliere ich jetzt völlig den Verstand?«

Albrecht stand ebenfalls auf und führte Rita zurück zu ihrem Stuhl.

»Sie sind verwirrt, Rita. Das ist doch völlig normal. Was Sie gerade erlebt haben, geht an keinem Menschen spurlos vorüber. Sie werden sehen, dass Sie es bald verarbeitet haben.«

»Es ist nicht nur das«, fuhr Rita fort und legte von sich aus ihre Hände wieder in jene Albrechts. »Ich habe mit dem Kommissar über die Notizen in dem Buch gesprochen. Ich glaube, dass er meine Theorie nicht mehr ablehnt. Ja, er will sie sogar verfolgen, sozusagen als eine von mehreren Denkvarianten. Und wissen Sie, Albrecht, was ich befürchte? Ich habe Angst um Hofrat Wallner. Ich glaube, das alles sind Drohungen gegen ihn, Ankündigungen, dass er das nächste Opfer sein könnte. Einerseits habe ich diese Dinge ganz klar vor Augen, andererseits soll ich verwirrt sein? Ja, vielleicht bin ich es sogar, aber den Mann habe ich definitiv gesehen, Albrecht! Genauso wie damals vor dem Café Schwarzenberg.«

»Es gibt jede Menge seltsamer Gestalten hier, Rita, auch tagsüber. Der eine Teil des Lokals ist ein Kaffeehaus, das mehr oder weniger normal wirkt, der andere Teil eine Bar. Sie können sich gar nicht vorstellen, was sich hier nachts abspielt und welche Typen ein und aus gehen. Einen solchen haben Sie eben auch gesehen. Aber das hat nichts mit Ihnen zu tun. Oder mit uns.«

Wiederum drückte er ihre Hände, gerade nicht zu fest, gerade so, dass es als intensive Zärtlichkeit zu empfinden war.

30.

Es WAR DOCH nicht *das* der Grund gewesen, weshalb sie ihn hatte sehen wollen? Die Berührungen, die Nähe? Seine Stimme, sein Geruch? Die Nähe? Die Nähe! Einfach mit ihm sein, bei ihm sein. Das war weitaus mehr als nur Beruhigung für ihre Nerven. Es war ein tiefer gehendes Gefühl, das sie sich nun langsam einzugestehen traute.

Rita entzog Albrecht ihre Hand nicht. Und sie ließ es zu, dass sein Blick den ihren traf. Unendlich lange. Zwei Augenpaare, die ineinanderdrangen.

»Manchmal spielt einem das Leben einen Streich«, hauchte Rita und ließ Albrecht noch näher an sie heranrücken.

Das Lokal galt als verrucht und genauso fühlte sich Rita in diesem Augenblick. Ja, sie wollte verrucht sein, eine Frau mit dem Flair des zweifelhaften Rufs. Und sie gab ihre zweite Hand und ihren Ruf in Albrechts Hände und Obhut und ließ es zu, dass er sie küsste. Seine Wärme, sein Geruch, sein Geschmack, alles war ihr so vertraut. Er küsste sie und ließ ihre Hände dabei nicht los, verstärkte den Druck nicht, ließ aber auch nicht nach. Rita hätte bis in alle Ewigkeit in diesem Moment verharren können.

Als sie sich langsam voneinander lösten, erblickte sie wieder sein gesamtes Gesicht. Hinter ihm lag ein Teil des Lokals und auch der Eingang. Die verglaste Tür wurde gerade aufgezogen. Sie sah einen braunen Arm, einen Ärmel, den Rita nur halb bewusst wahrnahm. Es war der Mann, den sie eben noch hinter dem Vorhang hatte sitzen sehen. Der Mann, der sie beobachtet hatte, ohne jeden Zweifel. Es war derselbe dunkelbeige bis gräuliche Mantel, derselbe breitkrempige Hut, dieselbe gesichtslose Schattengestalt, die nun durch die geöffnete Tür zu entschwinden drohte. Eine Gestalt ohne Konturen und Kanten, ohne Details. Bis vielleicht auf den schwarzen Streifen auf dem rechten Ärmel, der sich breit und recht auffällig über den Stoff zog. Eine Abnutzung oder eine Verschmutzung. Ja, Albrecht hatte sicher recht mit den dahergelaufenen armen Gestalten, die der Krieg ins vermeintlich normale Leben zurückgespuckt hatte.

Sie wollte Albrecht sagen, dass der Mann soeben das Lokal verlassen hatte, doch mit einem Mal war das nicht mehr wichtig. Es interessierte sie nicht. Denn Albrecht sprach sie an – zum ersten Mal mit einem »Du«.

»Ich hoffe, du fühlst dich nicht überrumpelt«, hauchte er und seine Hände zitterten.

So hatte Rita diesen selbstbewussten Mann, der gerne der Mittelpunkt einer Frauenrunde war, noch nie erlebt.

Er war aufgeregt, so wie sie selbst auch, vielleicht ängstlich, ob er nicht zu weit gegangen war. Aber das war er nicht, auf gar keinen Fall, und das sagte Rita ihm auch.

»Das wollte ich lange schon tun«, sagte Albrecht und lehnte sich in seinem Stuhl zurück.

Er atmete kräftig aus, als ließe ein gewaltiger Druck auf seinem Brustkorb nach. Ritas Hände hielt er immer noch, wie zwei verwachsene Menschen saßen sie mehr nebeneinander als einander gegenüber.

»Ich auch«, gestand Rita und lachte leise.

Es war ein Lachen der Erleichterung. Plötzlich zog Albrecht seine Hände zurück und schlug sich gegen die Stirn.

»Was bin ich doch für ein egoistisches Trampeltier!«, rief er erschrocken aus. »Wir kommen hierher, weil du mit mir besprechen willst, was dich bewegt und bedrückt, und ich nutze die Situation schamlos aus.«

Rita schüttelte den Kopf. »Das ist in Ordnung so, Albrecht. Nichts, was ich mir mehr gewünscht hätte als das.«

»Nein, nein, Rita. Alles der Reihe nach. Du stehst unter Schock wegen des Todes von Vadim. Ich bin nur froh, dass nicht du ihn gefunden hast. Das wäre sicher zu viel für dich gewesen.«

Rita senkte den Blick und fuhr mit dem Zeigefinger unsichtbare Linien über die Tischplatte. »Ich darf eigentlich nicht mit dir darüber reden«, sagte sie, »das musste ich Kommissar Hechter versprechen, aber irgendwo muss es einfach raus. Und dir kann ich doch vertrauen.«

Albrecht nickte.

»Weißt du, das Schlimme ist, dass der Mord an Vadim angekündigt wurde. Es gab wieder eine Randnotiz in Hofrat Wallners Buch. Und wenn man weiß, was nun geschehen ist, dann ist sie ein klarer Hinweis auf diese Tat.«

Albrecht kratzte sich das raue Kinn.

»Ich habe dir doch gesagt, dass der Kommissar meine Bedenken immer ernster nimmt, das könntest du ruhig auch tun. Er meint, so wie du es mir unlängst gesagt hast, dass man die Dinge von allen Seiten her betrachten soll.«

»Und deine Theorie ist, dass der Mörder seine Taten in dem Buch ankündigt?«

»Absolut.«

»Und wozu? Und warum gerade in diesem Buch?«

»Ich denke mir das schon länger, Albrecht, und eigentlich war es Vadim, der mir diesen Floh ins Ohr gesetzt hat. Er hat es eigentlich nur so nebenbei erwähnt, wahrscheinlich nicht einmal ernst gemeint, aber er sagte, dass das alles vielleicht eine Warnung an Hofrat Wallner sein könnte.«

»Du meinst, dass er das nächste Opfer sein könnte?«

»Oder das übernächste. Vielleicht wird er ja auch erpresst?«

»Macht er irgendwie einen veränderten Eindruck auf dich? Benimmt er sich anders in den letzten Wochen?«

»Nicht wirklich. Er ist höflich und nett wie immer. Gerade mir gegenüber, immer zuvorkommend, kümmert sich um mich. Unlängst hat er mich sogar mit dem Taxi zur Probe gebracht, als es so stark regnete. Nein, er ist wie immer.«

»Vielleicht ist das eine Überinterpretation, Rita. Vielleicht ist es ein Geistesgestörter, der in das Buch hineinschreibt. Einfach so.«

»Mit Bezug zu den Morden?«

»Dieser Bezug, Rita … Versteh mich nicht falsch, aber das ist doch eine Frage der Interpretation. Du beziehst diese Zeilen auf die Morde, weil sie zufällig zeitgleich auftauchen, aber …«

»Albrecht!«, unterbrach Rita ihn. »Was soll das für ein Zufall sein? Eine Notiz im Buch, ein Mord? Die nächste Notiz, der nächste Mord? Gut, ich verstehe deinen Einwand beim ersten Mord an Richard Mayr. Aber glaube mir, die letzte Notiz war eindeutig mit dem Hinweis auf den ›Jungen‹.«

Albrecht trank den Rest seines Kaffees, der inzwischen kalt sein musste. »Sprich mit Wallner«, sagte er knapp, als er die Tasse wieder abstellte. »Alles andere hat keinen Sinn. Das ist nur Spekulation. Und wenn es eine Gefahr für ihn geben sollte, ist es doch sicher besser, wenn er gewarnt ist. Dann kann und soll er entscheiden, wie er mit den Informationen, die du ihm gibst, umgeht. Du bist danach jedenfalls nicht mehr verantwortlich, Rita, und du musst dich nicht mit den Gedanken herumquälen, was du tun sollst, was das Richtige ist.«

»Er wäre nach dir die zweite Person, der gegenüber ich mein Versprechen der Verschwiegenheit breche. Das wird dem Kommissar nicht gefallen.«

»Sprich zuerst mit ihm, dann mit Wallner. Irgendwie musst du einen Ausweg finden, Rita. Die Sache frisst dich sonst auf. Das kannst du nicht die ganze Zeit mit dir herumschleppen. Geh zum Kommissar, erzähle ihm von allen deinen Zweifeln und Gefühlen. Er wird das schon verstehen und kein Problem damit haben, dass du mit deinem Vorgesetzten sprichst.«

Ja, Rita liebte Albrecht. Sie konnte sich nicht vorstellen, dass es auf der ganzen weiten Welt noch einen weiteren Menschen gab, der sich so in ihr Gefühlsleben hineinversetzen, ihr so einfühlsam zusprechen konnte. Sie würde es genau so tun, wie Albrecht es ihr vorgeschlagen hatte, und am Ende würde alles gut werden.

31.

OB ER SIE von irgendeinem der vielen Fenster aus sehen konnte? Rita lehnte an der Brüstung zum Donaukanal und musste eine recht unelegante Figur machen, ging es nach den Blicken, die ihr manche Dame und mancher Herr zuwarfen, die an ihr vorüberflanierten. Ihre Haare flogen im Wind hin und her und zerstörten den sonst so gepflegten Bubikopf. Immer wieder versuchte Rita mit den Händen, die Frisur zu richten. Erfolglos.

Sie begann die Fenster zu zählen. Warum stürmte sie nicht einfach in das Gebäude, folgte dem ihr schon bekannten Weg in den ersten Stock und trat selbstbewusst vor Hechter hin? Stattdessen stand sie seit wenigstens zehn Minuten hier und starrte auf die Front des Hauses, in dem sich ein großer Teil der Wiener Polizei tummelte.

Vielleicht war Hechter ja gar nicht da. Aber dieses Risiko musste sie eingehen. Albrecht hatte schon recht. Es war wichtig und richtig, sich zuerst mit Hechter zu besprechen, um nicht etwas zu tun, was seinen Ermittlungen eventuell schadete. Am Ende wäre sie noch schuld, dass der Täter entwischte!

Rita überquerte die breite Straße. Vor dem Haupteingang stand ein Mannschaftswagen, ein lang gezogenes Ungetüm mit laufendem, knatterndem Motor. Jeweils zu dritt in einer Reihe saßen Uniformierte darin und warteten wohl auf den Start ihres Einsatzes. Der Beamte am Steuer blickte ihr lange nach und zog herausfordernd die Augenbrauen hoch, als sie ihm einen Blick zuwarf. Er grinste breit, als wollte er am liebsten etwas Anzügliches sagen.

Im Foyer herrschte wieder jenes Hin und Her, das Rita bereits von ihrem ersten Besuch kannte. Diesmal musste sie niemanden nach dem Büro Hechters fragen, sie kannte sich aus. Zügig trippelte sie die Stufen in den ersten Stock hinauf, wandte sich umgehend nach rechts und wirkte in ihrer Zielstrebigkeit wohl wie eine Mitarbeiterin des Hauses. An die Tür Hechters klopfte sie fest und bestimmt und schob sie auch gleich auf.

Hechter saß an seinem Schreibtisch. Der Platz ihm gegenüber war diesmal nicht leer, sondern besetzt von einem fülligen jungen Mann, der sehr jung war, wie es aussah. Oder er wirkte nur so, weil sein rundliches Gesicht eine glatt gespannte Haut ohne jegliches Fältchen aufwies. Seine Augen waren zusammengekniffen, er schien sie nicht weiter öffnen zu können, denn weder als er die hereintretende Rita erblickte noch als diese bereits im Gespräch mit Hechter war, veränderte sich sein Blick. Vor ihm lag eine zur Hälfte gegessene Wurstsemmel, daneben stand eine Flasche Bier. So sah er also aus, der Mann mit dem vormittäglichen deftigen Frühstück.

»Sie habe ich ja am allerwenigsten erwartet«, sagte Hechter und erhob sich. Sein Kollege blieb plump sitzen und blickte zwischen Rita, Hechter und seiner halben Semmel hin und her.

Rita trat näher an Hechters Schreibtisch heran. Der Geruch der Wurstsemmel stieg ihr unangenehm in die Nase. Hechter schien das zu erkennen und ging zum Fenster, das angelehnt war. Er riss es weit auf.

Der Kollege nahm inzwischen einen Bissen und kaute langsam vor sich hin. Immer noch wechselte sein Blick zwischen Rita und Hechter, blieb aber jedes Mal länger an Rita haften als an seinem Zimmerkollegen.

»Wilbrecht«, sagte Hechter und deutete auf den Mann am Nachbarschreibtisch. »Ein Kollege, der vor vielen Jahren aus Deutschland nach Österreich gekommen und bei uns in den Dienst getreten ist.«

Wilbrecht nickte kaum merklich, Rita schickte ihm ein sittsames »Grüß Gott« entgegen.

»Sie kommen wegen des Falles in Ihrer Bibliothek?«

Rita nickte. »Und wegen der beiden anderen Fälle.«

»Ja, richtig«, erinnerte sich Hechter. »Sie sehen da ja Zusammenhänge.«

Wilbrecht schmatzte und spülte seinen Mund mit einem kräftigen Schluck Bier.

»Ich dachte, wir wären uns darüber einig?«

Hechter lächelte. »Wir waren und sind uns einig, dass ich Ihre Gedankengänge nicht ausschließe, Fräulein Girardi. Ob sie sich als richtig erweisen, wird die Zeit zeigen. Was führt Sie zu mir? Ist etwas vorgefallen?«

Immer noch standen beide. Rita warf einen verunsicherten Blick zu Wilbrecht, als Hechter ein erkennendes »Ach!« ausrief.

»Sag mal, Wilbrecht, könntest du vielleicht ...« Er sprach ihn mit dem Familiennamen an, obwohl er ihn duzte.

»Klar, verstehe schon«, sagte Wilbrecht, stand auf, schnappte sich die Wurstsemmel und die Flasche Bier und verließ das Büro. Der fettige Wurstgeruch hatte nun endlich die Chance, durch das Fenster abzuziehen.

»Wie halten Sie das nur aus?«, fragte Rita, als Hechter ihr Wilbrechts Stuhl an seinen Schreibtisch heranrückte.

»Man gewöhnt sich daran«, lächelte Hechter und nahm ebenfalls wieder Platz. »Er ist ein wirklich netter Mensch und ein guter Kollege. Obwohl er Deutscher ist.« Den Seitenhieb begleitete er mit einem frechen Grinsen. »Also, was führt Sie zu mir?«

Gerade als Rita ihm ihre Bedenken bezüglich Hofrat Wallner erzählen wollte, schlug Hechter mit der Hand auf den Tisch.

»Natürlich! Das Buch! Sie kommen wegen des Buches!« Er beugte sich nach links unten und zog eine Schreibtischlade auf. Daraus holte er einen in einen hellbraunen Umschlag gehüllten Gegenstand, dessen Form deutlich verriet, was sich darum befand. »Hier.« Er riss das verklebte Kuvert auf und zog das Buch *Das Erzgebirge* heraus. »Es ging schneller, als ich dachte. Unsere Leute sind eben richtig gut.«

Rita beugte sich nach vorne. Sie befürchtete, dass das Exemplar beschädigt sein könnte, doch von außen wirkte es unversehrt. Hechter reichte es ihr und entnahm dem aufgerissenen Kuvert noch ein Blatt Papier, wohl den Bericht jener Abteilung, die das Buch untersucht hatte.

Rita schlug es auf, durchblätterte genau jene Seiten, wo sich der Kritzler verewigt hatte. Auch hier sah alles aus wie immer, wie es sein sollte, keine Beschädigung, keine Löcher, Abreibungen im Papier, nicht einmal Knicke in den Seiten. Rita war beruhigt.

»Da kommt die Bibliothekarin in Ihnen durch«, schmunzelte Hechter, als er ihre prüfenden Blicke wahrnahm. »Aber keine Sorge, Ihrem Buch wurde kein Haar gekrümmt. Also keine Seite geknickt, muss man in diesem Fall wohl eher sagen.«

Rita blickte ihn erleichtert an. »Eigentlich wollte ich ja …«, hob sie erneut an, dem Kommissar ihren spontanen Besuch zu erklären, doch der war bereits in voller Fahrt.

»Unsere Leute haben sich vor allem jene Seiten vorgenommen, die Sie angegeben haben. Also die ganze Einleitung. Die letzte Notiz befindet sich unverändert darin, wie Sie sehen werden. Es ist Ihre Entscheidung, ob Sie sie entfernen wollen oder nicht, wir haben eine exakte Kopie davon angefertigt.«

Rita war beeindruckt. Was nicht alles möglich war!

»Und, Fräulein Girardi, wir haben tatsächlich etwas gefunden!«

32.

WAS MEINTE HECHTER mit ›etwas gefunden‹? Gab es etwas in dem Buch, das Rita übersehen hatte? Einen Hinweis, der deutlicher war als die Botschaften des Buchschänders?

Erneut blätterte sie die ersten Seiten durch, nach vorne, zurück, und blieb bei der Seite vier hängen. Ja, die Leute von der Kriminalpolizei hatten alles so belassen, wie es ursprünglich gewesen war. Die Notiz befand sich immer noch hier, abstoßende Worte, die sie nicht noch einmal lesen wollte. Sie hatten sich im Tod Vadims manifestiert.

»Was haben Sie denn gefunden?«, fragte Rita und blickte Hechter ratlos an.

»Wir konnten die anderen Notizen, von denen Sie mir erzählt haben, zu einem Großteil rekonstruieren.« Hechter lehnte sich stolz zurück, als erwartete er ein Lob aus Ritas Mund. Als dieses nicht kam, setzte er hinzu: »Ich sagte doch: Unsere Leute sind gut.«

»Das bedeutet dann auch, dass Sie mir glauben.«

»Ich habe Ihre Worte nie in Zweifel gezogen, Fräulein Girardi.«

»Gut, dass Sie mir mehr glauben als vorher.«

»Man kann nicht mehr oder weniger glauben.«

»Man kann aber besser abschätzen, ob das, was einem gesagt wird, Hand und Fuß hat.«

»Ja.«

»Und? Hat es Hand und Fuß, was ich Ihnen erzählt habe?«

»Fräulein Girardi! Sie wollen immer zwei, drei Schritte auf einmal machen. Die Kriminalistik funktioniert so nicht. Ein Schritt nach dem anderen, *einer*! Ihre Schlussfolgerungen sind etwas voreilig. Aber wir haben immerhin den Wortlaut der Notizen, und ich muss zugeben, dass Ihre Sichtweise dadurch zumindest ein wenig wahrscheinlicher geworden ist.«

Jetzt lächelte Rita triumphierend.

»Und doch scheint mir die letzte Notiz jene zu sein, mit der wir am ehesten arbeiten können. Es ist eine direkte Nachricht. Aber an wen? Diese Frage haben wir uns schon einmal gestellt, Fräulein Girardi. Was war Ihre Antwort damals? Dass es sich um eine Warnung an Hofrat Wallner handeln könnte?«

Rita nickte.

»Das ist auch der Grund, weshalb ich zu Ihnen gekommen bin.« Rita klappte das Buch zu und schob es zu Hechter.

»Sie können es mitnehmen, wenn Sie möchten. Wir benötigen es nicht mehr, wir haben alle Informationen, die wir brauchen, hier zusammengefasst.«

Er klopfte mit dem Knöchel des Zeigefingers auf den Bericht, der vor ihm lag. Rita nahm das Buch und drückte es an die Brust wie ein kleines Kind, das die mütterliche Körperwärme spüren soll.

»Ich muss Ihnen etwas gestehen, Herr Kommissar.«

Ein Schmunzeln umspielte seine Lippen, die Augenbrauen formten einen leichten Bogen. Er ahnte wohl etwas.

»Ich habe mit jemandem über unseren Verdacht gesprochen.«

»Dachte ich mir schon«, sagte Hechter ohne Ärger.

»Mit einem guten Freund. Dr. Albrecht Huber.«

»Der Chorkommilitone?« Der Mann hatte wirklich ein sensationelles Gedächtnis.

»Sozusagen, ja.«

»Oder mehr als nur ein Kommilitone?« Und schnell im Kombinieren war er auch noch.

»Ist das so wichtig?«, fragte Rita defensiv.

»Ist es nicht, nein«, reagierte Hechter. Im Grunde hatte er seine Antwort ja bereits erhalten.

»Ich habe mich gestern mit ihm noch einmal ausführlich über alles unterhalten, und auch er ist der Meinung, dass ich Hofrat Wallner warnen sollte. Zumindest sollte ich ihm von meinem Verdacht berichten. Er sollte es selbst in der Hand haben, wie er mit diesen Informationen umgeht. Und wenn er sie nicht ernst nimmt, so ist das seine Entscheidung. Aber ich könnte nicht mit der Schuld leben, es ihm verschwiegen zu haben, wenn ihm etwas zustößt.«

»Und weswegen kommen Sie zu mir?«

»Weil ich denke, dass Sie das wissen sollen. Vielleicht ist es notwendig für Ihre Ermittlungen? Und auch damit ich nichts Falsches sage, Herrn Hofrat Wallner gegenüber, meine ich.«

»Sie scheinen wirklich sehr überzeugt zu sein«, überlegte Hechter. »Wie sieht denn Ihr ...«, Hechter zögerte kurz auf der Suche nach dem korrekten Wort, »... Bekannter die ganze Sache?«

»Albrecht hat mir zugeraten.«

»Albrecht ...« Wieder das bedeutsame Lächeln Hechters.

Ja, Rita war klar, dass er ahnte, vielmehr wusste, was sich zwischen ihr und Albrecht abspielte. Dass sie mehr waren als Mitglieder im selben Chor. Dass sie von nun an Duette sangen.

»Ihr Dr. Huber ist sicher ein Mann mit einem guten Überblick und einem vernünftigen Einschätzungsvermögen.«

»Er ist nicht *mein* ...!«, brauste Rita auf, bremste sich aber sofort ein. »Ja, das ist er. Er hat auch gemeint, dass der Mann, der uns beobachtet hat, nicht von Bedeutung ist.«

»Sie wurden beobachtet?« Hechter beugte sich nach vorne und nahm eine angespannte Körperhaltung ein, wie eine Schlange, die auf ihr Opfer lauert und bereit ist, jederzeit zuzuschlagen.

»Ja, zweimal sogar. Es war beide Male derselbe Mann, wenn Sie mich fragen. Albrecht meinte, dass wäre nur so eine herumstreunende Gestalt, ein armer Hund auf der Suche nach ein paar Kronen oder etwas zu essen. Einer von den vielen, die im Krieg nicht ihr Leben, aber ihre ganze Existenz verloren haben.«

»Und Sie glauben das nicht?«

»Vielleicht hat Albrecht recht. Aber es fühlt sich anders an.«

»Bei Ihnen nehmen die Gefühle einen großen Stellenwert ein, Fräulein Girardi!«

»Was soll ich tun?« Sie warf ihm einen verlegenen Blick zu. »Der Mann hat uns beobachtet.«

»Sind Sie da ganz sicher?«

»Ja, schon … also … irgendwie schon. Beim ersten Mal stand er vor dem Fenster, da saßen wir im Café Schwarzenberg, und hat hereingestarrt.«

»Konnten Sie ihn erkennen?«

»Nichts, gar nichts. Es war zu dunkel draußen, außerdem trug er einen Hut mit breiter Krempe, tief ins Gesicht gezogen. Genauso einen Hut wie beim zweiten Mal. Und auch so einen unauffälligen Mantel.«

»Das zweite Mal war wo?«

»In einem Lokal im Rennweg. Da saß er an der Bar, hinter einem Vorhang. Ich schwöre Ihnen, Herr Kommissar, dass er zu uns herübergeschaut hat. Die ganze Zeit.«

»Die ganze Zeit? Wie lange? Haben Sie ihn permanent im Auge gehabt?«

Rita schüttelte den Kopf. »Nein, Albrecht und ich haben …« Sie wollte ihm nicht erzählen, dass sie sich geküsst hatten. Und Hechter bohrte auch nicht nach.

»Bedenken Sie, Fräulein Girardi. Ihre Nerven sind nach all den Geschehnissen strapaziert. Vor allem nach dem Tod Ihres Praktikanten. Ich meine, Sie sollten sich ein paar Tage Ruhe gönnen. Was denken Sie?«

»Und Hofrat Wallner?«

»Ja, ich glaube, da haben Sie recht. Reden Sie mit ihm.«

33.

SCHON WIEDER HATTE sie sich nicht vorab angemeldet. Frau Pfeiffer würde ihr wahrscheinlich in voller Rüstung entgegentreten und sie mit der geballten Macht der Vorzimmerflotte zurückschlagen. Doch entgegen Ritas Erwartung empfing sie diese mit ausgebreiteten Armen und einer strahlenden Freude, als würde sie ihr zu einem runden Geburtstag gratulieren wollen. »Er hat gesagt: Wann immer Sie vorbeikommen, ich soll Sie zu ihm hineinlassen.«

Was für eine Sonderbehandlung! Womit hatte Rita das verdient? Ein solches Privileg hatte noch kein anderer Mitarbeiter, keine andere Mitarbeiterin in diesem Vorraum je zugestanden bekommen.

Frau Pfeiffer trat mit einem Seufzer auf Rita zu und neigte leicht den Kopf. Ein mitleidsvoller Blick senkte sich auf Rita herab. »Wir wissen alle, wie nahe Ihnen Vadim gestanden ist. Auch der Herr Hofrat fühlt mit Ihnen.

Gehen Sie ruhig hinein.« Sie öffnete die Tür und schob Rita geradezu in das lichtgeflutete Arbeitszimmer.

Alle wussten, wie nahe Vadim ihr gestanden war? Und Wallner fühlte mit ihr? Woher wollten alle etwas gewusst haben? Und vor allem: was? Nahegestanden ... Was sollte das bedeuten? Ja, sie hatte den Jungen gemocht, sehr sogar, und sie hätte sich dafür eingesetzt, ihn an der Bundesanstalt zu halten. Aber wie kam Frau Pfeiffer zu einer Formulierung wie ›nahegestanden‹?

Die Vorhänge waren zugezogen und wogten in tiefer Ruhe vor sich hin, weil die Balkontür dahinter leicht geöffnet war. Wallner ließ immer ein Fenster oder die Tür offen stehen, denn er brauchte den Kontakt zum Freien, zur Natur, auch wenn hier in der Stadt nur sehr wenig davon zu finden war. Es musste Luft um ihn herum sein, so wie er es aus seinem früheren Leben gewohnt war, als er die meiste Zeit draußen, in den Bergen, zugebracht hatte. Wallner war kein Büromensch.

»Fräulein Girardi!« Der Hofrat sprang auf, seine drahtige Gestalt schoss wie eine gespannte Feder in die Höhe. Wiederum fielen Rita seine großen, kräftigen Hände auf. Seine Unterarme und Oberarme waren sicherlich ähnlich sehnig und muskulös, für einen Mann seines Alters bewegte er sich immer noch sehr jugendlich.

Wallner umschiffte seinen Schreibtisch, wobei er sich die ganze Zeit mit einer Hand an der Kante abstütze. Etwas schief lehnte er an der Ecke des Tisches. Rita tat einen Schritt auf ihn zu, ganz dicht standen sie einander gegenüber. Sie roch sein dezentes Aftershave, aber auch das staubige Alter seines Anzugs, der definitiv nicht der Mode der Zeit entsprach. Natürlich wusste sie, dass Wallner auf solche Dinge keinen Wert legte. Kleidung war für ihn ein Mittel zum Zweck. Man zog mehr davon an, um nicht zu frieren, und immer eine ausreichend Menge, um nicht nackt vor seinen Mitmenschen zu stehen.

»Ich hatte noch gar keine Gelegenheit, Ihnen zu sagen, wie leid es mir tut. Wie sehr ich mit Ihnen fühle, Fräulein Girardi.« Er griff mit der Rechten nach ihren Händen, wie es vor Kurzem Albrecht getan hatte, während die Linke sich weiter auf die Tischplatte stützte. Diesmal aber war ihr diese Berührung nicht so angenehm wie bei Albrecht. Irgendwie hatte sie das Gefühl, dass Wallner eine Grenze überschritt, und dementsprechend hielt sie den Händedruck kurz.

»Darf ich?«, fragte sie und deutete auf den Stuhl vor dem Schreibtisch.

Mit dieser Geste hatte sie ihre Hände befreit, ohne Wallner vor den Kopf zu stoßen. Wahrscheinlich hatte er gar nicht mitbekommen, dass ihr sein Verhalten unangenehm war.

Rita nahm Platz und Wallner setzte sich mit eckigen, mühsam wirkenden Bewegungen auf seinen Stuhl.

»Es ist sicher ein unbeschreiblicher Verlust für Sie«, brachte Wallner seine Anteilnahme erneut zum Ausdruck. »Wir wissen alle, wie nahe Ihnen Vadim gestanden ist.«

Dieselben Worte wie bei Frau Pfeiffer. Hatten sie sich abgesprochen?

»Ein Verlust für uns alle«, versuchte Rita den Tod Vadims in das richtige Verhältnis zu setzen. Zumindest ist ein richtigeres.

Selbstverständlich ging ihr sein Tod nahe. Rita hätte sich sehr gewünscht, Vadim nach seinem Praktikum als Mitarbeiter in der Bibliothek behalten zu können. Mit entsprechendem Nachdruck hätte sie aus ihm vielleicht einen guten Bibliothekar machen können.

»Da haben Sie natürlich recht, Fräulein Girardi. Herrn …«, Wallner fiel Vadims Familienname nicht ein, »das Ableben Ihres Praktikanten trifft uns alle sehr.«

Ableben. Nach Ritas Gefühl traf Wallner heute wahrlich nicht die richtigen Worte. »Ich danke Ihnen, dass Sie mich empfangen haben, Herr Hofrat. Auch ohne Voranmeldung.«

»Fräulein Girardi, das ist das Mindeste, was ich für Sie tun kann. Wann immer Sie das Bedürfnis haben, mit mir zu sprechen, wird meine Tür für Sie offen stehen. Sie wissen, dass Sie mir besonders ans Herz gewachsen sind. Das wissen Sie doch, oder?«

Er sah sie an, als würde er sie am liebsten in die Arme schließen und fest drücken. Es konnte doch nicht sein, dass Rita einen so leidenden Eindruck machte? Kommissar Hechter hatte ja schon gemeint, dass ihre Nerven angespannt wären und sie sich ein paar Tage Pause, Entspannung gönnen sollte. Aber so sehr strapaziert fühlte sie sich nun auch wieder nicht.

»Ich habe übrigens Ihr Buch an seinen Platz zurückgestellt.«

Wallner schien nicht zu verstehen, wovon Rita sprach.

»*Das Erzgebirge*. Kommissar Hechter hatte es mitgenommen, damit Spezialisten es sich ansehen. Aber jetzt ist es wieder bei uns. Wohlbehalten.«

Wallners Stirn legte sich in Falten. »Was haben die sich denn da angesehen?« Seine Stimme war plötzlich rauer, nicht mehr von der gleitenden Trostspendung erfüllt wie gerade eben noch.

»Was können Spezialisten denn da herausfinden?«

»Es ging um die Notizen, die ich gefunden habe. Kommissar Hechter wollte versuchen, sie rekonstruieren zu lassen.«

»Und? War die Polizei erfolgreich?«

Rita nickte. »Ja, aber nicht vollständig. Allerdings ausreichend, um sich ein Bild machen zu können, meinte der Herr Kommissar.«

»So.« Wallner fasste sich weiter knapp und war schweigsam.

»Das ist aber nicht der Grund, weshalb ich zu Ihnen gekommen bin, Herr Hofrat.« Jetzt hieß es, die richtigen Worte zu finden. Nicht zu direkt, nicht zu sehr um den heißen Brei herum. Weder wollte Rita den Hofrat beunruhigen noch die Sache zu locker angehen. »Ich habe da einen Verdacht, Herr Hofrat.«

»Einen Verdacht?« Wallners Stimme hüpfte in ungewöhnliche Höhen.

»Es hängt mit Ihrem Buch zusammen und mit dem Umstand, dass der Täter gerade dieses Buch für seine Mitteilungen gewählt hat. Ich bin davon überzeugt, dass es Warnungen sein sollen. Warnungen an Sie, Herr Hofrat.«

Möglicherweise war sie vielleicht doch zu direkt gewesen. Doch auf Wallner schien ihre Offenheit keine negative Wirkung zu haben.

Rita erzählte ihm alles. Von der ersten bis zur letzten Randnotiz, von den Gesprächen mit Hechter, der ihr zuerst nicht hatte glauben wollen. Und von Albrecht, der ihr als Erster zugesprochen hatte, ihren Weg zu verfolgen und das Gespräch mit Wallner zu suchen.

»Albrecht?«

»Dr. Albrecht Huber. Sie haben ihn damals beim Konzert in der Michaelerkirche kennengelernt.«

»Ach ja«, murmelte Wallner wie nebenbei. Darüber hinaus schien ihn die Erwähnung des Namens nicht zu interessieren.

Rita sagte, sie mache sich Sorgen wegen der möglichen Warnungen. Deswegen sehe sie es als ihre Verpflichtung, mit ihm, Wallner, darüber zu reden.

Eine Zeit lang herrschte Stille. Nur das Zwitschern von Vögeln drang ab und zu in den Raum, dessen repräsentative Größe wirklich eindrucksvoll war. Es gab einige wenige hüfthohe Bücherregale, die locker befüllt waren. An einer Seite stand ein runder Tisch, um ihn herum vier Stühle. Hier fanden manchmal Besprechungen statt. Auch Rita war mit Isabella und deren direktem Vorgesetzten in der Bibliothek, Dr. Alphons Maluschka, immer wieder hier, um grundsätzliche Belange der Bibliothek mit Georg Geyer zu besprechen. Neben der Tür befand sich ein Garderobenständer, schwarz bogen sich seine Arme nach oben, es war ein Thonet-Stück. Wie ein kahler Baum stand er da, kein Kleidungsstück hing an ihm. Nur unten, neben ihm, steckte in einem ziemlich unansehnlichen Blecheimer ein einsamer Regenschirm.

»Das ist rührend von Ihnen, Fräulein Girardi. Dass Sie sich derart Sorgen um mich machen.« Jetzt war er wieder ganz der väterlich-zugewandte Mann von vorhin. »Aber ich glaube, dass Sie da wirklich Ihrer Fantasie zu sehr freien Lauf lassen. Nein, nein, Fräulein Girardi, unterbrechen Sie mich nicht! Ich weiß Ihre Worte zu schätzen und ich verspreche Ihnen, ich werde auf mich aufpassen. Ich werde aufmerksamer sein in nächster Zeit.«

Er stand auf, etwas langsam, etwas gequält, und sah sie an, als würde er sie auffordern, es ihm gleichzutun.

Beide Handflächen lagen auf der Tischplatte auf und schienen sein Körpergewicht zu stemmen. »Ich wollte Ihnen sowieso anbieten, sich ein paar Tage freizunehmen, Fräulein Girardi. Sie brauchen ein wenig Ruhe. Entscheiden Sie selbst, ob Sie erst mal zu Hause bleiben oder nur einzelne Stunden am Tag in der Bibliothek arbeiten wollen. Und wenn Sie irgendetwas benötigen, egal was, lassen Sie es mich wissen. Frau Pfeiffer wird Sie immer zu mir vorlassen. Immer.«

34.

Für Rita bestand kein Zweifel: Wallner hatte es genauso aufgenommen wie Hechter und Albrecht, als sie ihnen zum ersten Mal von ihren Verdachtsmomenten erzählt hatte. Nicht gerade aufmunternd, wie sie sich eingestehen musste.

Rita stand vor dem Schrank, in den sie Wallners Buch zurückgestellt hatte. Am liebsten hätte sie ihn mit einem Schloss versehen und abgesperrt und noch dazu eine dicke Kette um ihn herumgelegt, damit niemand mehr nach dem Buch greifen und seine Kommentare hineinschreiben konnte. Sie hatte auf jeden Fall Angst, dass der Täter sich weiterhin mitteilen würde.

Konnte es sein, dass Vadims Tod nicht der Endpunkt war? Ob die Gefahr, die Wallner drohte, auch eine für Leib und Leben war oder ob eine andere Art der Bedrohung dahintersteckte, konnte Rita nicht abschätzen. Aber sie wusste, dass die Sache noch nicht an ihrem Ende angelangt war. Sie wusste es einfach.

Ob der Täter vielleicht in der Zwischenzeit in einem anderen Buch seine Spuren hinterlassen hatte? Was wäre, wenn er vor ein oder zwei Tagen gekommen war und festgestellt hatte, dass Wallners Buch nicht an seinem Platz stand? Wie hätte er sich dann wohl mitgeteilt? Über eines der Bücher, die neben jenem von Wallner standen?

Langsam wurde sie wohl paranoid. Rita griff zuerst nach dem Buch links, dann nach dem rechts vom *Erzgebirge*. Sie blätterte nur die ersten Seiten durch, fand jedoch weder Unterstreichungen noch Randnotizen. Trotzdem empfand sie keine Erleichterung. Sie erwartete die nächste Katastrophe geradezu mit jeder Faser ihres Körpers. Mit einer solchen Einstellung konnte man das Böse doch nur anziehen, befürchtete sie.

Rita setzte sich an ihren Schreibtisch. Isabella war im Lesesaal, wo sie Bücher ein- und umordnete. Die Frau hatte wirklich gute Nerven, wenige Tage, nachdem sie Vadim tot aufgefunden hatte, betrat sie den Tatort, als wäre nichts geschehen. Gut, wie es in Isabellas Innerem aussah, konnte Rita natürlich nicht beurteilen, aber sie selbst brachte es noch nicht fertig, den Lesesaal zu betreten.

Ob sie Wallners Buch mit zu Albrecht nehmen sollte? Sie könnte es ihm zeigen, vielleicht würden sie gemeinsam noch etwas entdecken. Für den Nachmittag hatten sie sich verabredet, sie wollten einen Spaziergang durch den Belvederegarten machen, der Ritas und Albrechts Wohnrayon trennte. Oder verband. Ganz wie man es sehen wollte. Eine Brücke der Liebe, die zwischen ihnen erwachsen war.

Nein, das ergab im Grunde keinen Sinn. Wozu sollte sie Albrecht zeigen, wovon sie ihm erzählt und was Hechter nun sozusagen hochoffiziell bestätigt hatte? Vielleicht war es besser, das Buch an seinem Platz zu belassen wie einen Angelköder – geduldig abwartend, bis der dicke Fisch anbiss.

Die Tür zum Lesesaal ging auf und fiel gleich wieder laut zu. Rita zuckte zusammen. Auch Isabella erschrak, als sie ihre Kollegin in halb gebückter Haltung vor dem Bücherschrank stehen und durch die Glasscheibe starren sah. Wie jemand, der Fische in einem Aquarium beobachtete. Nur dass Rita nicht die Fische, sondern den Köder fixierte.

»Ich habe ein paar Bücher einsortiert«, erklärte Isabella in einem dienstlichen Tonfall. »Für die Benutzer ist der Lesesaal bis auf Weiteres gesperrt.«

»Ach so?« Rita war verwundert.

»Ja, der Kommissar wollte es so, und der Hofrat hat es sofort in allen Abteilungen verlautbaren lassen. Es wird so bald niemand kommen.« Isabella sprach mit einer Stimme wie eine drittklassige Schauspielerin, die ihren Text lieb- und leblos herunterbetete. Gut möglich, dass das ihre Art war, das Vorgefallene zu bewältigen. Innere Distanz.

Sie setzte sich an ihren Tisch und begann, in ihren Unterlagen zu wühlen. Zielgerichtet sah das nicht aus, dachte sich Rita, und als sie genauer in Isabellas Gesicht blickte, bemerkte sie, dass ihre Augen rot waren. Sie musste geweint und sich die Augen danach kräftig gerieben haben.

War es schlimm, dass sie kein Wort des Trostes für ihre Kollegin hatte? Oder war es sogar besser so? Nur nicht das Thema ansprechen, nur nicht den Anstoß geben, dass die gewaltigen Gefühle erneut ausbrachen.

»Ich werde gehen«, sagte Rita nur. »Der Hofrat hat mir freigegeben für zwei, drei Tage. Aber vielleicht komme ich morgen kurz vorbei.«

Isabella nickte. Ihr schien Wallner dieses Angebot nicht gemacht zu haben, dabei war sie es doch gewesen, die den toten Vadim gefunden hatte. Wäre es da nicht viel logischer gewesen, Isabella vom Dienst freizustellen? Stattdessen hatte sich der Hofrat Ritas angenommen.

»Passt schon«, murmelte Isabella und ließ Rita grußlos davonziehen.

Einerseits war es ihr nicht egal, andererseits sah sich Rita zurzeit nicht imstande, Isabella Trost zuzusprechen und sie moralisch zu stützen. Vielleicht würde Wallner ihr ja auch noch anbieten, sich ebenfalls ein paar Tage freizunehmen. Möglicherweise wartete er damit nur, bis Rita nach den paar Tagen wieder normal im Dienst war, damit die Bibliothek nicht unbesetzt blieb.

Auf dem Gang traf sie den Hofrat noch einmal. Er stand beim Treppenabgang an das Geländer gelehnt, wiederum ein klein wenig schief. Das linke Bein hielt er leicht angewinkelt, die linke Hand umfasste fest das Geländer. »Sie gehen, Fräulein Girardi?«

Rita nickte.

»Das ist gut so«, urteilte Wallner. »Aber ich denke, Sie sollten den Weg nicht alleine zurücklegen. Was meinen Sie? Soll ich Sie nach Hause begleiten? Es würde mir nichts ausmachen, auch ein wenig an die frische Luft zu kommen und mich abzulenken. Glauben Sie mir, das alles nimmt mich mehr mit, als ich mir anmerken lasse.«

Rita lächelte ihm müde zu. »Das ist ausgesprochen nett von Ihnen, Herr Hofrat.«

Wie er vor ihr stand! Hochgewachsen, sich leicht zu ihr hinuntergebeugt, um sein Gesicht näher an ihres heranzuführen. Und doch etwas krumm, etwas seltsam. Sein Blick erwartungsvoll, wie der eines Gymnasiasten, der die angebetete Nachbarstochter nach einem ersten Rendezvous fragt und die Antwort kaum erwarten kann.

»Na, dann wollen wir mal.«

Rita winkte ab. »Das ist wirklich ganz besonders nett von Ihnen«, wiederholte sie. »Und fürsorglich. Aber es ist nicht nötig. Ich werde mich in Kürze mit Herrn Dr. Huber treffen. Wissen Sie, er ist mir in den letzten Tagen eine echte Stütze geworden.« Mehr wollte Rita nicht sagen. Dass Albrecht weit mehr als eine Stütze für sie war, musste sie ja nicht jedem gegenüber erwähnen. Schon gar nicht, wenn alles noch so frisch war.

»Nun … Dann …« Verloren blieb Wallner im Gang stehen wie ein knorriger Baum auf einer einsamen Lichtung, während Rita ihre Schritte beschleunigte. Sie huschte die Stufen hinunter, schwebte wie ein Geist durch das Foyer und zog ungesehen an der Portiersloge vorbei, wo der Portier gerade intensiv mit einem Zeitungsartikel beschäftigt war. Sie würde den Eingang beim Oberen Belvedere nehmen und sich dort auf die nächste freie Bank setzen, um auf Albrecht zu warten. Dabei konnte sie den berühmten Canaletto-Blick genießen, die Aussicht von der Parkanlage des Belvedere hinunter ins Herz der Stadt. Mit einem starken Fernrohr hätte sie einzelne Gebäude in der Innenstadt betrachten können, mit bloßem Auge fiel ihr Blick auf die im wahrsten Sinne des Wortes herausragenden Bauten wie den Stephansdom oder die Kuppel der Peterskirche. Und sie würde versuchen, ihre Gedanken in andere Bahnen zu führen, sich abzulenken durch den Blick auf Prinz Eugens Palais, durch den Blick auf die zu ihren Füßen liegende Stadt, durch den Blick auf die spazierenden Menschen, die auch alle ihre Sorgen hatten, von denen manche vielleicht viel plagender waren als ihre. Ganz sicher sogar.

35.

WAS WAR DAS nur für ein schrecklicher Tag des Wartens ohne jegliche Erfüllung! Doch das konnte Rita zu jenem Zeitpunkt noch gar nicht wissen, als sie auf der Bank Platz nahm, von der jeglicher Farblack längst abgeblättert war. Zum Teil verwitterte Holzstreben luden nur bedingt zu einem gemütlichen Verweilen ein.

Eigentlich war das Belvedere ein gar nicht so prunkvoller Barockgarten. Seine Gestaltung hatte Rita immer schon als eher schlicht empfunden, auch fehlten ihr größere Bereiche mit hochwachsenden Pflanzen und eindrucksvollen Bäumen. Die Blumenbeete waren sauber und fein gestaltet, die Gärtner sorgten in jeder Jahreszeit für die passende Bepflanzung. Gepflegt und klar strukturiert war hier alles, auch die Kieswege im Zentralbereich waren stets gut gerecht. Und wahrscheinlich war alles deshalb so flach gehalten, um den Weitblick über Wien nicht zu verstellen.

Rita saß auf einer Bank in der Nähe des seitlichen Eingangs zum Oberen Belvedere, und zwar auf der Seite des dritten Bezirks. Am Ende einer der Holzlatten ihrer Bank verriet ein kleines Eck, dass die Bank irgendwann einmal grün gestrichen gewesen sein musste. Die Latten gaben ein wenig unter ihrem Gewicht nach, sodass sie ihren Körper nur langsam der Bank anvertraute.

Es gab sie, die Flaneure des Frühsommers. Zahlreiche Pärchen waren unter ihnen, eng umschlungen oder sittlich eingehängt. Ihre Schritte knirschten im Kies, sie genossen das Flair einer Stadt, die nicht mehr kaiserlich war. Und Rita wartete.

Sie war deutlich zu früh dran, und sie erwartete nicht, dass Albrecht früher als normal sein Spital verlassen würde. Im Gegenteil, es konnte sogar sein, dass er sich verspätete, wenn er sich gerade um einen dringenden Fall kümmern musste. Obwohl das auf der Gynäkologie eher die Ausnahme war, wie er in einer seiner launigen Geschichten einmal erzählt hatte. Darin hatte eine dickliche ältere Dame gutbürgerlichen Standes die Hauptrolle gespielt und sich mit ihrer Eigendiagnose zu einer eingebildeten Sterbenden stilisiert. Nicht ihre Behandlung hatte Albrecht so viel Zeit gekostet, sondern das Bemühen, sie auf den Boden der Tatsachen zurückzuholen.

Der Boden der Tatsachen war für Rita ein verwirrender und auch irgendwie trauriger. Wallner hatte ihre Warnung in den Wind geschlagen. Dabei war sie sich so sicher, dass der Täter ihn im Visier hatte. So sicher, wie sie sich nur sein konnte. Natürlich hatte sie keinen handfesten Beweis. Aber auch Wallner sollte es um einen solchen nicht gehen, dachte sich Rita. Er musste ihre Warnung einfach ernst nehmen, musste sie beachten. Zumindest die Möglichkeit einer Bedrohung ins Auge fassen und sich entsprechend verhalten. Wenn sich am Ende herausstellen sollte, dass Rita überreagiert hatte, wäre die Vorsicht zumindest weniger schlimm gewesen als umgekehrt, zu wenig Bedacht nämlich, falls sie recht hatte.

Rita hatte sich vorgenommen, alles noch einmal Punkt für Punkt durchzugehen, während sie auf Albrecht wartete. Doch es funktionierte nicht, sie konnte sich einfach nicht fokussieren. Schon alleine in die Betrachtung, was die drei Mordfälle miteinander gemeinsam hatten, schlichen sich fremde Gedanken ein, Erinnerungen an Stunden mit Richard Mayr, die sie zum Schmunzeln brachten, oder an die Zeit mit Vadim, der ihr mehr bedeutet hatte als nur ein Kollege, der anzulernen war. Fast wie ein Sohn war er für sie gewesen, dachte sie, schüttelte aber sogleich den Kopf.

Sie schien ihre Erinnerungen recht lebendig erneut durchlebt zu haben, denn ein vorbeikommendes älteres Ehepaar sah sie lange und verwundert an. Es hätte nur gefehlt, dass sie sich nach ihr umdrehten, als sie bereits vorbei waren.

Das brachte nichts. Rita stand auf. Wenn das Gehirn nicht wollte, dann musste man es von allem Ballast befreien. Und das bedeutete: herumgehen. Rita setzte zur ersten Runde durch den Belvederegarten an und warf regelmäßig einen Blick zurück zu ihrer Bank und dem Seiteneingang, ob Albrecht nicht plötzlich auftauchte. Sie drehte viele Runden. Sie zählte sie nicht, aber sie spürte, dass sie langsam müde wurde. Also setzte sie sich wieder auf ihre Bank und das Spiel der leeren Gedanken ging von vorne los.

Wie lange kann ein Mensch warten? Natürlich hängt das davon ab, worauf er wartet. Oder auf wen. Es ist sicher schwieriger, auf eine Person zu warten als auf ein Ereignis. Ereignisse verspäten sich nämlich nie, Ereignisse *ereignen* sich, das allein bedeutet schon, dass sie es sind, die ihr Stattfinden bestimmen. Bei Menschen hingegen gibt es die stets Pünktlichen und die notorischen Zuspätkommenden. Und bei verliebten Menschen fühlt sich sowieso jede einzelne Minute als zu spät an.

Vielleicht war Albrecht nicht *zu* spät, aber spät war er nun definitiv. Ritas schmale Armbanduhr ihrer Mutter zeigte bereits vier am Nachmittag. Wie viele Runden hatte sie gedreht und sich dann wieder niedergesetzt? Immer auf dieselbe Bank, die die ganze Zeit frei geblieben war, als hätte eine unsichtbare Macht sie für sie reserviert. Die Bank der wartenden Verliebten. Liebe verzeiht alles oder doch zumindest viel, sie macht allerdings auch unfassbar ungeduldig.

Rita wurde unruhig, und weil sie befürchtete, dass man ihr das ansehen könnte, stand sie erneut auf und begann die weiß Gott wievielte Runde im Belvederegarten. Wurde das Licht schon abendlich? Das war natürlich Unsinn, dennoch fühlte Rita etwas Zuendegehendes, und das hätte sich am besten in einer untergehenden Sonne oder einer breiten Abenddämmerung manifestiert. Stattdessen war der Tag noch hell und kräftig, jedoch war von Albrecht keine Spur zu sehen.

Vielleicht war das nun der so unwahrscheinliche Notfall? Konnte es nicht sein, dass er gar nicht in seiner eigenen, sondern einer anderen Abteilung dringend gebraucht wurde? Ritas Schritte wurden schneller, ihre Blicke zurück zur Bank und dem Eingang unruhiger und häufiger. Jeder Mann, den sie im Garten bemerkte, geriet in den ersten Sekunden in den Verdacht, Albrecht zu sein. Albrecht, der auf sie zugelaufen kam. Albrecht, der seit einiger Zeit hier wartete wie sie, nur sie hatten sich auf unerklärliche Weise übersehen. Albrecht …

Die Runden durch den Belvederegarten wurden mühsam, das Sitzen auf der Bank schmerzte inzwischen, sie spürte die Gesäßknochen auf dem harten Untergrund. Die Zeit floss zähflüssig dahin, und doch war sie unbarmherzig, wie sie ein Viertel nach dem anderen von einer Stunde auffraß. Irgendwann stand der kleine Zeiger auf der Fünf.

Es konnte nicht sein, dass Albrecht sie versetzte. Er konnte ihre Verabredung auch nicht vergessen haben. Oder den Tag verwechselt. Wie konnte man einen Tag verwechseln, wenn man sich täglich sah! Und dass Albrecht mit einem Mal nichts mehr von ihr wissen wollte? Das war noch unglaubwürdiger als sein Vergessen, das konnte Rita beruhigt ausschließen. Oder vielmehr beunruhigt. Denn wenn Albrecht nicht kam – was konnte das bedeuten? Er hatte ihr schon seinen ersten innigen Liebesschwur ins Ohr geflüstert, und das war kein Schwur gewesen, den er so leichtfertig wieder brechen würde. Genauso wenig wie sie. Nein, es war ausgeschlossen, dass Albrecht sie versetzte.

Aber warum kam er dann nicht? Es waren bereits sicher zwei Stunden, die sie über die Zeit hinaus wartete. Was war das für ein schrecklicher Tag des Wartens ohne jegliche Erfüllung!

36.

Sie hätte nach Hause gehen können. Das hatte sie auch ursprünglich vorgehabt, aber was sollte sie dort? Was sollte sie überhaupt irgendwo? Und wieder einmal folgte sie ihrer Intuition, die ihr sagte, sie sollte noch einmal in die Bibliothek gehen.

Um diese Uhrzeit würde niemand mehr dort sein. Es war weit nach 17 Uhr, und wenn sie dort eintraf, würde es kurz vor sechs sein. Wenn sie langsam ging, sehr langsam. Und einen Umweg machte. Denn irgendwie hoffte sie, dass das Gehen ihren Gedanken doch noch auf die Sprünge half und ihr eine Erklärung lieferte, warum Albrecht nicht gekommen war.

Als sie unter dem Vordach stand und in ihrer kleinen Handtasche nach dem Schlüsselbund kramte, hatte ihr Nachdenken noch immer keinen Aufschluss gebracht.

Das einzige Bild, das sie heraufzubeschwören imstande war, war das einer Katastrophe. Wie Albrecht von der Straßenbahn überfahren wurde ... Wie er von einem Balkon oder einer Terrasse in die Tiefe stürzte ... Wie er überfallen und niedergeschlagen wurde ...

Nicht schon wieder!

Rita schloss die Tür auf und betrat das Foyer. Hinter sich schloss sie ab. Sie stand im Halbdunkel eines sich verlassen anfühlenden Gebäudes. Es war still, man hätte mit viel Fantasie den Luftzug spüren können, wie er die Stockwerke durchstreifte, an halb offenen Türen rüttelte oder über Möbelstücke strich. Keine Menschenseele war mehr hier und wie immer hatte der Portier als Letzter abgeschlossen. Alles so, wie es sich gehörte.

Rita verzichtete darauf, das Licht einzuschalten. Sie kannte den Weg nach oben gut genug, um ihn im Halbdunkel zu gehen, schließlich war es ja nicht richtig finster. Die Sohlen ihrer Schuhe verursachten ein tippendes und schleifendes Geräusch auf den Stufen, noch nie waren ihr die eigenen Schritte so laut vorgekommen. Auch den eigenen Atem hörte sie, der ein wenig intensiver ging, als sie im ersten Stock ankam. Alles so, wie es sich gehörte.

Rita hielt den Schlüsselbund noch in der Hand und tastete nach dem Schlüssel zur Bibliothek. Jede Tür in dem Gebäude war extra abgeschlossen, nicht nur der Haupteingang unten. Auch Wallners Büro konnte man nicht so einfach betreten, wenn er oder Frau Pfeiffer nicht da war. Das waren die wichtigen Orte in der Geologischen Bundesanstalt, die Unbefugten nicht zugänglich sein sollten. Alles so, wie es sich gehörte.

Und doch fühlte es sich nicht so an. Eben nicht so, wie es sich gehörte. Rita hätte ihren Gefühlen gerne misstraut, sie am liebsten beiseitegeschoben und ihnen höflich, aber bestimmt mitgeteilt, dass sie sich – jawohl! – zum Teufel scheren sollten! Doch diesen Gefallen taten sie ihr nicht. Innerlich angespannt schob sie die Tür auf und tastete nach dem Lichtschalter. Erst als das elektrische Licht aufflammte und den Raum in ein gelbliches Hell tauchte, fühlte sie sich ruhiger.

Alles sah aus wie immer. Ihr Schreibtisch, der Schreibtisch Isabellas, auf dem die Spuren der alltäglichen Geschäftigkeit unübersehbar waren. Jedoch … Es fiel Rita sofort auf. Die Glastür des Schranks mit den besonderen Büchern stand offen. Weit offen. Und der Rücken des Buches *Das Erzgebirge* war nicht bündig mit den anderen.

Eine Hitzewallung durchflutete Rita, als die das Buch herauszog und mit zitternden Händen aufschlug. Weder musste sie blättern noch suchen. Auf der Titelseite stand in der bekannten Handschrift mit Bleistift in Blockbuchstaben geschrieben: »DAS IST ALLEIN DEINE SCHULD!«

Deine Schuld. Ihre Schuld. Es war ihre Schuld. Was? Worauf bezog sich der Schreiber denn? Es war doch nichts passiert seit Vadims … Es schauderte Rita und sie klappte das Buch mit einem lauten Knall zu und stellte es wie angeekelt zurück. Nun waren die Buchrücken wieder plan.

War das die nächste Vorankündigung? Oder bezog sich die Notiz auf bereits Geschehenes? Aber es war doch gar nichts geschehen? Jedenfalls nichts, wovon Rita wusste. Vielleicht war sie auch einfach nur unwissend und Kommissar Hechter würde sie morgen in Kenntnis setzen, dass wieder ein Toter gefunden worden war. Doch nicht etwa …

Rita erschrak so heftig, dass sie sich setzen musste. Wallner! Hofrat Wallner hatte die Gefahr nicht ernst genommen, trotz ihrer Warnung. Und sie? Ja, sie hatte die Warnung nicht nachdrücklich genug vorgetragen. Sie hätte vehementer sein müssen, hätte darauf bestehen müssen, dass Wallner ihr glaubte, ihre Worte ernst nahm. So waren die neue Nachricht zu verstehen! Ihre Schuld!

Kalt und warm durchströmte es Ritas Körper. Der Schweiß brach ihr aus und gefror zugleich auf ihrer Haut. Sie fühlte sich schwach, kraftlos und schuldig. Wäre sie nur nicht hergekommen, hätte sie doch nur nicht diesem Drang nachgegeben, in die Bundesanstalt zu gehen!

Mit schwachen Beinen wackelte sie zur Tür und schaltete das Licht aus. Sie musste hinaus. Das Halbdunkel des Raumes senkte sich nieder, und ihre Augen benötigten Zeit, um sich daran zu gewöhnen. Sie drehte sich halb um, als sich mit einem Mal die Tür langsam öffnete und die Türschnalle sie in die Flanke drückte. Noch immer hatten sich ihre Augen nicht an das Dämmerlicht gewöhnt, sie hörte einen harten Schritt und ein Schleifen. Nun stockte ihr endgültig der Atem. Es sollte doch niemand mehr im Gebäude sein! Grelle Stimmen schrien in ihr auf: Gefahr!

»Was machen Sie denn hier um diese Zeit, Fräulein Girardi?«

Die freundliche Stimme legte sich wie Balsam um ihr verkrampftes Herz und gab ihr die Ruhe zurück, die sie seit dem Betreten des Gebäudes nicht mehr empfunden hatte. In väterlicher Zuneigung legte sich Wallners Blick von oben auf Rita herab.

»Sie sollten doch die kommenden Tage zu Hause bleiben. Haben Sie etwas Wichtiges vergessen?«

Ritas Atem fand Zug um Zug den friedlichen Rhythmus wieder. Hofrat Wallner. Es war ihm also nichts zugestoßen.

»Bin ich erleichtert«, keuchte sie ihm entgegen und hätte ihn am liebsten umarmt.

»Das freut mich …«, sagte Wallner ein wenig irritiert. »Wenn sich Ihre Erleichterung auf mich beziehen sollte …«

»Und ob!«

Rita erzählte ihm von der neuen Notiz im Buch und ihrer Angst um ihn.

»Liebes Fräulein Girardi«, hob Wallner an, der im Türrahmen stehen geblieben war. Vor dem Dunkel des Ganges hinter ihm hob er sich wie eine scharf umrissene Schattengestalt ab. »Langsam mache ich mir wirklich Sorgen um Ihren Seelenzustand. Sie sollten sich wirklich entspannen. Wenn Sie so weitermachen, kann das böse enden. Sie müssen auf Ihre Gesundheit achten!«

Rita legte den Lichtschalter um und das gelbe Licht erfüllte erneut den Raum. Wallner stand schief angelehnt da und machte eine sorgenvolle Miene.

»Was machen Sie denn noch hier, Herr Hofrat?« Ritas Freude, den stellvertretenden Direktor zu sehen, war wirklich groß, aber nachdem der Schreck über sein plötzliches Auftauchen nachgelassen hatte, mischte sich Überraschung in dieses Empfinden.

»Es gibt immer etwas zu tun, meine Liebe.« Wallner trat in den Raum hinein. Er hinkte dabei, sein linkes Bein war sichtlich angeschlagen. Allerdings schien er keine allzu großen Schmerzen zu haben, denn er ging eine Runde durch den Raum, blieb dann bei Ritas Schreibtisch stehen und lehnte sich dort an. Ritas Blicke waren seinen Schritten gefolgt, was Wallner bemerkt zu haben schien.

»Ein Haushaltsunfall«, erklärte er und tätschelte

sein linkes Knie. »Meine Frau bat mich, etwas aus dem Schrank von ganz oben zu holen, da bin ich auf einen Hocker gestiegen und habe das Gleichgewicht verloren. Zum Glück bin ich nicht gestürzt, aber beim Herunterstolpern habe ich mir wohl das Knie verdreht. Peinlich für einen alten Bergsteiger wie mich, nicht wahr?« Er lächelte verlegen. »Irgendwie muss man eben doch seinem Alter Tribut zollen.«

Rita winkte ab. »Sie sind einer der sportlichsten Menschen, die ich kenne, Herr Hofrat.«

Wallner nickte mit gespielter Überzeugung. »Apropos sportlich«, nahm er den Faden auf. »Trotz dieses Handicaps«, erneut klopfte er sacht auf das Knie, »habe ich mir vorgenommen, auf meinen heutigen Konzertabend nicht zu verzichten. Brahms, ein kammermusikalischer Abend vom Feinsten. Leider ist meine Frau unpässlich, sie fühlt sich schon seit heute Morgen unwohl. Deswegen musste ich ja auch da hinaufsteigen ...« Kein Vorwurf schwang in seinen Worten mit. »Nun, ich dachte mir ... Vielleicht wollen Sie mich begleiten, Fräulein Girardi? Konzerthaus, eine Stunde haben wir noch Zeit, ein wenig mehr sogar. Wenn Sie schnell nach Hause gehen und sich umziehen ... Ich kann Sie aber auch gerne mit einem Taxi bringen, wenn Ihnen das lieber ist.«

Rita blickte ihn aus großen Augen an. Wallner sah nicht, wie sie sich mit Tränen füllten, weil sie plötzlich an Albrecht denken musste. Statt den Abend mit ihrem Vorgesetzten zu verbringen, wollte sie bei ihm sein.

Schließlich humpelte Wallner auf sie zu und erkannte ihre Trauer. »Was ist denn mit Ihnen, Fräulein Girardi? Habe ich etwas Falsches gesagt?« Er wollte ihr noch näher kommen, doch hielt er sich gerade noch zurück.

184

»Nein, Herr Hofrat, gar nicht. Es ist nur ... Albrecht ... Herr Dr. Huber ... Wir waren für heute Nachmittag verabredet und er ist einfach nicht gekommen.« Sie sah Wallner aus glasigen Augen an und wiederholte die letzten Worte: »Einfach nicht gekommen.«

Wallner schüttelte heftig den Kopf. »Das ist eine Schande«, sagte er streng. »Das hätte ich dem jungen Mann nicht zugetraut. Also ich weiß nicht, Fräulein Girardi, ob so jemand der Richtige für Sie ist.«

Sich scheinbar ewig ziehende Sekunden lang standen sie schweigend einander gegenüber. Der Richtige ... Wie schnell an die Seite des Gefühls der Sicherheit die Verunsicherung treten konnte. Ein Nachmittag nur – und alles sollte plötzlich anders sein?

37.

Es KLOPFTE WILD an ihrer Tür, ein Rütteln und Poltern war es, als wollte sich jemand gewaltsam Eintritt verschaffen. Rita wurde aus einem Schlaf gerissen, der sie mehr schlecht als recht durch die Nacht bis in diesen frühen Vormittag getragen hatte.

Wieder das Klopfen, jetzt noch die Türklingel dazu. Ungeduldig und ungestüm. Auch das Läuten klang drängender als normal. Rita warf sich einen Morgenmantel über, fuhr ein paarmal mit gespreizten Fingern durch ihr Haar, um ihm wenigstens eine Andeutung von Form zu verleihen, und rief mit belegter Stimme, dass sie komme. Sie war noch nicht vollständig im Hier und Jetzt, ein Großteil ihres Bewusstseins schwebte weiterhin im Äther des Schlafes und der Träume.

Es war irgendwie irreal, wie sie die Kette an der Tür beiseiteschob und das Schloss aufsperrte. Wäre sie wacher gewesen, hätte sie sich sicher über ein solches Betragen aufgeregt, doch sie nahm alles nur mit einem dumpfen Halbbewusstsein wahr. Die zurückliegende Nacht war wirklich nicht gut gewesen.

Rita öffnete die Tür und starrte in ein entsetztes Gesicht. Nervöse Hände bewegten sich vor ihren müden Augen hin und her, während eine ihr vertraute, in verschiedenen Tonhöhen tanzende Stimme auf sie einredete. Die in den Redeschwall eingestreuten Informationen kamen nur sehr langsam bei Rita an. Überfall ... Anschlag ... Spital ... Überlebt ... Albrecht ...

Das Blut schoss durch Ritas Körper und erreichte den Kopf. Sie zog Isabella am Ärmel in ihre Wohnung hinein und ließ die Tür laut ins Schloss fallen. Es musste ja nicht jeder im Haus mitbekommen, was ihre Kollegin erzählte, schon gar nicht Frau Wobralek, die vielleicht oben schon in den Gang lauschte, um zu verstehen, was unten mit lauter Stimme gesprochen wurde.

»Der Hofrat schickt mich zu dir«, brachte Isabella atemlos hervor. »Und der Kommissar. Er ist gerade bei ihm.«

Sie erzählte schnell und etwas wirr, was vorgefallen war. Passanten hätten am Vortag einen Mann gefunden, verletzt, aber bei Bewusstsein, wenngleich in verwirrtem Zustand. Der Mann sei von den Passanten sofort ins nächste Spital gebracht worden, in die Rudolfstiftung. Er habe einiges an Blut verloren, Schnitt- und Stichwunden hätten seinem Körper zugesetzt. Doch er sei außer Lebensgefahr, es gehe ihm so weit gut. Isabella sprach von Albrecht.

Ritas Beine gaben nach. Isabella stützte sie und führte sie zum nächsten Stuhl. Rita war plötzlich kalt, ihr Gesicht wurde bleich, fast durchsichtig, und Isabella holte ihr aus der Küche schnell ein Glas Wasser. Das also war der Grund! Albrecht war nicht zum Belvedere gekommen, weil er gar nicht konnte! Er war überfallen worden.

»Das ist allein deine Schuld!« Natürlich! Albrecht! Die Notiz hatte sich also auf Albrecht bezogen. Und sie war an sie gerichtet, eindeutig an sie und an keine andere Person.

»Ich muss zu Albrecht!« Sie sprang auf und taumelte schwindlig zwei, drei Schritte voran, bis Isabella sie packte und zurück auf den Stuhl drückte.

»Du bleibst erst mal hier sitzen«, sagte sie hart. Sie hielt Rita das Glas Wasser entgegen, das diese nach einem ersten Schluck auf dem Tisch abgestellt hatte. »Trink.«

Rita gehorchte wie ein kleines Kind, dem die Mutter mit aller Strenge keine Wahl ließ.

»Albrecht läuft dir nicht davon.«

Es klang unfreiwillig komisch. Natürlich lief niemand davon, der in einem Spitalsbett lag.

»Und ich muss zu Hechter.« Erneut versuchte Rita aufzustehen, doch Isabella stand so dicht vor ihr, dass sie sie blockierte. »Darf ich mich wenigstens anziehen?« Langsam kehrte die Kraft zurück.

»Du musst dich vor mir nicht genieren.« Isabella blickte an Rita hinunter, die barfuß in ihrem dünnen Morgenrock vor ihr saß. »Ich habe schon Schlimmeres gesehen«, sagte Isabella mit einem Augenzwinkern.

Ja, sie hatte in ihrem so jungen Leben schon Erfahrungen mit einigen Frauen gemacht, wie sie einmal erzählt hatte, als sie und Rita einen alkoholreichen Abend gemeinsam verbrachten. Ob Isabella damals versucht hatte, sich an Rita heranzumachen, konnte diese danach nicht mehr beurteilen. Zu viel Hochprozentiges war in ihrem Blut gewesen. Passiert war zwischen ihnen beiden jedoch definitiv nichts.

»Danke«, krächzte Rita und atmete ein paarmal kräftig durch. »Deswegen ist er gestern nicht gekommen ...« Sie erzählte Isabella von der Verabredung und der Beziehung, die sich zwischen ihr und Albrecht zu verfestigen begann. Ein schriller Pfiff war Isabellas einzige Reaktion.

»Und wieso ist Hechter bei Wallner?«, fragte Rita, die sich langsam beruhigte.

»Eigentlich wollte er zu dir, aber nachdem du ja großzügig freibekommen hast ...«, Isabella ließ diese Bemerkung nachwirken, »... konnte er dich nicht finden und ist zum Hofrat.«

»Dann weiß Wallner, was passiert ist?«

»Das nehme ich an. Er hat sofort nach mir schicken lassen und mir aufgetragen, ich solle dich informieren. Weil Albrecht für dich ja so ein wichtiger Mensch sei ...«

Rita trank das Glas leer und stand langsam auf. Sie fühlte sich wieder bei Kräften, auch war Isabellas Blick nicht mehr so sorgenvoll.

»So gefällst du mir schon besser«, sagte Isabella. »Und die Farbe kehrt auch langsam in dein Gesicht zurück. Du hast die Erlaubnis, dich anzuziehen. Soll ich dich begleiten? Ins Spital, meine ich. Na ja, den Weg dorthin können wir auf jeden Fall gemeinsam gehen, da kann ich noch auf dich aufpassen, falls es dir doch plötzlich schlechter gehen sollte.«

»Nein, nein, mir geht es wieder gut«, gab Rita zurück. »Aber ich freue mich trotzdem, wenn du mit mir kommst.«

Sie verschwand im Badezimmer. Isabella lauschte aufmerksam den Geräuschen, die Rita verursachte, um ihr jederzeit zu Hilfe eilen zu können, wenn es nötig war. Schließlich verließ Rita das Badezimmer, immer noch im Morgenmantel, und zog sich im Schlafzimmer um. Schließlich ging sie noch einmal ins Badezimmer zurück, richtete ihre Frisur und befand, dass sie nun ausreichend gut aussah, um das Haus zu verlassen.

»Albrecht wird sich freuen, dich zu sehen«, sagte Isabella, als Rita den Schlüsselbund nahm und die Tür öffnete.

»Das hoffe ich doch«, meinte Rita.

»Die Wohnung wäre jedenfalls ausreichend groß für zwei«, sagte Isabella und zwinkerte Rita zu, als sie ins Treppenhaus traten.

38.

SIE STÜRMTE DIE wenigen Stufen zum Eingang hinauf, als
wären wilde Hunde hinter ihr her. Von Isabella hatte sie
sich mit einer innigen Umarmung verabschiedet, als sie
in die Boerhaavegasse eingebogen waren. Ihre Kollegin
ging zurück zur Bundesanstalt.

Wieder hielten sich einige Schwestern im Freien auf
und verbrachten ihre Pause mit munteren Gesprächen.
Die Grüppchen erinnerten Rita an ihre Schulzeit, als sie
und ihre Freundinnen in den Pausen beisammengestan-
den und wie die Gänse geschnattert hatten. Die jungen
Frauen wirkten fröhlich und heiter, sie schienen nichts
von dem Geschehen im Inneren des Gebäudes mit nach
draußen genommen zu haben.

Rita wusste nicht, in welche Abteilung man Albrecht
gebracht hatte. Sie fragte daher beim Portier nach, der
sie wahrscheinlich sowieso nicht so einfach durch das
Foyer hätte rauschen lassen. Wie ein Zerberus saß er in
seiner verglasten Kabine und schien jederzeit zu einem
Sprung bereit, um sich auf ungebetene Besucher zu stür-
zen. Wenigstens sorgte sein schlechtes Gebiss dafür, dass
er sie nicht in Fetzen reißen konnte.

Rita ging zügig auf den Mann zu. Hier half nur offensi-
ves Täuschen und Tarnen. »Ich suche Herrn Dr. Huber«,
sagte sie mit selbstsicherer Stimme. »Ich bin seine Frau.
Er wurde nach einem Überfall hier eingeliefert, ich weiß
aber nicht, auf welcher Station er liegt.«

Der Portier versuchte so etwas wie ein freundliches Lächeln in seinem breiten Gesicht aufzurufen und entblößte damit noch deutlicher die zahlreichen Zahnlücken und die zum Teil braunen Stifte, die aus seinem Zahnfleisch mehr heraushingen als -wuchsen. »Frau Dr. Huber …« Er blätterte in einer Liste, die vor ihm lag.

Rita stand aufrecht und mit ernster Miene vor der Portiersloge und wartete. Die Arme vor der Brust verschränkt, hielt sie ihre kleine Handtasche wie ein Schutzschild vor sich.

»Normalerweise arbeitet er ja auf der Gynäkologie«, brummte der Mann und fuhr mit dem Finger die Zeilen auf dem Blatt herunter. »Leider war ich nicht im Dienst, als man den Herrn Doktor eingeliefert hat.« Er blickte auf, wieder zeigte er sein bräunliches Zahnlückengebiss. »Er soll ja ziemlich zugerichtet sein«, erzählte er wenig feinfühlend, und Ritas Herz begann heftiger zu schlagen.

Auf welchen Anblick Albrechts musste sie sich gefasst machen? Vielleicht war er ja gar nicht bei Bewusstsein.

»Ah, da haben wir es ja!« Der Portier gab ihr eine Station und sogar eine Zimmernummer bekannt und beschrieb ihr den Weg dorthin. Rita dachte daran, dass sie nie zuvor in einem Krankenhaus gewesen war, weder als Patientin noch als Besucherin.

»Grüßen Sie den Herrn Doktor von mir, Frau Doktor!«, rief der Portier ihr nach, als Rita sich schon auf den Weg nach oben begeben hatte.

Spitäler sehen nun einmal aus, wie sie aussehen. Da darf man nicht empfindlich sein. Hatte Albrecht das nicht einmal gesagt? Rita konnte nicht verstehen, wie man das alles so locker betrachten konnte. Die Wände waren in einem cremigen Weiß gestrichen, strahlten aber eine Ungepflegtheit aus. Nicht dass sie schmutzig gewesen wären, dennoch sahen sie so aus. Auf den Gängen huschten ihr grußlos Schwestern und Ärzte entgegen, niemand nahm richtig Notiz von ihr, als sie suchend nach links und rechts blickte. Die Türen zu den meisten Zimmern standen offen, eine sogar sperrangelweit, sodass Rita einen Blick hinein gar nicht vermeiden konnte. Und was sie da sah, drehte ihr fast den Magen um.

Ein großer Saal, ein Zwölfbettzimmer, sechs Betten an jeder Wandseite, nur da und dort gab es einen Paravent, der Patienten voneinander trennte. Die Betten waren dünne Metallgestelle, vor jedem befand sich ein einfacher Stuhl, jedem Bett war ein kleines Nachtkästchen beigestellt. Manche Patienten schliefen – Rita hoffte, dass es wirklich nur Schlaf war –, andere stöhnten und klagten vor sich hin, wiederum andere saßen am Bettrand und starrten ihr entgegen, wohl froh über jede noch so kleine Abwechslung.

»Was machen Sie hier auf der Männerabteilung?« Eine kleine, breite Schwester schnauzte Rita böse an. Sie wischte die Handflächen an ihrer blütenweißen Schürze ab, das weiße Häubchen auf ihrem farblosen Haar saß schief. »Frauen liegen auf anderer Seite!«

Sie hatte einen Akzent, der Rita ans Tschechische erinnerte.

»Ich suche meinen Mann«, behielt Rita die falsche Identität bei und bemühte sich, ein devotes Gesicht zu machen. »Dr. Albrecht Huber. Zimmer 212.«

Der Gesichtsausdruck der Schwester wurde mit einem Mal entspannt und freundlich. »Ah! Frau Dr. Huber. Folgen Sie mir bitte.« Die Krankenschwester trippelte mit ihren kurzen Beinen los, Rita neben ihr her. »Es kommt nicht alle Tage vor, dass einer unserer Herren Doktoren bei uns als Patient eingeliefert wird.«

Rita nickte.

»Schlimme Sache.« Nun war die Stimme der Schwester gesenkt.

Schlimm?

»Wie schlimm?«, fragte Rita erschrocken, doch die Schwester zuckte lediglich die Achseln.

»Bin ich kein Arzt«, sagte sie. »Nicht kann beurteilen Gesundheit. Professor Bachler weiß alles.«

Professor Bachler. Einer der vielen Professoren und Institutsvorstände, über die Albrecht in seinen Erzählungen so gerne herzog. Nun war er ihm selbst ausgeliefert.

Die weiß lackierte Tür des Krankenzimmers hatte schon bessere Zeiten gesehen. Die Ziffern 2 – 1 – 2 prangten in einem ausgebleichten Lindgrün auf ihr, die Lackierung blätterte an vielen Stellen ab. Die Tür war einen Spalt weit geöffnet.

Aus dem Nebenzimmer ertönte die kräftige Stimme eines Mannes, der sich gerade mit einem Patienten zu unterhalten schien. Er sprach, als hätte er es mit einem kleinen Kind zu tun. Vielleicht war das ja die übliche Umgangsform mit Patienten. Dann änderte sich plötzlich sein Ton, die tiefe Stimme wurde lauter und verfiel in einen dozierenden Duktus. Der Mann wandte sich an die »Herren Kollegen« und ließ einige lateinische Fachbegriffe fallen.

»Ganz hinten, hinter beide Paravents«, sagte die Schwester und schob Rita in den Raum. »Visite war schon in diese Zimmer.«

Rita trat in den großen Raum, hinter ihr wurde die Tür angelehnt. Die Luft war schlecht, das Fenster am Ende des lang gezogenen Raumes war geschlossen, die Temperatur zu hoch für ihr Empfinden. Sie hörte unterschiedliche Atemgeräusche, ein stockendes Schnarchen, Röcheln und ab und an ein Husten. Sie vermied allzu deutliche Blicke auf die Betten links und rechts von ihr.

»Sieh an, sieh an, fesch!«, krächzte eine Stimme, die zu einem alten Mann gehörte, der in einem schief übergezogenen Patientenkittel auf der Bettkante saß und Rita angaffte. »Hat man nicht alle Tage hier!«

Der Kittel war nur zur Hälfte zugeknöpft, sodass sein verschrumpeltes Gemächt sichtbar war. Rita sah sofort weg von ihm und spürte, wie sie errötete.

Hinten beim Fenster, auf der linken Seite, standen zwei aufgefaltete Paravents, die abschirmten, was sich dahinter befand. Rita konnte lediglich die Beine eines Stuhls erkennen, der an der Längsseite eines Bettes stand wie bei allen anderen Betten hier.

Rita ging näher und schob sich zwischen den Paravents hindurch. Und da lag er, Albrecht, nur sein Kopf war zu sehen, der Rest des Körpers zugedeckt mit einem Leintuch. Nicht einmal sein Gesicht sah sie, einzig den Hinterkopf und den Haarschopf, den sie bisher noch kein einziges Mal gestreichelt hatte.

39.

UND SIE WAGTE es zum ersten Mal. Es war ein seltsames Gefühl, als ob sie eine schlafende Katze streicheln würde. Oder eine tote? Rita erschrak über den aufblitzenden Gedanken und verbannte ihn sofort.

Albrechts Haar fühlte sich dünn an. Anders jedenfalls, als es aussah. Soweit man das überhaupt vergleichen konnte. Sein Atem ging flach, er war kaum zu hören gegenüber dem vielfältigen Keuchen, Husten, Schnarchen, Schniefen und Seufzen, das aus dem Raum zu ihnen hinter die Paravents drang, die zwar die Blicke, nicht aber Geräusche abhalten konnten.

Rita hatte sich auf den Stuhl auf der linken Seite des Bettes gesetzt. Albrecht lag mit dem Rücken zu ihr auf der Seite. Wie hatte es nur so weit kommen können? War es wirklich ihre Schuld, dass er hier lag, wie es ihr die Notiz in ihren plakativen Blockbuchstaben entgegenschrie?

Doch das war jetzt alles nicht von Bedeutung. Wichtig war, dass Albrecht lebte. Dass er wieder auf die Beine kommen würde. Das würde er doch? Rita drehte sich um, in der Hoffnung, einen Arzt zu entdecken, um ihn zu Albrechts Gesundheitszustand zu befragen, aber vor ihr war nur das schmutzige Weiß des Paravents.

»Albrecht«, flüsterte Rita. Von dem Mann vor ihr kam keine Reaktion.

Es war wohl besser, wenn sie ihn schlafen ließ. Schlaf ist die beste Medizin. Hatte das nicht auch einmal Albrecht gesagt in einer seiner launigen Runden während einer Chorprobe? Da war sicher etwas dran.

»Ach, natürlich, *Frau Huber*, das hätte ich mir denken können!«, riss eine Männerstimme sie aus ihren trüben Gedanken und Albrecht aus dem Schlaf.

Hechter stand plötzlich neben ihr, als wäre er aus dem Fußboden herausgewachsen. Er trug wie immer seinen eleganten Anzug, darüber einen dünnen Staubmantel und auf dem Kopf einen Hut. Wenigstens den hätte er abnehmen können, da sie sich in einem Spital befanden, dachte sich Rita. Aber ein Spital war keine Kirche.

»Wie schön, dass Sie Besuch von Ihrer Frau haben, Herr Dr. Huber«, wandte sich Hechter an Albrecht, der sich aus verschlafenen Augen zu den beiden Besuchern umblickte.

Albrecht blinzelte mehrmals und versuchte, sein Gehirn von dem klebrigen Belag zu befreien, der sein Denken behinderte. Seine Frau? Was sprach der Mann da, den er nicht kannte und der als verschwommene Gestalt vor ihm stand? Neben ihm, nicht weniger verschwommen, eine Frau. Seine Frau? Was für ein Unsinn! Er war nicht verheiratet!

»Albrecht …«, hauchte die Frau mit einer dünnen Stimme.

Albrecht blinzelte erneut, langsam wurde sein Blick schärfer. Rita! Am liebsten wäre er aufgesprungen und hätte sie in die Arme geschlossen, doch die Schmerzen an verschiedenen Körperpartien rieten ihm davon mit Nachdruck ab.

»Ich dachte mir gleich, dass Sie es sind«, sagte der Mann neben Rita, »als mir der Portier sagte, dass bereits Frau Dr. Huber bei Herrn Dr. Huber sei. Gratuliere, eine gute Idee, um zu dem Patienten vorgelassen zu werden.«

Albrecht begann zu verstehen. Seine Denkfähigkeit kehrte langsam zurück.

Rita sah ihn aus großen Augen an. Auf der Stirn, dem Nasenrücken und der rechten Wange hatte er dunkle Abschürfungen, doch diese waren, wie sie wusste, nicht die schlimmsten Verletzungen, die er davongetragen hatte.

»Sieht es schlimm aus?«, fragte Albrecht und lächelte schwach gegen seine Schmerzen an. »Sie haben mir leider bisher noch keinen Spiegel gezeigt.«

Wenigstens seinen Humor hatte er nicht verloren. Rita streckte beide Hände aus und bekam seine warme Rechte hineingelegt. Der Ärmel von Albrechts Patientenkittel rutschte dabei etwas hoch, sein Unterarm war bandagiert.

»Schnittwunden«, erklärte Albrecht, als er Ritas Erschrecken bemerkte. »Auch am linken Arm.«

»Das ist passiert, als Sie den Angreifer abwehrten?«, mischte sich der Mann wieder ein.

Albrecht sah ihn fragend an.

»Kommissar Hechter«, sagten der Mann und Rita gleichzeitig wie aus einem Mund.

»Ah«, reagierte Albrecht wissend. »Ja, Sie sind mir bekannt, Herr Kommissar. Aus den Erzählungen … *meiner Frau.*« Er grinste, doch sogleich verzerrte sich seine Miene vor Schmerz.

»Wie geht es dir?«, fragte Rita und knetete jeden einzelnen seiner Finger, als könnte sie dadurch seine Schmerzen und überhaupt all das Geschehene wegmassieren. »Was ist überhaupt passiert?«

Hechter schob sich näher an das Bett und Albrecht heran und hätte wohl am liebsten Rita weggedrängt.

»Ja, das sind die Dinge, die auch mich interessieren, Herr Dr. Huber. Vor allem, was passiert ist. Aber bitte, sagen Sie uns doch zuerst, wie es Ihnen geht.«

Albrecht sah Rita verliebt an, dann wechselte sein Blick zu dem elegant gekleideten Mann. »Die medizinischen Details können Sie von meinen Kollegen erfragen«, war Albrechts Ton nun ganz der eines routinierten Arztes, der über einen Fall von vielen nüchtern Auskunft gab. »Was ich Ihnen sagen kann: nicht sehr tief gehende Schnittwunden an den Unterarmen infolge von Abwehrbewegungen. Schürfwunden im Gesicht, an den Ellenbogen, an den Knien, nicht schwerwiegend, infolge eines Sturzes. Stichwunden im linken Oberarm, äußerst schmerzhaft …«

Sein Blick wechselte wieder zu Rita, diesmal Mitleid heischend, was ihr sofort die wohl gewünschte Reaktion entlockte: »Du Armer!«

»Weiters eine Stichwunde im Bauch, zum Glück nicht sehr tief gehend, da hatte ich wirklich ein Riesenglück. Und eine weitere Stichwunde …« Er unterbrach sich kurz und erneut tauchte das spitzbübische Grinsen in seinem Gesicht auf. »Ja, Sie werden es kaum glauben, Herr Kommissar, aber tatsächlich eine Stichwunde in der linken Gesäßbacke. Deswegen liege ich auch etwas verdreht vor Ihnen.«

Hechter nickte.

»Alles in allem kann man sagen, dass ich mehr Glück als Verstand gehabt habe. Wahrscheinlich lag es an meiner heftigen Gegenwehr und den Hilfeschreien, die ich permanent ausgestoßen habe. Beides zusammen hat, denke ich, den Täter in die Flucht geschlagen.«

»Langsam, Herr Doktor, langsam«, unterbrach Hechter ihn. »Ich brauche den Tathergang möglichst detailliert.

Überhaupt am wichtigsten: Haben Sie den Täter erkannt? Es war doch ein Mann, oder?«

Albrecht lachte auf, was ihm Tränen in die Augen schießen ließ. Speziell die Stichwunde im Bauch zog und zwickte ihn zeitweise heftig. »Der Täter war kräftig, wirklich kräftig. Also definitiv ein Mann. Und nein, erkennen konnte ich ihn nicht. Aber ...« Wieder wanderte sein Blick zu Rita, diesmal nicht zärtlich, sondern nachdenklich. »Er trug einen eher abgetragenen beigen Staubmantel und einen Hut mit sehr breiter Krempe. Und er kam von hinten auf mich zu. Ich hatte keine Chance, ihn zu erkennen. Ich konnte sein Gesicht nicht ein einziges Mal sehen. Außerdem ging alles ja so schnell.«

Rita musste immer noch einen erschrockenen Eindruck machen, denn Hechter fasste sie an den Schultern und drückte sie auf den Stuhl zurück, von dem sie aufgestanden war, als er hinter ihr auftauchte.

»Das ist der Mann, der uns beobachtet hat!«, entfuhr es Rita lauter, als sie beabsichtigt hatte.

»Ruhe!«, donnerte es aus dem Bettensaal. »Hier liegen Kranke!«

So krank klang der Mann allerdings nicht, seine Stimme war kraftvoll und fest.

»Und groß gewachsen war er auch. Sicher fast einen Kopf größer als ich, denke ich«, fügte Albrecht seiner Beschreibung noch ein Detail hinzu.

»Ganz sicher«, flüsterte Rita nun und drehte sich zu Hechter um. »Das muss der Mann sein.«

»Gut«, sagte Hechter geduldig, »lassen Sie uns aber erst einmal weitermachen. Wir wollen ja nichts übersehen. Versuchen Sie sich zu erinnern, Herr Doktor. Hat der Täter etwas gesagt? Haben Sie seine Stimme gehört?«

Albrecht schüttelte vorsichtig den Kopf. »Der Einzige, der laut gerufen hat, war ich. Der Mann kam von hinten an mich heran, also eher seitlich von hinten. Ich habe ihn aus dem Augenwinkel wahrgenommen und mich rechtzeitig umgedreht, ansonsten hätte er mir das Messer in den Rücken gerammt.«

»Das Messer«, unterbrach Hechter. »Können Sie mir dazu etwas sagen?«

Erneut schüttelte Albrecht den Kopf. »Es kann definitiv keine allzu lange Klinge gehabt haben, sonst wäre die Bauchwunde wahrscheinlich deutlich tiefer und folgenschwerer.« Von welchen möglichen Folgen er sprach, wollte er aus Rücksicht auf Rita nicht näher ausführen. »Ich habe die erste Attacke mit einer Armbewegung abgewehrt. Wissen Sie, Herr Kommissar, so in der Hitze des Gefechts spüren Sie die Schmerzen gar nicht. Ich habe schon ordentlich geblutet, konnte den Mann aber irgendwie auf Distanz halten. Und geschrien habe ich immer wieder. Vielleicht sind dann ja auch bereits die ersten Menschen gekommen? Ich weiß es nicht, ich habe keine Erinnerung mehr daran. Ich weiß nur … Ja, genau! Kurz bevor ich zu Boden gestürzt bin, habe ich nach dem Mann getreten. Ja, ganz sicher! Ich habe ihn am Bein getroffen. Ich habe es gespürt, den Widerstand. Und er hat aufgeschrien. Ja, ich habe ihn ordentlich am Bein erwischt. Aber dann bin ich auf den Boden gefallen, und was danach geschah, weiß ich nicht mehr.«

»Sie wurden von Passanten gefunden, die Ihre Hilferufe gehört haben. Da waren Sie aber bereits bewusstlos. Allerdings konnte niemand von ihnen den Täter beschreiben, es hat ihn keiner gesehen.«

Hechter kratzte sich am Hinterkopf. »Na, dann wird

es ja ganz leicht«, sagte er nicht ohne einen gewissen Sarkasmus. »Wir müssen einfach nur einen Mann finden, der hinkt.«

Er sah Rita an und wusste mit ihrem verlorenen Blick, der durch ihn hindurchzugehen schien, nichts anzufangen.

40.

ALBRECHT HATTE RITA am Abend zuvor nach Hause gebracht, nachdem sie das Lokal auf dem Rennweg verlassen hatten, und war dann zu seiner Wohnung weitergegangen. Auf dem Weg dorthin hatte ihm der Mann aufgelauert. Jener Mann, den Rita zuvor im Lokal an der Bar gesehen hatte, da war sie sich ganz sicher.

»Das ist allein deine Schuld!« Genau so waren diese Wort zu verstehen. Der Anschlag hatte Albrecht gegolten, aber eigentlich war sie das Ziel gewesen. Diese Gewissheit fraß sie fast auf.

Hechter hatte seine Befragung schnell beendet und sich mit Rita von Albrechts Krankenbett zurückgezogen, um diesem die nötige Ruhe zur Erholung zu geben. Albrecht war schnell müde geworden, und Hechter wollte es vermeiden, ihm gegenüber jenen Verdacht auszusprechen, den Rita schon länger in sich trug: Die Morde hatten alle in irgendeiner Weise mit Rita zu tun.

Hechter hatte nicht darauf verzichtet, noch ein kurzes Gespräch mit dem Oberarzt der Abteilung zu führen, der alle Angaben Albrechts im Grunde bestätigte. Nur wenige Zentimeter tiefer, und der Bauchstich hätte tödlich enden können. Rita wollte es sich gar nicht ausmalen …

Beim Verlassen des Gebäudes grüßte der Portier sie über alle Maßen höflich und wünschte der »Frau Doktor« einen guten Tag. Dem Kommissar rief er denselben Gruß in einem weniger freundlichen, jedoch deutlich respektvolleren Ton hinterher.

»In mein Büro oder lieber in den Arenbergpark?«, fragte Hechter und überließ Rita damit die Wahl des Ortes. Dass er mit ihr reden wollte, stand nicht zur Diskussion.

»Dann in den Park«, sagte Rita, die von dort mit nur wenigen Schritten zu Hause sein konnte. Sie sehnte sich nach Ruhe und war Wallner jetzt dankbar, dass er sie für einige Tage freigestellt hatte.

Es wehte ein leichter Wind und erste kleine, dünne Wolken waren am Himmel zu sehen. Die Luft hatte, wenn man sie bewusst einatmete, etwas von Regen an sich, auch wenn der strahlende Tag es nicht vermuten ließ. Vielleicht würde es in ein paar Stunden ja anders aussehen.

Sie gingen schweigend nebeneinanderher, bis sie den Park erreichten. Dort suchte Hechter eine Bank, die den Blick auf den kleinen Pavillon und damit jenen Ort eröffnete, an dem der tote Richard Mayr gefunden worden war. Ob das Absicht war? Rita hätte sich nicht erklären können, mit welchem Hintergrund.

Die Holzplanken gaben leicht federnd nach, als sie beide gleichzeitig Platz nahmen. Rita fürchtete beinahe, sie könnten durchbrechen, doch die Bank war nicht in einem so schlechten Zustand, wie sie aussah. Es gab keine weiteren Menschen im Park, ihr Gespräch würde also ungestört und unbeobachtet bleiben. Es sei denn, Frau Wobralek witterte etwas und würde plötzlich vor ihnen auftauchen. Rita lächelte bei diesem Gedanken, und Hechter nickte still vor sich hin. Er war erleichtert, dass Rita nicht mehr so bedrückt wirkte wie den ganzen Weg vom Spital bis hierher.

»Ich wollte alles noch einmal mit Ihnen durchgehen«, eröffnete er das Gespräch, nachdem er sich ein wenig umgesehen hatte.

Der Arenbergpark erstreckte sich über ein sehr kleines Areal und war früher einmal Teil des Palais des Fürsten Arenberg. Seit dem Jahr 1900 gehörte der deutlich verkleinerte Park den Wienerinnen und Wienern und stellte eine wertvolle Grünfläche im dritten Bezirk dar.

»Ich muss Ihnen immer mehr zugestehen, dass Sie recht haben. Von Anfang an recht hatten. Mit den Notizen, mit den Morden in Ihrem Umfeld ...«

Hechter sprach von Ritas Umfeld, nicht von jenem Wallners. Es war ihm also ebenso bewusst wie ihr, dass die Morde nichts mit dem Hofrat zu tun hatten, sondern der Täter es auf sie abgesehen hatte. Die Frage war jedoch, ob direkt oder indirekt. In ersterem Fall schwebte sie selbst in Lebensgefahr.

Rita wunderte sich, wie nüchtern sie die Lage durchdachte. Hätte sie nicht Angst haben sollen bis zur Bewegungslosigkeit? Unfähig, auch nur einen einzigen klaren Gedanken fassen zu können? Stattdessen saß sie hier mit einem Kriminalkommissar und stellte Überlegungen an, um einen großen Kriminalfall zu lösen.

»Glauben Sie, dass ich in Gefahr schwebe?« Rita wollte kein Blatt vor den Mund nehmen. Wenn die Lage schon so war, wie es eben der Fall war, musste sie sie offen ansprechen.

»Um ehrlich zu sein … Ich weiß es nicht. Aber ich würde es nicht ausschließen. Mein Gefühl sagt mir …«

Rita unterbrach ihn lachend: »Sie haben ein Gefühl? Ich dachte, Sie sind ein nüchtern die Fakten zusammentragender Kriminalist?« Sie wollte Hechter nicht beleidigen, aus ihr sprach nur die Verwunderung, dass jemand, der die Dinge bisher klar und sachlich angegangen war, von seinem »Gefühl« sprach.

»Ja, das gibt es«, sagte Hechter und nahm Rita ihre Reaktion nicht übel. »Intuition ist sogar sehr wichtig. Ich habe einmal einen Fall gelöst, weil mich eine innere Unruhe stets in eine gewisse Richtung gedrängt hat, die jeder von uns für völlig ausgeschlossen gehalten hat. Aber Sie wissen, wie das ist: Wenn einen innerlich etwas nicht loslässt, dann muss man irgendwann nachgeben.«

»Also, was sagt Ihnen Ihr Gefühl?«

»Dass Sie auf sich achtgeben sollten. Ich weiß nicht, ob ich für Sie einen Kollegen abstellen kann, der auf Sie aufpasst, dafür scheint mir die Faktenlage zu dünn, aber ich werde veranlassen, dass die patrouillierenden uniformierten Kollegen in der Gegend sich mehr in der Nähe Ihres Hauses aufhalten.«

»Das ist nett, danke.«

Sie schwiegen kurz und sahen sich an.

»Dann muss ich aber unbedingt Herrn Hofrat Wallner sagen, dass es nicht um ihn geht. Er hat zwar alles sehr locker genommen, was ich ihm gesagt habe, aber ich glaube, er hat nur versucht, sich nichts anmerken zu lassen. Außerdem geht es ja nicht um ihn allein, nicht wahr? Ich denke mir, dass auch seine Frau sich große Sorgen macht.«

»Falls er ihr davon erzählt hat.« Hechter hegte da anscheinend Zweifel. »Ihr Herr Hofrat scheint mir eher der Typ Mann zu sein, der ... Wie soll ich es formulieren? Ach, einfach geradeheraus. Er ist ein Patriarch. Oder? Nicht?«

Rita wiegte den Kopf. Sie konnte nicht behaupten, Wallner je so erlebt zu haben. »Mir gegenüber ist er eher väterlich. Er bemüht sich sehr. Kümmert sich um mich.«

»Vielleicht eine intensive Sympathie?« Hechter grinste schief.

»Ich weiß nicht, was Sie damit andeuten wollen, Herr Kommissar ...«

Hechter lachte auf. »Sie *wollen* es nicht wissen, Fräulein Girardi, oder?«

Nein, nein! Da ging Hechter eindeutig zu weit. »Da interpretieren Sie etwas falsch, Herr Kommissar. Hofrat Wallner ist einfach ein guter Vorgesetzter.«

»Das bezweifle ich nicht«, gab Hechter zu. »Mein Eindruck von ihm ist, dass er das klassische Rollenbild von Mann und Frau lebt. Das schließe ich aus seinen Andeutungen über seine Ehe. Hat er mit Ihnen nie über seine Frau gesprochen?«

»Nicht wirklich«, sagte Rita, »sie scheint nur eine schlechte Kondition zu haben. Sie ist häufig krank.«

»Ja«, sagte Hechter. »Das hat er mir auch erzählt.« Hechter stand auf und streckte die Knie durch, wobei ein leises Knacken zu hören war. »Ich werde mal sehen, was wir mit den Informationen von Herrn Dr. Huber anfangen können. Irgendwie glaube ich, dass wir dem Täter näher sind, als uns bewusst ist.«

Auch Rita erhob sich. Hechter streckte ihr die Hand entgegen, die sie ergriff. Sie vertraute dem Mann.

»Passen Sie gut auf sich auf, Fräulein Girardi«, sagte Hechter und ließ ihre Hand nicht gleich los. »Und vermeiden Sie es, sich abends aus dem Haus zu begeben. Vielleicht sollten Sie auf die Chorproben in der nächsten Zeit verzichten. Ich werde mein Bestes tun. Sie hören von mir.«

So ging er mit langen Schritten davon, ohne sich noch einmal zu Rita umzudrehen.

41.

WALLNER ALS HEIMLICHER Verehrer? Rita verstand nicht, wie Hechter auf diese Idee kommen konnte. Das war abwegig. Alleine der Altersunterschied. Manchmal hatten Männer schon schmutzige Gedanken und sahen Dinge, die ihrer Fantasie entsprangen. Sogar Männer in so eleganten Anzügen wie Hechter.

Rita hatte beschlossen, wieder in die Bundesanstalt zu gehen. Wenigstens für ein paar Stunden. Der Weg dorthin war kurz und am helllichten Tag würde ihr schon niemand auflauern. Und später könnte sie ja wieder Albrecht besuchen, in bewährter Weise als Frau Dr. Huber.

Rita lächelte still in sich hinein, als sie die Wohnungstür zusperrte. Es war ihr selbst unerklärlich, warum sie sich besser fühlte als gestern. War es das Gespräch mit Hechter gewesen? Sie zweifelte nicht daran, dass er alles tun würde, den Täter so schnell wie möglich ausfindig zu machen – und damit auch sie zu beschützen.

»Fräulein Girardi!« Die Stimme klirrte von oben herunter wie ein in Tausende Scherben zersprungenes Fensterglas. Frau Wobralek war allgegenwärtig und schien darin sogar den Allmächtigen übertreffen zu wollen.

»Einen schönen guten Morgen, Frau Wobralek!«, rief Rita hinauf und wollte sich dem Zugriff der Nachbarin schnell entwinden, doch diese kam schon die Stufen herabgetrippelt und fuchtelte aufgeregt mit den Armen. Ihr Hauskleid hatte sie schlampig übergeworfen, das Blütenmuster zog sich irgendwie schief über ihren Körper und ließ sie wie einen krumm gewachsenen Baum erscheinen. »Haben Sie es schon gehört?«

Natürlich musste sie das Gespräch wieder so beginnen, Frau Wobralek hatte stets die aktuellsten Nachrichten aus dem Bezirk mitzuteilen.

»Nein«, antwortete Rita wahrheitsgemäß, denn sie konnte ja nicht wissen, wovon Frau Wobralek sprach.

»Es ist schon wieder etwas passiert.«

»Wie? Im Haus? Doch nicht schon wieder im Keller?«

Vor etwas mehr als einem halben Jahr hatte es einen Wasserrohrbruch im Haus gegeben, der große Teile des Kellers unter Wasser gesetzt hatte. Ritas Abteil war damals zwar betroffen gewesen, zu ihrem Glück aber ohne Folgen, da sie darin nichts aufbewahrte. Nach der Übernahme der Wohnung von ihrem Vater hatten sie alles, was sich an unnötigem Gerümpel darin befunden hatte, ausgeräumt.

»Doch nicht im Keller!« Frau Wobralek machte eine düstere Miene. »Es ist schon wieder etwas *passiert*.« Sie klang verärgert. »Wenn das so weitergeht, wird unsere schöne Gegend zu einem richtig gefährlichen Rayon. Was ist nur mit der Polizei los heutzutage? Unter dem alten Kaiser hätte es das nicht gegeben.«

»Um was geht es denn, Frau Wobralek?« Rita ahnte, worauf die Nachbarin hinauswollte, aber sie stellte sich unwissend.

»Sie haben wieder einen jungen Mann bei uns niedergeschlagen. Stellen Sie sich vor, einen Arzt von der Rudolfstiftung gleich bei uns!«

»Nein!«, rief Rita aus und gab sich erstaunt.

»Jaja! Schrecklich, nicht?«

»Und? Weiß man Genaueres?«

Frau Wobralek schüttelte den Kopf. »Leider gar nichts«, sagte sie und ihr Bedauern schien tief und echt. »Es hat mich auch noch niemand befragt.« Plötzlich schossen ihre Augenbrauen in die Höhe. »Haben Sie eigentlich schon mit dem Herrn Kommissar gesprochen?«

»Längst doch, liebe Frau Wobralek. Der Herr Kommissar ist schon einige Schritte weiter.« Den letzten Satz hatte Rita mit voller Absicht formuliert. Sie wollte die Neugier der Nachbarin anstacheln, ihr jedoch keine Gelegenheit geben, diese zu befriedigen. »Jetzt muss ich aber leider weiter«, brach Rita das Gespräch ab. »Mein Chef erwartet mich dringend. Wir haben eine sehr wichtige Angelegenheit für unsere Bibliothek zu besprechen, da kann und darf ich ihn nicht warten lassen.«

So ließ sie die Nachbarin in ihrem Hauskleid und mit ihrer unbefriedigten Neugier stehen und lief mit schnellen Schritten die Treppe hinunter.

Es regnete leicht. Rita stand im Hauseingang und warf einen Blick auf den gleichmäßig grauen Himmel. Die Wolkenschicht war einheitlich, kein helleres Fleckchen war auszumachen. Sie überlegte, ob sie noch einmal in die Wohnung hinauflaufen sollte, um sich einen Regenschirm zu holen, doch dann verzichtete sie darauf. Sie wollte Frau Wobralek nicht noch mal begegnen. So stark war der Regen nicht, den kurzen Weg würde sie es so schon aushalten. Und danach würde es sicher aufhören zu regnen, daran wollte sie einfach glauben.

Als sie in der Geologischen Bundesanstalt ankam, fühlte sie sich wie ein begossener Pudel. Es war keine gute Idee gewesen, den Schirm zu Hause zu lassen. Mit jeder Minute länger, die sie auf der Straße unterwegs gewesen war, hatte der Regen zugenommen und waren die Tropfen dicker und fetter geworden. Die Haare klebten ihr am Kopf, und sie blieb unter dem Vordach des Eingangs stehen, um sich wie ein Hund das Wasser aus den Haaren und vom Körper zu schütteln.

Sogar die Schuhe waren durchnässt. Hoffentlich holte sie sich keine Erkältung. Das hätte ihr jetzt gerade noch gefehlt. Sie fuhr sich mit den Händen mehrmals durch die Haare, um ihnen wieder halbwegs Form und Aussehen zu geben, dann betrat sie das Foyer, wo sie vom Portier freundlich begrüßt wurde.

»Haben wir den Schirm vergessen?«, fragte er mit einem frechen Lachen, das Rita in diesem Augenblick überhaupt nicht goutieren konnte.

»Ob *Sie Ihren* vergessen haben, kann ich nicht sagen«,

reagierte sie bissig. »Ich habe *meinen* jedenfalls zu Hause gelassen.«

Sie stöckelte in den ersten Stock hinauf und ging den Gang entlang bis zur Bibliothek. Isabella war schon da und saß kopfschüttelnd über einem Paket, das sie soeben geöffnet hatte.

»Doppellieferung«, knurrte sie, als Rita eintrat und durchschnaufte, nachdem sie die Tür hinter sich geschlossen hatte. »Dafür fehlt ein anderer Band, den wir bestellt haben.« Isabella drehte sich zu Rita um und lachte auf. »Wie siehst du denn aus?«

»Keine Bemerkungen, bitte«, wehrte Rita ab. »Ich habe gerade unseren Portier böse angekeift.«

Sie blieb mitten im Raum stehen und wollte dort abwarten, um nicht alles vollzutropfen. Inzwischen konnte sie Isabella ja von ihrem Besuch bei Albrecht erzählen.

»Wie geht es Albrecht?« Isabella wartete gar nicht ab, bis Rita von selbst aus zu berichten begann.

»Glück gehabt«, fasste Rita seinen Gesundheitszustand zusammen und gab an Isabella weiter, was Albrecht ihr erzählt hatte. Mehr sagte sie ihr aber nicht, weder kam sie auf ihre Unterredung mit Hechter zu sprechen noch äußerte sie die neuen Verdachtsmomente, die sie in den Mittelpunkt der Morde stellten. Gerade davon zu berichten, wollte sie um jeden Preis vermeiden.

»Ich muss gleich mit dem Hofrat reden«, sagte Rita schließlich. »Die Dinge haben sich geändert, aber es ist besser, wenn du da gar nicht so genau Bescheid weißt.«

42.

DIE LUFT BEGANN, in den Gängen feucht zu werden, irgendwie mussten sehr viele Fenster und wohl auch Türen offen stehen, was zu einem raschen Luftaustausch führte und die regengeschwängerte Luft ins Gebäude hereinzog. Rita hatte das Gefühl, dass ihre Kleidung und ihre Haare überhaupt nicht mehr trocknen würden.

Doch das war jetzt egal. Sie war bereit, Wallner völlig durchnässt entgegenzutreten, um ihm die erfreuliche Nachricht zu überbringen, dass er nicht im Fokus des Mörders stand.

Frau Pfeiffer saß wie üblich an der Brücke ihres Schlachtschiffs und warf der eintretenden Rita zuerst einen abwehrenden und dann, als sie sie erkannte, einen freundlichen Blick zu. Sie nahm die Brille von ihrer Nase und legte sie neben das Schreiben, das sie gerade gelesen hatte.

»Nichts als Ärger«, sagte sie und hielt den Brief hoch. »Das Ministerium denkt sich immer neue Richtlinien aus. Ich habe das Gefühl, die Beamten dort sind unterbeschäftigt. Die sollten mal einen zu uns schicken, dann wüssten die endlich, was arbeiten bedeutet.« Das Blatt Papier flatterte auf den Schreibtisch zurück, und Frau Pfeiffer stand auf. »Sie wollen sicher zu ihm, nicht wahr?«

Rita nickte. Es funktionierte tatsächlich. Ohne Termin, ohne Ankündigung wurde sie zum Hofrat vorgelassen. Frau Pfeiffer war ihr gegenüber die Freundlichkeit in Person und nahm sich Ritas an wie eine Pflegemutter, die ein neues Kind in die Schar der bisherigen aufnahm.

»Warten Sie einen Moment, ich kündige Sie an.« Und während sie die Tür aufzog, erläuterte sie: »Er ärgert sich nämlich genauso über die Wünsche aus dem Ministerium.«

Frau Pfeiffer verschwand hinter der Doppeltür und ließ Rita warten. Diese warf einen Blick auf den Schreibtisch und sah den Brief mit dem imposanten Briefkopf des Ministeriums und einer ausladenden Unterschrift des Ministers oder eines seiner hohen Beamten darauf. Lesen konnte sie die Zeilen von ihrer Position aus nicht, dazu waren sie zu klein.

»Also bitte, nur herein mit Ihnen!«, sang Frau Pfeiffer fast, als sie zurückkam.

Rita trat ein, und wie immer schloss Frau Pfeiffer hinter ihr behutsam beide Türen. Kein Wort würde von nun an nach außen in den Vorraum dringen können.

Auch in Wallners derzeitigem Büro war die Luft irgendwie feucht. Die Balkontür stand wie gewöhnlich leicht offen, die Vorhänge wogten sacht vorwärts und zurück. Rita streifte leicht den Kleiderständer neben der Tür, wo Wallner sein für dieses Wetter angepasstes Übergewand aufgehängt hatte, aber sie achtete nicht weiter darauf.

»Wie geht es Ihrer Frau, Herr Hofrat?«, eröffnete Rita das Gespräch und blieb vor dem Schreibtisch Wallners stehen.

Jener saß zusammengesunken dahinter und schien über einem ähnlichen Brief zu grübeln, wie ihn Frau Pfeiffer draußen vor sich hatte. »Hm, wie? Ach …« Er schien mit den Gedanken noch bei der ministeriellen Angelegenheit zu sein. »Ja, es geht so, danke, dass Sie nachfragen. Sie fühlt sich schon wieder besser, ja, doch.«

So abgelenkt hatte Rita den Hofrat nie zuvor erlebt. Das passte nicht zu diesem Mann, der sonst immer fokussiert war und in allen Lebenslagen die Dinge auf den Punkt brachte. Die Sache mit dem Ministerium musste wirklich unangenehm sein.

»Ärgerlich«, murmelte er vor sich hin und klopfte mit dem Knöchel auf den Tisch, wo das Schriftstück lag, mit dem er sich auseinandersetzte. »Sehr ärgerlich. Man könnte fast meinen, die wüssten unsere Arbeit nicht zu schätzen. Ich bin ja weiß Gott kein Monarchist, liebes Fräulein Girardi, aber glauben Sie mir, unter dem alten Kaiser wäre das nicht denkbar gewesen.«

Rita glaubte ihm und mehr noch, sie wusste es selbst. Sie war lange genug an der Geologischen Bundesanstalt tätig und hatte den Wandel während der schwierigen Jahre, die hinter ihnen lagen, miterlebt. Eigentlich waren es gar nicht so viele Jahre gewesen, allerdings mit umwälzenden Veränderungen für den Staat und seine Menschen.

»Deswegen sind Sie aber nicht zu mir gekommen?«

Da war es wieder, das altvertraute Lächeln, und auch Wallners Stimmlage verriet, dass er mit seiner Aufmerksamkeit nun voll und ganz bei Rita war und sich gerne ihrem Anliegen widmen würde. »Ich freue mich, Sie wiederzusehen, Fräulein Girardi.« Er stand auf und hinkte zu der Sitzgruppe hinüber, wo Rita mit ihren Kolleginnen und Kollegen schon die eine und andere Besprechung mit dem Hofrat beziehungsweise ihrem Chef Geyer gehabt hatte.

»Haben Sie immer noch Schmerzen, Herr Hofrat?«

»Halb so wild, aber es zwickt noch ein wenig, ja. Wenn man bedenkt, dass so ein kleiner Haushaltsunfall einen gestandenen Bergsteiger fast lahmlegen kann …«

Er lachte laut auf und schenkte Rita ein Glas Wasser aus einer Karaffe ein, die auf dem Tisch stand. Rita bedankte sich höflich und beschloss, das Vorgeplänkel ihrer Konversation zu beenden.

»Ich wollte Ihnen eine gute Nachricht überbringen«, fing sie an.

»Eine solche könnte ich heute wahrlich gut gebrauchen. Worum geht es?«

Rita seufzte. »Um dasselbe wie bereits in den letzten Tagen. Um Vadims Tod. Um die Notizen in Ihrem Buch. Es hat alles nichts mit Ihnen zu tun, Herr Hofrat!«

Wallners Miene versteinerte. Die Augenlider zuckten kaum merklich, der Blick stach Rita entgegen. »Wieso mit mir?« Er klang erschrocken.

»Na ja, weil ich Sie doch gewarnt habe, Sie sollen auf sich aufpassen. Weil der Mörder vielleicht hinter Ihnen her sein könnte. Aber er ist es nicht, definitiv nicht. Entwarnung, wenn Sie so wollen. Sie können also beruhigt sein. Das wird sicher auch Ihre Frau freuen.«

»Meine Frau … Ja …«

Warum reagierte Wallner so verwirrt? »Freut Sie das nicht?«

Nun kam wieder Leben in sein Gesicht. »Na ja, Fräulein Girardi …« Er räusperte sich, nahm einen großen Schluck Wasser. »Verstehen Sie mich nicht falsch, das soll keine Geringschätzung Ihrer Person sein. Um ehrlich zu sein: Ich habe mich die ganze Zeit über nicht wirklich bedroht gefühlt.«

»Ich dachte mir von Anfang an«, sagte Rita, »dass Sie meine Warnung nicht so ernst nehmen.«

»Nein, nein, Fräulein Girardi!« Er neigte sich ihr entgegen und streckte seine Hand nach ihr aus. »So dürfen

Sie das nicht sagen. Ich schätze Sie über alle Maßen, um nicht zu sagen ...« Er brach den Satz ab und senkte den Blick auf den Boden. »Woher wissen Sie nun, dass das alles nichts mit mir zu tun hat?«, wurde sein Ton mit einem Mal wieder geschäftsmäßig.

»Logik? Kommissar Hechter? Es liegt an den Opfern, Herr Hofrat. So erfreulich es ist, dass Sie nicht im Fokus des Mörders stehen, so schrecklich ist es, dass ...« , sie schluckte und bemerkte, dass ihre Stimme schwächer wurde, »... dass ich es zu sein scheine, auf die der Mörder es abgesehen hat.«

»Nein!«, rief Wallner so laut aus, dass Rita befürchtete, sogar die geschlossene Doppeltür könnte diesen Ruf nicht abhalten.

»Nein«, wiederholte er leiser. »Ich meine, das kann ich mir einfach nicht vorstellen. Wie kommen Sie denn darauf? Oder der Herr Kommissar? Diese Annahme ist doch sicher in dem wirren Gehirn des Kommissars entstanden!«

Rita neigte den Kopf zur Seite. »Nicht nur, nicht alleine, ich weiß nicht. Es ist so ... Albrecht, also Herr Dr. Huber ... Er wurde vergangenen Abend überfallen. Es sieht so aus, als hätte jemand ihn ermorden wollen.«

»Ermorden?«

Rita nickte. »Er wäre das nächste Opfer aus meinem Umfeld gewesen. Herr Mayr, mein Nachbar. Vadim. Alb... Herr Dr. Huber. Die Liste der Opfer ist ein deutlicher roter Faden.«

Wallner spitzte die Lippen und runzelte die Stirn. »Und der Obdachlose, der vor unserer Anstalt gefunden wurde? Wie passt der ins Bild?«

Darauf wusste auch Rita sich keinen rechten Reim zu machen. »Eine Warnung vielleicht ... Wenn man die Notizen in Ihrem Buch ernst und wörtlich nimmt, dann sogar sicher.«

»Ach, Fräulein Girardi, die Notizen …« Wallner stand auf und humpelte zur Balkontür. Er schob den Vorhang ein wenig zur Seite und blickte in den Dauerregen hinaus. »Abscheulich.«

Rita blieb sitzen und sagte nichts.

»Ich meine das Wetter«, sagte Wallner und drehte sich halb zu ihr um.

Als das Schweigen zwischen ihnen beiden zu lange wurde, erhob sich Rita. »Ich will Sie nicht länger von Ihrer Arbeit abhalten, Herr Hofrat. Es war mir nur wichtig, Ihnen diese Mitteilung zu machen. Ich hoffe ja doch, dass Sie dadurch etwas erleichterter sind.«

Sie ging auf die Tür zu, neben der am Kleiderständer ein noch nasser dunkelbeiger Regenmantel hing. An einem der Haken daneben befand sich, ebenfalls etwas nass, ein Hut mit sehr breiter Krempe.

»Mein Schlechtwettergewand«, sagte Wallner, der bemerkt zu haben schien, dass Rita vor dem Mantel kurz stehen geblieben war. »Alt, vielleicht schon etwas schäbig, aber immer noch gut. Hat mir übrigens bei so mancher Expedition gute Dienste geleistet.«

Es war nicht dieser schlechte Zustand, der Rita stocken und innehalten ließ. Es war der eine Ärmel. Eine dunkle, fast schwarze Schliere zog sich an ihm entlang, ein Fleck, eine Abnutzung, jedenfalls augenfällig – und ihr bekannt.

»Der Mantel hat einiges abbekommen in all den Jahren, ja Jahrzehnten«, ertönte von hinten Wallners Stimme.

Er hatte sich inzwischen wieder an seinen Schreibtisch gesetzt und Rita hörte, wie er nach einem Blatt Papier griff.

»Ja«, murmelte sie nur, als sie durch die Doppeltür hindurchging. »Alt und beschädigt.«

Frau Pfeiffer nahm sie im Vorraum in Empfang, schloss die äußere der Doppeltüren und wunderte sich, dass Rita nicht wirklich auf sie reagierte. Doch deren Gedanken waren ganz woanders.

Ein hinkender Wallner und ein abgewetzter Ärmel an seinem Regenmantel? Ein Hut mit breiter Krempe? Das waren wohl zu viele Zufälle.

43.

Man hatte den Lesesaal wieder für die Benutzer freigegeben, aber es kamen kaum Leser. Ob das mit dem tragischen Mord in der Bibliothek zu tun hatte oder einfach ein Zufall war, vermochte Rita nicht zu beurteilen. Jedenfalls gab es nichts, was auf das Geschehene hinwies, außer einer Trauerschleife, die Isabella an Vadims Stuhl vor dem nun verwaisten Tisch gebunden hatte.

Rita war nicht imstande zu arbeiten. Natürlich musste sie es auch nicht, es galt ja immer noch Wallners Freistellung. Wie gerne hätte sie sich Isabella anvertraut, wäre den Druck losgeworden, der sich auf dem kurzen Weg über den Gang von Wallners Büro zur Bibliothek in ihr angestaut hatte. Doch das durfte sie auf keinen Fall tun, war sie überzeugt, sie würde ihre Kollegin damit wohl in Gefahr bringen. In Lebensgefahr.

Der Mann, der sie beobachtet hatte, war Hofrat Wallner gewesen. Der Mantel und der Hut sahen genauso aus wie die Kleidungsstücke jenes Mannes, den sie zweimal gesehen hatte. Und dass der Ärmel dieselbe Beschädigung aufwies, nein, das war kein Zufall, das war ein eindeutiges Indiz. Oder sogar ein Beweis? Rita wusste nicht, wie ein Kriminalist den Sachverhalt nennen würde.

Und Wallner hinkte! Albrecht hatte den Mann, der ihn attackiert hatte, am Knie getroffen. Auch das konnte kein Zufall sein. Aber ein Beweis? Nein, wohl eher ein Indiz. Hoffentlich ein ausreichend starkes.

»Was ist mit dir?« Isabella tauchte hinter Ritas Rücken auf. »Du sitzt reglos da wie eine Puppe, die man zur Zierde an den Schreibtisch gesetzt hat.«

Rita reagierte nicht. Isabellas Stimme drang fast nicht in ihr Bewusstsein.

»Wie hat der Hofrat reagiert? War er erleichtert?«

Langsam drehte sich Rita zu Isabella um, die nun sah, dass Ritas Augen wässrig waren. Sie war kurz davor, in Tränen auszubrechen.

»Ist etwas passiert?« Isabella war besorgt.

»Nein, nichts, alles gut«, sagte Rita wenig überzeugend. »Und ja, natürlich war der Herr Hofrat erleichtert, dass es nicht um ihn geht bei den Mordfällen. Und dass er nicht in Gefahr ist. Jaja, es war gut, dass ich ihm die Nachricht überbracht habe.« Sie atmete durch und wiederholte: »Das war wirklich gut …«

War es tatsächlich gut, dass sie nun Bescheid wusste? Aber Beweise hatte sie nicht. Und von »Wissen« konnte eigentlich auch keine Rede sein. Es war vielmehr ein starkes Gefühl, eine emotionale Überzeugung, die sich durch die Indizien verfestigten: dass Wallner mit den Morden zu tun hatte. Alles hing an ihrer Aussage, denn nur sie hatte diesen Mann gesehen. Zweimal. Einmal abends, als es dunkel war, das zweite Mal in der Bar. Beide Male bei nicht einwandfreien Lichtverhältnissen. Würde man ihr so etwas als Zeugenaussage abnehmen? Würde Albrecht ihre Wahrnehmung glaubwürdig bestätigen können? Natürlich konnte er bestätigen, dass sie ihm gegenüber von diesem Unbekannten gesprochen hatte, doch das bedeutete nicht zwangsläufig, dass es ihn wirklich gegeben hatte. Würde ein Richter ihr glauben?

Sie musste unbedingt mit Hechter sprechen. Er konnte die Situation am besten beurteilen. Und schließlich war es Rita ja auch gelungen, ihn nach und nach zu überzeugen. Vielleicht hatte er eine Idee, wie man die nötigen Beweise zusammentragen konnte. Schließlich war das sein Beruf.

»Beweise? Welche Beweise?« Isabella, die wieder an ihrem Platz saß, drehte sich zu ihrer Kollegin um. Rita musste wohl laut gedacht haben.

»Nichts«, sagte sie. »Wieso Beweise?«

»Weil du es gesagt hast?« Isabella schüttelte den Kopf. »Meine Güte, Rita! Was ist mit dir los? Langsam verstehe ich den Hofrat. Es scheint dir echt nicht gut zu gehen, du redest ja wirres Zeug.«

Wenn Isabella nur ahnen könnte! Aber es war besser, wenn sie das nicht tat, natürlich.

»Ich werde gehen«, sagte Rita spontan und stand auf.

»Das ist sicher besser«, bestätigte Isabella, die verdreht auf ihrem Stuhl saß, immer noch Rita zugewandt. »Geh nach Hause, ruh' dich aus.«

»Ja, sicher.« Rita dachte allerdings nicht daran. Sie würde sich mit Hechter treffen, würde dem Kommissar erzählen, was sie wusste, und mit ihm einen Plan austüfteln, wie man Wallner mit hieb- und stichfesten Beweisen überführen könnte. Vielleicht gab es ja Probleme mit seinem Alibi? Oder doch einen handfesten Beweis wie eine Tatwaffe, ein Messer? Eine konkrete Spur eben.

Mit einem Schlag wusste Rita es. Eine konkrete Spur! Natürlich! Die gab es!

»Was ist denn mit dir?« Isabella wunderte sich, dass Rita steif vor ihrem Schreibtisch stand und sich keinen Schritt wegbewegte.

Es gab den Beweis! Man musste ihn nur besorgen. Sie ging zu dem Bücherschrank und öffnete die gläserne Tür. Da stand es, das Buch mit dem Titel *Das Erzgebirge*. Die wichtigste Arbeit, die Wallner jemals veröffentlicht hatte. Seine größte und umfangreichste auf jeden Fall. Jenes Buch, das ihn an die Geologische Bundesanstalt gebracht hatte, weil Direktor Geyer es gelesen und geschätzt hatte. Und immer noch schätzte. Dieses Buch war so sehr ein Teil von ihm, dass er es für seine Botschaften verwendet hatte. Es war fast so etwas wie ein Geständnis. Man musste lediglich nachweisen, dass die Handschrift der Notizen in dem Buch mit der Handschrift Wallners übereinstimmte. Und Rita wollte diesen Beweis erbringen.

44.

ACH DU MEINE Güte! Wie war dieser Gedanke doch überstürzt gewesen! Sie konnte doch nicht einfach in Wallners Büro stürmen und rufen: »Ich brauche schnell eine Schriftprobe!« Auch von Frau Pfeiffer konnte sie nicht einfach eine handschriftliche Notiz Wallners einfordern. Mit welcher Begründung auch? Und vor allem: Wallner durfte keinen Verdacht schöpfen. Denn dann würde sie sich wohl wirklich in Lebensgefahr befinden.

Konnte sie sich irren? Das Messingschild mit der in Blockbuchstaben gehaltenen Aufschrift »BIBLIOTHEK« glänzte frisch poliert in ihrem Rücken. Die Reinigungsfrauen putzten einmal pro Woche alle Schilder und die Klinken. Bei Letzteren konnten sie allerdings nicht verhindern, dass sie längst abgegriffen waren und somit leicht schäbig aussahen. Und nun stand Rita da, mit dem Rücken zur geschlossenen Tür, und war mit einem Schlag ratlos.

Der lange Gang lag zwischen der Bibliothek und dem Büro des Direktors der Geologischen Bundesanstalt. Von einem Ende zum anderen hatte Rita Zeit, sich eine Erklärung, ach, sich einen ganzen Plan zu überlegen. Am liebsten hätte sie die Zeit angehalten. Hätte sich nicht vom Fleck gewagt und wäre ewig hier gestanden, bis ihr jemand die Tür öffnete und sie ihr ins Kreuz jagte.

Ihre Schritte waren klein und langsam. Nun drang die Feuchtigkeit nicht mehr von außen zu ihr, nein, sie dampfte förmlich von innen heraus. Der Schweiß füllte ihr die Achselhöhlen und rann an der Innenseite der Oberarme und an ihren Seiten herunter.

»Frau Pfeiffer, ich brauche noch … Frau Pfeiffer, ich habe vergessen …«

Aber was?

Ein Kollege ging mit zackigen Schritten an ihr vorüber und grüßte sie höflich. Sie hörte, wie hinter ihr eine Tür geöffnet und wieder geschlossen wurde. Der Mann hatte sich in die Bibliothek begeben. Der lang gestreckte Gang kam Rita auf einmal unglaublich kurz vor. Panikgefühle flammten in ihr auf, je näher sie dessen Ende und damit Wallners Büro kam. Ihr Kopf war leer, jetzt ließ sich nicht einmal mehr ein kleiner Gedanke festhalten.

Gerade als sie davorstand, wurde die Tür zu Wallners Büro aufgerissen und Frau Pfeiffer sprang heraus. Ihre Augen waren geweitet, in den Händen hielt sie ein in braunes Papier eingeschlagenes Päckchen.

»Hab ich's doch gleich gewusst!«, schimpfte sie wütend vor sich hin, als sie Rita sah. »Jetzt geht der Druck auf mich über. Er ist fuchsteufelswild und bis tief ins Knochenmark verärgert, und ich muss es ausbaden.«

Rita wollte der Sekretärin ausweichen, doch diese machte keine Anstalten, weiterzulaufen. Vielmehr schien sie froh zu sein, jemanden gefunden zu haben, dem sie ihr Leid klagen konnte. »Es ist immer das Gleiche. Wenn die von oben beginnen, sich neue Spielregeln auszudenken, dann wird er nervöser und nervöser und beklagt sich über die Politik und über die Beamten und über die ganze Welt. Und dann, wenn aus seiner Klage irgendwann Ärger wird, beginnt er mit den Diskussionen. Gleich muss ich einen Brief für ihn tippen, der ans Ministerium gehen soll. Ich sag's Ihnen, Fräulein Girardi, das wird die Hölle für mich. Denn dann legt er mir alle fünf Minuten einen neuen Notizzettel auf den Tisch, was noch in den Brief rein soll. Und wenn ich bereits mit dem Tippen begonnen habe, kann ich wieder einen neuen Bogen einspannen und von vorne anfangen. Ich bin ja auch eine dumme Kuh! Tatsächlich habe ich mit dem Brief begonnen, weil er mir seine Zusammenstellung schon gegeben hat, und was passiert? Gleich darauf reicht er mir den nächsten Zettel raus, alles anders, alles neu!«

Frau Pfeiffer stieß ein erleichtertes »Puh!« aus, als hätte sie nun allen Druck aus ihrem Inneren abgelassen. »Aber zuerst bringe ich dieses Päckchen hier zur Poststelle. Das liegt seit zwei Tagen bei mir. Gesteinsproben für eine chemische Analyse. Was wir heutzutage alles machen …« Und sie huschte davon.

Für Rita war das alles wie ein Fingerzeig des Schicksals. Wallner reichte Frau Pfeiffer also eine ganze Menge Notizen hinaus? Das war ihre große Chance. Eine von diesen Notizen musste sie ergattern, und am besten wäre es, wenn weder Frau Pfeiffer noch Wallner etwas davon bemerkten.

Rita betrat den Vorraum zu Wallners Büro und spürte die Abwehrhaltung, die Frau Pfeiffers Schreibtisch ausstrahlte. Es bedurfte gar keines Menschen in diesem Raum, um sich als eintretende Person abgewiesen zu fühlen. Längst schwebte hier drin eine eigene defensive Aura.

Die Tür zu Wallners Büro stand einen Spalt breit offen, wohl weil der Hofrat alle paar Minuten mit neuen Ideen für den Brief herauskam. Rita bewegte sich auf den Fußspitzen, damit ihre Schritte nicht zu hören waren. Wallner sollte nicht wissen, dass jemand in seinem Vorzimmer war.

Rita ging um Frau Pfeiffers massiven Schreibtisch herum. In der Schreibmaschine war ein Briefbogen mit dem offiziellen Briefkopf der Bundesanstalt eingespannt. Erste Zeilen waren bereits getippt. Aus dem Nebenraum drangen Geräusche und ein lamentierendes Gemurmel Wallners. Der Hofrat war mit seinen Gedanken anscheinend völlig bei seinem Ärger mit dem Ministerium. Ab und zu schien er mit hektischen Schritten sein Büro zu durchschreiten, dann war es kurz still und erneut begann sein Gemurmel.

Auf der Arbeitsfläche neben der Schreibmaschine lagen verschiedene Schriftstücke, eines davon jener Brief aus dem Ministerium, über den Frau Pfeiffer vorher, als Rita dagewesen war, geklagt hatte. Und daneben ein etwas zerknittertes Blatt Papier mit einem alten Briefkopf aus den Zeiten, als es noch die alte kaiserlich-königliche geologische Reichsanstalt gegeben hatte. Darauf waren in flotter Handschrift einige Wörter und Wortgruppen aufgeschrieben.

Rita beugte sich über die Notizen und las. Dann verglich sie das Gelesene mit dem, was Frau Pfeiffer auf der Adler getippt hatte. Ja, es waren Wallners Notizen. Sie hatte also tatsächlich gefunden, wonach sie gesucht hatte.

»Fräulein Girardi?« Hofrat Wallner steckte seinen Kopf durch den Türspalt und ein verwunderter Blick traf Rita. Diese schrak hoch wie ein beim ersten Kuss ertappter Backfisch. »Was machen Sie denn hier? Gibt es noch etwas?«

Rita schüttelte den Kopf, dann nickte sie. Beides viel zu heftig. »Ich ... wollte ... nur ...« Sie konnte einfach nichts hervorbringen. Dabei hätte sie eine Ausrede so dringend nötig gehabt.

»Suchen Sie etwas? Haben Sie etwas vergessen?«

Ja, vergessen!

»Ja, Herr Hofrat, genau! Frau Pfeiffer wollte mir noch etwas geben, aber sie ist gerade nicht da, wie ich sehe ...« Sehr überzeugend klang es nicht, andererseits konnte Wallner ja ihre Gedanken nicht lesen.

»Na dann ...«

Rita spürte das Misstrauen Wallners geradezu auf ihrer Haut. Von oben bis unten kribbelte es, wie von einer überdimensionalen Gänsehaut fühlte sie sich überzogen.

»Ich kann Ihnen nicht helfen?« Wallner schien sich nicht wieder in sein Büro zurückziehen zu wollen, zugleich war es nach wie vor nur sein Kopf, der in den Vorraum hereinragte, der Rest des Körpers blieb hinter der Tür verborgen.

Im nächsten Augenblick ging die Tür auf und Frau Pfeiffer wehte herein wie ein Windstoß. Sie blickte zu Rita, dann zu Wallner hinüber. Ohne sich weiter etwas zu denken, umrundete sie ihren Schreibtisch und setzte sich auf ihren Stuhl. Rita blieb sprachlos neben ihr stehen.

»Haben Sie wieder eine Änderung, Herr Hofrat?«

Frau Pfeiffers Frage klang nicht frech, und doch war ein herausfordernder Unterton nicht zu überhören.

»Wie? Äh, ja.«

Nun trat die vollständige Gestalt des Hofrats hervor. In der Hand hielt er tatsächlich ein weiteres Blatt, das er Frau Pfeiffer reichte. Die ganze Zeit über aber ließ er Rita nicht aus den Augen, als beobachtete er einen Taschendieb, von dem er erwartete, dass er gleich zuschlagen würde.

Frau Pfeiffer nahm seine Notizen entgegen und hielt sie sich vor die Nase. Sie seufzte, während sie las. »Da kann ich ja wieder von vorne beginnen«, beschwerte sie sich, doch den Hofrat schien dies nicht zu erweichen.

»Frau Girardi hat etwas vergessen …«, begann er, doch Rita winkte ab.

»Nicht so wichtig!«, rief sie aus. »Wie ich sehe, hat Frau Pfeiffer gerade sehr viel und Wichtiges zu tun.«

»Ja, natürlich.« Wallners Körper zog sich langsam wieder in den Türspalt zurück, der Kopf folgte mit einer Verzögerung, die Rita unendlich lange erschien.

Frau Pfeiffer hatte immer noch das neue Blatt Papier vor Augen und diese Gelegenheit ließ Rita nicht ungenutzt. Als Wallners Kopf endgültig verschwunden war, griff sie nach dem Blatt Papier mit den ersten Notizen des Hofrats auf dem Schreibtisch und knüllte es mit einer Hand rasch zusammen, sodass es in ihrer Faust Platz fand und nicht zu sehen war. Frau Pfeiffer hatte all das nicht bemerkt und auch nicht auf das raschelnde Geräusch des Papiers reagiert.

»Also wieder ein neuer Brief«, seufzte sie, riss verärgert den begonnenen Brief aus der Schreibmaschine und spannte einen frischen Bogen ein.

»Ich komme später noch einmal«, sagte Rita hastig und huschte aus dem Raum, in dem sie keine Sekunde länger bleiben wollte.

45.

»Es muss schnell gehen!«

Das waren sicher nicht die geeigneten Worte, wenn man in das Büro eines Kriminalkommissars platzte und dessen Kollegen beim Verzehr einer sehr fleischig riechenden Semmel überraschte. Und es war auch nicht gerade das Maß größter Höflichkeit.

Rita schenkte dem unbeirrt weitermampfenden Wilbrecht keine Beachtung. Der ließ sich nicht stören, mit gedehnt langsamen Bewegungen nahm er einen Schluck Bier aus einer Flasche und biss erneut in seine an den Rändern überquellende Semmel.

Rita war, nachdem sie das Blatt vom Schreibtisch Frau Pfeiffers entwendet hatte, sofort in die Bibliothek geeilt und hatte unter wiederholten Fragen Isabellas, was denn los sei, das Buch Wallners aus dem Schrank geholt. Isabellas Fragen hatte sie nicht beantwortet, ihr dafür aber im Davonlaufen zugerufen: »Drück mir die Daumen!«

Nun warf sie das Buch lieblos vor Hechter auf dessen Schreibtisch und faltete das zusammengeknäuelte Blatt Papier behutsam auseinander. Vorsichtig, als wäre es eine wertvolle Schriftrolle aus der Antike, legte sie es neben das Buch und strich es glatt. Aus großen Augen sah sie den Kommissar an.

Einige Sekunden lang waren nur die Kaugeräusche Wilbrechts zu hören, sein Schmatzen und Schlucken. Als er bemerkte, dass er auffiel, deutete er mit dem Kinn auf das Blatt, das Rita vorgelegt hatte, und fragte: »Was soll'n das sein?«

Hechter schien schneller kombiniert zu haben als er, denn er nahm das Blatt auf und las die wenigen Worte und Zeilen. Dann schlug er das Buch auf und sah sich die Titelseite an, auf der in Blockbuchstaben »DAS IST ALLEIN DEINE SCHULD!« zu lesen war. Und außerdem gab es ja auch noch die Notiz auf Seite vier, die Rita damals auf Vadim bezogen hatte.

»Ja, das müsste gehen«, überlegte Hechter. Anschließend sah er Rita an. »Das ist eine Schriftprobe von Hofrat Wallner, habe ich recht?«

Rita war erstaunt. Hatte Hechter ihn schon länger in Verdacht?

»Er hinkt«, sagte Rita. »Er hat mir erzählt, er hätte einen Haushaltsunfall gehabt, aber das glaube ich ihm nicht. Er hinkt, weil ihn der Tritt Albrechts getroffen hat.«

»Das reicht nicht als Beweis«, hielt Hechter dagegen. »Das würde kein Gericht gelten lassen.«

»Ich weiß«, fuhr Rita fort. »Er hat einen alten beigen Regenmantel und einen Hut mit sehr breiter Krempe. Genauso wie der Mann, der Albrecht und mich zweimal beobachtet hat.«

Hechter wiegte den Kopf.

»Ich weiß«, sagte Rita, »dass auch das kein Beweis ist. Aber Wallners Mantel hat am Ärmel genau jene starke Abnutzung, die ich damals gesehen habe, als der Mann das Lokal verließ.«

»Indizien«, sagte Hechter, »viele Indizien, viele Zufälle, zu viele, aber kein Beweis. Sogar wenn es Wallner gewesen wäre, der Sie beobachtet und verfolgt hat: Was hätte das mit den Morden zu tun? Sie aber verbinden beides –

und da dachten Sie, dass Sie sich eine Schriftprobe des Hofrats holen.«

Rita nickte.

»Wie haben Sie denn das geschafft? Sie haben ihn ja sicher nicht gefragt, ob er so freundlich wäre, Ihnen etwas auszuhändigen, womit Sie beweisen können, dass er derjenige war, der die Notizen ins Buch geschrieben hat.«

»Das Schreiben von ihm lag auf dem Schreibtisch seiner Sekretärin. Als gerade niemand hingesehen hat, habe ich das Blatt schnell an mich genommen.«

»Hat er es bemerkt? Oder die Sekretärin? Besser wäre nämlich, wenn er nichts ahnen würde. Außerdem ist es ja nicht sicher, dass es dieselbe Schrift ist.«

»*Noch* nicht«, war Rita überzeugt.

Ein weiteres Mal überflog Hechter die Zeilen auf dem alten Briefbogen. »Ich habe ihn seit einiger Zeit in Verdacht«, gab der Kommissar zu. »Auf der anderen Seite hatte ich auch meine Zweifel. Wenn die Schrift hier jedoch mit der im Buch übereinstimmt, dann …«

»Es wird so sein«, beharrte Rita.

Hechter faltete das Blatt Papier in der Mitte. Es sah mitgenommen aus durch die Behandlung, die es durch Rita erfahren hatte.

»Hier, Wilbrecht!«, rief Hechter seinem Kollegen zu. »Nimm das und bring es sofort ins Labor. Die sollen sich gleich damit befassen.«

Er hielt Wilbrecht das Blatt entgegen, der gerade danach greifen wollte, doch Hechter zog es mit einem Ruck zurück.

»Erst wasch dir die Hände«, sagte er. »Ich möchte keine Fettflecken darauf haben.«

Wilbrecht kramte in den Taschen seines leicht schäbigen Sakkos und zog schließlich ein Stofftaschentuch hervor, das schon bessere Tage erlebt hatte. Gründlich wischte er einen Finger nach dem anderen ab, dann streckte er Hechter die rechte Hand entgegen und wackelte mit allen Fingern. »Geht es so?«

Hechter schmunzelte und gab dem Kollegen das Blatt. Mit hochgezogenen Augenbrauen las Wilbrecht, was darauf stand, dann murmelte er: »Nicht gerade sehr erhellend.«

»Nimm das Buch mit und diese Akte.« Hechter überreichte ihm ein zwischen zwei Kartondeckel gebundenes Bündel. »Es geht nicht um den Inhalt, es geht um die Schrift.«

Wilbrecht nickte. »Ja, klar, weiß ich doch.« Er klemmte sich das Buch unter den Arm und nahm die Akte und das Blatt an sich.

»Sie sollen so schnell wie möglich machen«, wiederholte Hechter. »Sag ihnen, es wäre Gefahr im Verzug oder so etwas.«

Wilbrecht verließ das Büro.

»Ich bete zu Gott, dass Sie das Richtige getan haben, Fräulein Girardi!«

Rita rang sich ein Lächeln ab. »Sie sind gläubig, Herr Kommissar?«

Hechter erwiderte ihr Lächeln. »Manchmal kann eine kleine Rückversicherung nicht schaden.« Er lehnte sich zurück, wirkte dabei alles andere als entspannt. »Sie gehen sofort nach Hause, Fräulein Girardi. Verstehen Sie mich? Nirgendwo sonst hin. Nach Hause! Ich möchte Sie nicht in der Geologischen Bundesanstalt wissen und auch nicht im Spital bei Herrn Dr. Huber. Der einzige

Ort, der im Moment für Sie infrage kommt, ist Ihre eigene Wohnung.«

Er sah sie streng an wie ein Lehrer seinen Schüler, dem er die letzte Chance zur richtigen Beantwortung einer Frage bei einer Prüfung geben wollte. »Sie bleiben dort, bis ich komme. Sie lassen niemanden rein, auch nicht Ihre liebe Nachbarin, die sich so gerne selbst reden hört. Nie-man-den!«

Rita nickte. Jetzt erst wurde ihr der Ernst der Lage so richtig bewusst. Hechter hatte recht, sie konnten nicht wissen, wie viel Wallner inzwischen ahnte. Gut möglich, dass sie in Gefahr war.

»Ich komme zu Ihnen, ganz sicher. So schnell wie möglich. Sobald ich das Ergebnis der grafologischen Untersuchung habe. Ich werde den Burschen gleich selbst Feuer unter dem A…« Er schlug die Augen nieder. »Verzeihung, gegenüber einer Dame … Ich werde den Herren Druck machen. Und erst wenn ich bei Ihnen läute, anklopfe, meinen Namen nenne und einen Kollegen in Uniform dabeihabe, erst dann öffnen Sie Ihre Wohnungstür. Haben wir uns verstanden?«

46.

NATÜRLICH HATTEN SIE sich verstanden. Es war ja nicht so, dass Rita in der vergangenen Stunde nicht alle möglichen Gedanken durch den Kopf gegangen und schreckliche Bilder vor ihrem geistigen Auge aufgetaucht wären. In den abstoßendsten davon sah sie sich mit den großen, kräftigen Händen Wallners an ihrem Hals.

Rita lief zu Fuß nach Hause. Der Regen hatte längst aufgehört, nun lag eine drückende, schwere Feuchtigkeit in der Luft, die ihre Haut mit einem Wasserfilm überzog. Oder war es ihr eigener Schweiß? Rita war den ganzen Weg am Donaukanal entlanggegangen, weil sie meinte, dass ihr dort, wo es offen und weit einsichtig war, nichts zustoßen konnte. Erst bei der Urania bog sie ab und ging die Vordere Zollamtsstraße hinauf, bis sie auf der Höhe des Stadtparks in die Landstraßer Hauptstraße einbog. Sie wollte unbedingt an der Rochuskirche vorbeigehen und dort eine Kerze anzünden, für Albrecht und für sich.

Sie lief so schnell, als wäre der Leibhaftige hinter ihr her. Und irgendwie war er das ja auch. Es gab für sie keinen Zweifel, dass der Schriftvergleich Wallners Schuld belegen würde. Denn wenn man all diese Indizien zusammennahm, konnte kein anderer als Täter infrage kommen. Der Schweiß oder das Wasser lief ihr überall am Körper herunter, sie hatte das Gefühl, dass es sich in ihren Schuhen sammelte. Der Boden schien unter ihr zu schwimmen, und doch war das nur die Angst, die sich nach und nach in ihr auszubreiten begann.

Die Kerze in der Kirche zündete sie rasch an und erinnerte sich, noch während sie sie auf einen Platz auf dem dunklen Metallgestell steckte, an Hechters Worte. Direkt nach Hause sollte sie gehen. Stattdessen unterbrach sie ihren Weg hier, in einer halbdunklen Kirche, wo hinter jeder Bank, hinter jeder Säule Wallner hervorspringen und sie überfallen konnte.

War sie wirklich völlig von Sinnen? Konnte sie nicht nüchtern, klar und deutlich sehen, dass all diese Vorstellungen geradezu lächerlich waren? Warum sollte Wallner ihr nachstellen? Er konnte nicht ahnen, dass sie Bescheid wusste. Noch weniger konnte er wissen, dass sie sich mit Hechter abgesprochen hatte, dass die Polizei ihm auf der Spur war. Die Nerven spielten ihr einen Streich. Kein Wunder nach den Ereignissen der letzten Tage. Die hätten jeden Menschen mitgenommen. Und Albrecht ...

Rita trat aus der Kirche und blickte über den Platz davor. Kein Mensch. Oder vielmehr im Gegenteil: viele Menschen. In ihrem Fall bedeutete das aber dasselbe, nämlich, dass sie in Sicherheit war. Schnell legte sie den kurzen Weg in die Barichgasse zurück, wobei sie den Arenbergpark mied, und betrat mit einem Gefühl von Erleichterung ihr Wohnhaus.

In dessen Inneren war die Luft nicht besser. Das Wetter hatte die Feuchtigkeit durch alle Türen, Fenster und Ritzen wohl in jeden Raum hineingepresst und sogar das Stiegenhaus dieses alten Gebäudes war nicht verschont geblieben. Das Licht war diffus wie immer, wenn die Sonne nicht schien, und Rita kramte die Wohnungsschlüssel aus ihrer kleinen Handtasche, während sie die Stufen hinaufstieg.

Vor ihrer Wohnungstür hatte sie den Schlüsselbund bereits in der Hand und schloss zuerst das obere, dann das untere Schloss auf. Sie fühlte sich total verbraucht und hätte am liebsten nicht nur die Kleider, sondern gleich den ganzen Körper gewechselt. Ein solches Wetter war sicher nicht gesund, und es fühlte sich an, als würde sich die Luft wie schlechter Atem an ihren Nacken schmiegen. Wie ein warmer Hauch, wie das flache Atmen aus einem Brustkorb, aber leise, ruhig, ohne jede Hektik, unaufgeregt. Und doch deutlich zu spüren.

Zwei Hände schoben sie in den Vorraum, ein massiver Körper drängte nach und versperrte ihr den Weg zurück, die Tür fiel ins Schloss, ehe sie überhaupt gewahr wurde, was gerade passierte. Eine große, kräftige Hand entriss ihr den Wohnungsschlüssel, die Handtasche fiel ihr vor Schreck auf den Boden.

Er stand vor ihr, groß gewachsen, in dem Mantel mit dem abgewetzten Ärmel, auf dem Kopf den Hut mit der breiten Krempe. Nur dass sie diesmal klar und deutlich in sein Gesicht sehen konnte, trotz des Halbdunkels in ihrem Vorzimmer.

Wallner sprach kein Wort. Er legte den Schlüssel auf der Konsole ab, als wäre ihm die Wohnung vertraut, anschließend nahm er den Hut ab und hängte ihn an einen Haken der Garderobe. Schließlich zog er den Mantel aus und platzierte ihn darunter.

Sein Blick blieb die ganze Zeit auf Rita geheftet, nicht eine Sekunde lang ließ er sie aus den Augen. Sein Gesichtsausdruck war ruhig, entspannt. Rita konnte nichts herauslesen, keine Emotion, kein Ziel, das Wallner verfolgte. Außer dem einzigen Ziel, das sie sich vorstellen konnte: sie zu töten.

Hätte sie schreien sollen? Sehr unwahrscheinlich, dass sie jemand gehört hätte, viel unwahrscheinlicher noch, dass Wallner sie hätte schreien lassen. Starr standen sie einander gegenüber, ohne dass etwas geschah. Schließlich faltete Wallner die Hände vor dem Bauch und deutete mit einer Kopfbewegung hinter Rita. »Ist dort das Wohnzimmer?«

Rita nickte. Wie gerne hätte sie sich jetzt das nasse Kleid vom Leib gerissen und sich ein frisches angezogen. Dass sie gerade jetzt an so etwas denken musste, fand sie angesichts der Situation lächerlich.

»Dann gehen wir doch hinein. Dort ist es sicher gemütlicher als im Gang.«

Wallner musste sie nicht bedrängen. Wie von seinen Gedanken gesteuert, drehte sich Rita um und ging voraus in das Wohnzimmer. Dicht hinter ihr folgte die hochgewachsene Gestalt des Hofrats, dessen Hinken sie nicht sah, aber an seinen Schritten hörte.

»Nehmen wir doch Platz, oder?« Wallner blickte sich um. »Sie haben es nett hier, Fräulein Girardi.« Der Tonfall seiner Stimme klang genauso belanglos wie die Sätze, die er sprach. Oder meinte er es sogar ernst? »Ich habe es mir fast so vorgestellt.«

Rita stand mitten in dem Raum. Hinter den beiden Fenstern war es grau, und ihr Leben würde bald wohl auch alle Farbe verlieren.

»Setzen Sie sich doch. Bitte.« Wallner deutete auf einen Stuhl und beobachtete jede Bewegung Ritas mit größter Aufmerksamkeit. Als sie saß, trat er näher an sie heran, machte aber keine Anstalten, sich selbst einen Stuhl zu nehmen. »Ich habe mir schon lange gewünscht, Sie zu besuchen, Fräulein Girardi.« Auch diesen Satz sprach er ohne jeglichen Unterton. Er meinte, was er sagte. »Schade, dass es zuletzt mit dem gemeinsamen Konzertbesuch nicht geklappt hat. Sie hatten ja leider keine Zeit.« Wieder blickte er sich um. »Dr. Huber, nicht wahr?«

Seine Augen bohrten sich in die ihren. Die rechte Hand verschwand in der Außentasche seines Sakkos. Jetzt, jetzt würde er gleich sein Messer hervorziehen und auf Rita einstechen! Oder er hatte einen Strick dabei, um sie zu erwürgen? In Ritas Kopf fuhr ein Karussell auf Hochtouren.

Wallner zog ein blütenweißes Taschentuch hervor und wischte sich über das Gesicht. »Es ist schrecklich dampfig geworden, nicht wahr?«

Erneut nickte Rita, langsam, abwartend, lauernd auf das, was jeden Augenblick passieren musste. Unglaublicherweise war die Angst völlig von ihr gewichen.

»Frau Pfeiffer hat Ihnen nichts gegeben«, sagte Wallner. Nun schien er also zur Sache kommen zu wollen. »Und Sie hatten auch nichts vergessen. Richtig?«

Rita reagierte nicht.

»Richtig?«, wiederholte Wallner, diesmal lauter und mit mehr Nachdruck.

Rita nickte.

»Eben«, sagte Wallner nun wieder mit leiserer Stimme. »Und wissen Sie, was das Dumme bei der ganzen Sache ist? Frau Pfeiffer hat bemerkt, dass Sie das Blatt an sich genommen haben. Und natürlich hat sie es mir gesagt.«

47.

»Warum hat sie das getan?«

Wallner schob sein Gesicht näher an Ritas heran.

»Warum hat sie das getan? Ja, wirklich, genau das war die Frage von Frau Pfeiffer gewesen. Ich meine, ich konnte es ihr auch nicht beantworten. Obwohl ich es mir natürlich denken kann ...«

Sollte Rita etwas sagen? Ihn fragen, was ihn zu allem bewogen hatte? Warum er Menschen getötet hatte? Warum Richard? Warum Vadim? Und um ein Haar auch Albrecht?

»Sie fragen sich sicher ...«

Konnte der Mann durch ihre Augen in ihr Inneres sehen?

»... warum ich das getan habe.«

Rita nahm allen Mut zusammen und wagte das erste Wort. »Ja, Herr Hofrat.«

Wallner atmete stoßartig durch die Nase aus. »Natürlich. Denn Sie haben es ja nie bemerkt, dass ich Sie ...«

Er wandte sich von ihr ab und fuhr sich erneut mit dem Taschentuch über Stirn und Wangen. »Es war ein so erfüllender Abend in der Michaelerkirche, Fräulein Girardi. Und Ihre Stimme ... Glauben Sie mir! Ich habe Ihre Stimme aus allen anderen im Chor herausgehört!«

Rita wartete. Sie war nun ruhig, gefasst. Sie glaubte nicht, dass Wallner für sie eine Gefahr war. Sie wollte es nicht glauben.

»Ich hätte so gerne noch andere musikalische Kunstwerke genossen, mit Ihnen gemeinsam, Fräulein Girardi. Sie haben ja keine Vorstellung, wie ähnlich wir einander sind.«

»Sie sind ein verheirateter Mann, Herr Hofrat!« Schon bereute Rita, das gesagt zu haben. Wahrscheinlich würde Wallner es als eine Provokation auffassen, und wenn er seine Beherrschung verlor, wäre es übel um sie bestellt.

»Meine Frau ... Ja ... Es geht ihr nicht gut, wissen Sie? Und man braucht doch Gesellschaft. Wissen Sie, dass Sie meiner Frau sehr ähnlich sind? Na ja, vielleicht etwas zierlicher und kleiner.« Er lächelte, es wirkte beinahe jungenhaft. »Sie waren noch nie im Hochgebirge auf Touren unterwegs, Fräulein Girardi?«

Rita schüttelte den Kopf.

»Das dachte ich mir. Sie sind viel zarter gebaut als meine Frau.« Wieder wischte er sich über das Gesicht.

»Die Notizen in Ihrem Buch ...« Rita fasste sich ein Herz und sprach Wallner direkt darauf an. »Das waren Sie, habe ich recht?«

Wallner starrte sie verwundert an. »Aber natürlich war das ich! Das wissen Sie doch. Sonst hätten Sie ja nicht das Blatt mit meinen Notizen von Frau Pfeiffer gestohlen. Sie sollten mich nicht unterschätzen, Fräulein Girardi!«

Den letzten Satz sprach er schärfer aus, aber er klang gerade noch nicht wie eine Drohung.

»Und dann waren da diese Männer in Ihrer Nähe ... Das ging gar nicht, Fräulein Girardi! Dabei habe ich Sie doch gewarnt! Haben Sie das wirklich nicht verstanden?«

Diese Männer ... Er meinte damit Richard Mayr, er meinte Vadim. Und Albrecht.

»Warum?« In Rita breitete sich langsam Entsetzen aus. »Was hat Ihnen Vadim getan?«

Wallners wurde Miene zornig. Er drehte sich von Rita weg, ging zum Fenster, ohne hinauszublicken, kehrte dann wieder in die Mitte des Raumes zurück, als wäre er eine Bühne. »Wie er Sie angesehen hat! Wie ein verliebter Knabe! Das stand ihm nicht zu, Fräulein Girardi! Und wie er vor Ihnen kniete damals, während Sie ihm Ihre Hand auflegten. Nein, das war nicht richtig, Fräulein Girardi! Und Sie haben das alles nicht verstanden! Es ist alles Ihre Schuld!«

Nun wies er mit dem ausgestreckten Zeigefinger auf Rita, eine anklagende Geste, die seine sich steigernde Emotionalität begleitete. »Und dann tauchte dieser Dr. Huber auf. Immer näher kam er Ihnen, Fräulein Girardi, immer näher. Und Sie haben es zugelassen. Das hätten Sie nicht tun dürfen. Wie er Ihre Hand genommen hat ... Glauben Sie wirklich, dass ich nicht weiß, dass er Sie geküsst hat?«

Wallner hatte sich regelrecht in eine Empörung hineingeredet. War er zuerst ruhig und eher starr dagestanden, begleitete er nun jedes seiner Worte mit ausladenden Gesten. Dieser Mann war unberechenbar.

»Wissen Sie was, Fräulein Girardi? Das ist der große Unterschied zwischen Ihnen und meiner Frau. Meine Frau hätte meine Warnungen nie übersehen. Sie wäre nie so weit gegangen, *zu* weit. Sie sind ihr sehr ähnlich, aber ich fürchte, nicht ähnlich genug.«

Langsam kam er auf Rita zu. Das war es, war der erste Gedanke, der in ihr aufblitzte. Er nahm ihr gesamtes Gehirn in Beschlag, ließ keinen Raum mehr für anderes. Wenn sie sich doch nur noch von Albrecht hätte verabschieden können ...

Stürmisches Läuten und heftiges Trommeln gegen die Wohnungstür ließ Wallner aufschrecken. Es riss ihn herum, er starrte in den Vorraum hinaus und machte mit einem leichten Hinken zwei, drei Schritte. Dann blickte er erneut zu Rita, desorientiert, als würde er sich mit einem Schlag in einer anderen Welt wiederfinden.

Das Läuten ertönte noch einmal, begleitet von Fäusten, die gegen die Tür hämmerten. Und eine Stimme war da zu hören, die immer lauter werdend rief: »Fräulein Girardi! Machen Sie auf! Hier ist Hechter! Hören Sie mich? Wallner? Öffnen Sie, Herr Hofrat! Wir wissen, dass Sie hier sind. Es hat keinen Sinn, Sie können sich nicht vor uns verstecken!«

Jetzt stand er da, der hochgewachsene Mann, kräftig, drahtig, und sein Blick hing irgendwo in Ritas Wohnzimmer wie eine Spinnwebe, die an der Decke klebte und sich langsam löste, bis sie eines Tages von einem Lufthauch erfasst und zu Boden getragen würde. Wallner war nicht mehr in dieser Welt.

Rita sprang auf und lief an Wallner vorbei. Der reagierte nicht. Sie riss die Tür auf und wäre Hechter vor Erleichterung beinahe in die Arme gefallen. Der prüfte mit einem kurzen, intensiven Blick, ob sie in Ordnung war, dann betrat er mit einem uniformierten Kollegen Ritas Wohnung.

Wallner wehrte sich nicht, als der Uniformierte ihm eine Hand auf die Schulter legte und Handschellen hervorholte. Sein Blick war immer noch verloren, fand aber schließlich Rita wieder.

»Ich … hätte ihr doch nichts getan«, flüsterte er, während der Polizist ihm die Handschellen anlegte.

»Sicher ist sicher«, sagte Hechter und blickte sich im

Wohnzimmer um. Es gab keine Spuren von Gewalt oder einer Auseinandersetzung. »Sie hatten recht, Fräulein Girardi«, sagte er. »Der Schriftvergleich war eindeutig: Die Notizen im Buch stammen von Hofrat Wallner.«

»Natürlich«, flüsterte Wallner immer noch, und an Rita gewandt: »Das habe ich Ihnen doch gesagt, nicht wahr?«

48.

Der Tag war wie gemacht, um einen lieben Menschen zu verwöhnen. Ihm den Tee an den Tisch zu bringen, vielleicht zudem ein Stück Kuchen, ihm die aktuelle Zeitung dazuzulegen. Helles Sommerlicht flutete durch die offen stehenden Fenster in den Raum, in dessen Ecke mit einem deckenhohen Ficus Albrecht in einem breiten, satt gepolsterten Lehnstuhl saß. Es war seine Leseecke, stets lag ein Buch auf dem runden Beistelltischchen. Doch diesmal hatte Rita das Buch zur Seite geräumt und für Albrecht ein kleines spätes Frühstück hergerichtet.

Hechter hatte am Speisetisch auf einem klassizistischen Stuhl mit verschnörkelter Holzumrahmung Platz genommen, die Polsterung war etwas durchgesessen. Vor ihm stand eine Tasse Kaffee, schwarz, mehr hatte er nicht gewollt. Wie immer saß sein Anzug einwandfrei, während Albrecht in seinem Hausmantel den schnell genesenden Patienten gab.

Die Bauchwunde heilte rasch, gleichzeitig war es auch sie, die ihm die meisten Beschwerden bereitete. Allzu große Anstrengungen sollte er tunlichst noch meiden, damit sie nicht wieder aufbrach. Obwohl Albrecht das in einer Selbstdiagnose als geradezu undenkbar bezeichnet hatte. Nichtsdestoweniger genoss er es, sich von Rita verwöhnen zu lassen.

Hechter hatte Albrecht nicht zu sich ins Polizeipräsidium bestellen können, also hatte er kurzerhand beschlossen, ihn bei sich zu Hause aufzusuchen, um ihm einen abschließenden Bericht zu geben. Und um nicht alles zweimal erzählen zu müssen, hatte er Rita dazugebeten.

»Wir haben ein umfassendes Geständnis«, begann Hechter und rührte mit dem kleinen Silberlöffel in seinem Kaffee, obwohl er weder Zucker noch Milch hineingegeben hatte.

»Er hat also alle drei Morde gestanden?« Rita setzte sich zu Hechter.

»Und Herrn Dr. Huber attackiert, auch ihn wollte er töten. Zum Glück konnten Sie sich ausreichend zur Wehr setzen, Herr Doktor!«

Albrecht strich sich mit den Fingern über die Wange, wo verblassende Reste seiner Abschürfungen zu sehen waren.

»Und das Motiv für all diese Taten war wirklich … ich?«

Hechter nickte. »Ja. Er sah in Ihnen sozusagen seine Frau. Die Ähnlichkeit ist wirklich frappant.« Und dann erzählte Hechter die erschütternde Geschichte, die hinter allem stand.

Nachdem er Wallner festgenommen hatte, fuhren sie zu dessen Wohnung, um ihm die Gelegenheit zu geben, Gewand und die notwendigsten Utensilien für seinen Aufenthalt in der Untersuchungshaft zu holen. Und um dessen Frau zu informieren. Was Hechter und sein uniformierter Kollege in der Wohnung vorfanden, verschlug ihnen die Sprache und den Atem. Eine Frau mit silbrig grauem Haar, die Frisur sehr ähnlich wie die von Rita, die Gesichtszüge und die Gestalt ebenso, saß leblos, verknöchert und verschrumpelt auf einem Stuhl. Der Verwesungsprozess hatte längst eingesetzt, die Luft in der Wohnung war unerträglich.

»Sie ist einfach so gestorben«, fasste Hechter zusammen. »Sie hat sich in den Stuhl gesetzt und ist nie wieder aufgestanden. Sie hat von einem Augenblick zum anderen aufgehört zu leben. Hofrat Wallner hat das nicht fassen können, er wollte es nicht akzeptierten. Er hat sie so sitzen lassen, die ganze Zeit über. Als wir mit ihm nach Hause kamen, hat er mit ihr geredet, als wäre sie noch unter uns. Er hat ihr alles erklärt, dann hat er sich von ihr verabschiedet.«

Rita schlug die Hände vor dem Mund zusammen. Das also war der Grund gewesen, warum Wallner in den vergangenen Wochen nicht in Begleitung seiner Frau zu sehen gewesen war.

»Sie waren für ihn so etwas wie ein Ersatz seiner Frau. Als ob sie in Ihnen weiterleben würde. Und es war ihm unerträglich, andere Männer in Ihrer Nähe zu sehen, geschweige denn Männer, die Sie lieben.« Hechters Blick wanderte zu Albrecht, der gerade einen Bissen des Kuchens in den Mund geschoben hatte, den Rita ihm auf den Tisch gestellt hatte.

»Ich bin eben ein echtes Glückskind«, sagte er kauend. Seine Augen strahlten Rita an.

»Und was den Obdachlosen angeht ...«, fuhr Hechter fort. »Sie haben ihm ab und zu Geld gegeben, ihm sozusagen Ihre Gunst bewiesen. Es sieht so aus, als hätte Wallner diese Gesten von Ihnen kaum ertragen können. Er hat Ihnen einfach Männer zugeordnet, von denen er meinte, sie dürften sich Ihnen nicht zu sehr nähern.«

»Und die Notizen in seinem Buch waren allesamt so etwas wie Warnungen. Vielleicht könnte man sie auch als Hilferufe sehen? Ich bin mir trotzdem sicher, dass Sie keine Möglichkeit gehabt hätten, ihn von seinen Taten abzuhalten, Fräulein Girardi. Hofrat Wallner hatte begonnen, in einer eigenen Welt zu leben, und ich glaube, dass der Schmerz um den Verlust seiner Frau so groß war, dass er all diese irrsinnigen Dinge getan hat, um ihn zu verdrängen. Aber mit diesen Fragen werden sich die Psychologen und die Gerichte auseinanderzusetzen haben.« Er trank seine Tasse in einem Zug leer und stand auf. »Sie werden beide noch zu offiziellen Zeugenaussagen zu mir kommen müssen, doch das eilt nicht so sehr. Werden Sie erst einmal gesund, Herr Doktor.«

Er trat zu Albrecht und reichte ihm die Hand. Dann ging er zu Rita und lächelte ihr breit zu. »Wenn Sie einmal Ihren Beruf wechseln und Kriminalistin werden wollen, melden Sie sich bei mir«, scherzte er und verabschiedete sich mit einem innigen Händedruck.

»Eine Bibliothekarin als Detektivin, das wäre doch mal etwas Neues!«, rief er aus, als er aus dem Zimmer ging und schließlich die Wohnung verließ.

Figuren und Schauplätze des Romans – Historisches, Fiktives, Vermischtes

Historische Personen:

Rita Girardi: Die Figur der Bibliothekarin Rita Girardi basiert auf der gleichnamigen historischen Person (* 25.6.1888 in Wien, † 9.9.1964 in Wien). Margarete Maria Silvia Girardi war Bibliothekarin an der Wiener Geologischen Bundesanstalt und erlangte aufgrund ihrer Verdienste hohe Auszeichnungen, darunter den Professoren-Titel. Gleichzeitig war sie als Schriftstellerin tätig, verfasste zahlreiche Zeitungsartikel, Buchrezensionen (vor allem in der Zeitung *Reichspost*) und eigene Gedichte. Ihre Eltern Ernst (Ernesto) Girardi, Oberrechnungsrat im Unterrichtsministerium (* 16.4.1858 in Trient, † 4.10.1915 in Wien) und Maria Johanna Knapp (* 22.9.1862 in Wien, † 8.3.1923 in Wien) ließen ihr eine vielseitige musische Erziehung zuteilwerden, sodass Rita Girardi neben der deutschen Muttersprache fünf weitere Sprachen beherrschte, darunter auch Esperanto. Eine Ausbildung in Kirchenmusik und Stimmbildung erhielt sie am Neuen Wiener Konservatorium.

Die Figur im Roman hat nur in diesen Grundzügen mit ihrem historischen Vorbild Gemeinsamkeiten. Familiäre Umstände wie beispielsweise der frühe Tod der Mutter der fiktiven Rita Girardi sowie die Übersiedlung des Vaters nach Gerasdorf sind ebenso frei erfunden wie die Liebesbeziehung zu dem Mediziner Albrecht Huber. Im Roman wird Rita als Musterbeispiel einer jener freien und selbstbestimmten Frauen gezeichnet, wie sie in den Zwanzigerjahren immer stärker und gegen zahlreiche Widerstände aufzutreten begannen. Als moderne Frau in ihrer Zeit führt sie kein Leben im Rahmen des klassischen weiblichen Rollenbildes, sondern nimmt die Dinge selbst in die Hand. Die geschilderten Mordfälle sind eine reine Erfindung für den Roman und haben keinerlei Entsprechung im realen Leben der historischen Rita Girardi.

Quelle: Ilse Korotin & Edith Stumpf-Fischer (Hg.): Bibliothekarinnen in und aus Österreich. Der Weg zur beruflichen Gleichstellung [= biografiA – Neue Ergebnisse der Frauenbiografieforschung, hg. v. Ilse Korotin; 25], Wien: Praesens 2019, S. 565–570.

Georg Geyer: Der Geologe und Paläontologe (* 20.2.1857 im Schloss Auhof in Blindenmarkt, † 25.2.1936 in Wien) war von 1919 bis 1923 Direktor der Geologischen Bundesanstalt. In seine Amtszeit fällt die Umbenennung der Institution von Reichsanstalt in Staatsanstalt (1919) und später in Bundesanstalt (1922). In der Handlung tritt er nur indirekt auf.

*

Fiktive Figuren:

Adam Wallner: Der stellvertretende Direktor der Geologischen Bundesanstalt hat keine historische Entsprechung.

Dr. Albrecht Huber: Gynäkologe und Spitalsarzt

Isabella Wehrlein: Kollegin Rita Girardis in der Bibliothek

Frau Pfeiffer: Sekretärin des Direktors

Julius Hechter: Kriminalkommissar. Bekannt ist er als Mitarbeiter von Kriminaloberinspektor Dr. Otto W. Fried aus den Büchern »Wiener Hochzeitsmord« und »Wiener Machenschaften«.

Johannes Felbinger: Journalist bei der »Reichspost«

Pater Pancratius: Generaloberer des an die Michaelerkirche angeschlossenen Salvatorianerordens

Hochwürden Straniak: Pfarrer der Michaelerkirche

Professor Walter: Leiter des Chors, in dem Rita Girardi und Albrecht Huber singen

Professor Wurzinger: Arzt-Kollege von Albrecht Huber an der Rudolfstiftung

Wilbrecht: Kommissar, Bürokollege von Julius Hechter

Richard Mayr: Nachbar von Rita Girardi

Frau Wobralek: Nachbarin von Rita Girardi

Vadim: Praktikant in der Bibliothek der Geologischen Bundesanstalt

*

Orte:

Geologische Bundesanstalt: Die Geologische Bundesanstalt war die Nachfolgeinstitution der Geologischen Reichsanstalt und wurde im Jahr 1849 in Wien gegründet. Bis zum Jahr 2005 hatte sie ihren Sitz in der Rasumofskygasse 23 im dritten Wiener Gemeindebezirk, übersiedelte in die Neulinggasse 38 und wurde schließlich am 1. Januar 2023 mit der Zentralanstalt für Meteorologie und Geodynamik zur GeoSphere Austria fusioniert.

Arenbergpark: Im Jahr 1785 wurde auf dem Grund von Nikolaus I. Joseph Fürst Esterházy eine Gartenanlage errichtet, die im Laufe der Jahrhunderte einige Umgestaltungen erfuhr. Im Jahr 1900 wurde das Grundstück von der Gemeinde Wien gekauft und der Allgemeinheit zugänglich gemacht. Der erhalten gebliebene achteckige Pavillon erinnert noch an die ursprünglichen Bauten auf diesem Areal.

*

Reichspost: Die Tageszeitung mit dem Untertitel: »Unabhängiges Tagblatt für das christliche Volk Oesterreich-Ungarns« erschien von 1894 bis 1938 in Wien und stand der Christlichsozialen Partei nahe, war aber nicht deren Parteiorgan. Ihre Einstellung erfolgte aufgrund des NS-Regimes einige Monate nach dem Anschluss Österreichs an das Deutsche Reich. Sie erschien zeitweise einmal täglich, zeitweise als Morgen- und Abendausgabe. Im Roman wird sie als zweimal pro Tag erscheinendes Organ beschrieben.

Quellenangabe

Die Zitate auf den Seiten 5 und 123 stammen aus:

Ferdinand Grassauer: Handbuch für österreichische Universitäts- und Studien-Bibliotheken sowie für Volks-, Mittelschul- und Bezirks-Lehrerbibliotheken Österreichs. Mit einer Sammlung von Gesetzen, a. h. Entschliessungen, Verordnungen, Erlässen, Acten und Actenauszügen. Neue Ausgabe. Wien 1899, S. 136 & S. 144.

Alle Bücher von Michael Ritter:

Kriminaloberinspektor Otto W. Fried ermittelt:

1. Fall: Wiener Hochzeitsmord
ISBN 978-3-8392-0094-0

2. Fall: Wiener Machenschaften
ISBN 978-3-8392-0315-6

Bibliothekarin Rita Girardi ermittelt:

Die Bibliothekarin und der Tote im Park
ISBN 978-3-8392-0468-9

GMEINER SPANNUNG

WWW.GMEINER-VERLAG.DE
Wir machen's spannend